中国文学佳作选（2022）

# 小小说卷

王彦艳　主编

石钟山《老赵和小李》
李　方《满身枣花香》
索南才让《雪光》
阿　成《长把的大雨伞》
茅店月《祖母做好了粽子》

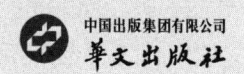

中国出版集团有限公司
华文出版社

图书在版编目（CIP）数据

中国文学佳作选．小小说卷．2022 / 王彦艳主编
．－－北京：华文出版社，2023.10
　ISBN 978-7-5075-5853-1

Ⅰ．①中… Ⅱ．①王… Ⅲ．①中国文学－当代文学－作品综合集②小小说－小说集－中国－当代 Ⅳ．①I217.1

中国版本图书馆CIP数据核字（2023）第177043号

中国文学佳作选・小小说卷（2022）

| 主　　编：王彦艳 |
| --- |
| 策　　划：胡　子 |
| 责任编辑：胡慧华 |
| 出版发行：华文出版社 |
| 地　　址：北京市西城区广外大街 305 号 8 区 2 号楼 |
| 邮政编码：100055 |
| 网　　址：http://www.hwcbs.cn |
| 投稿信箱：hwcbs@126.com |
| 电　　话：总编室 010-58336239　　责任编辑 010-58336195 |
| 　　　　　发行部 010-58336267 |
| 经　　销：新华书店 |
| 印　　刷：三河市航远印刷有限公司 |
| 开　　本：710mm×1000mm　1/16 |
| 印　　张：16.75 |
| 字　　数：308 千字 |
| 版　　次：2023 年 10 月第 1 版 |
| 印　　次：2023 年 10 月第 1 次印刷 |
| 标准书号：ISBN 978-7-5075-5853-1 |
| 定　　价：48.00 元 |

版权所有　侵权必究

# 出版前言

2022年,距倡导小小说文体的重要刊物《百花园》出版"小小说专号"40年,距老舍倡导"多写小小说"64年,距汪曾祺、林斤澜、陈建功等人聚于郑州探讨小小说文体的发展、郑州开始持续的成规模的小小说学员培训活动36年,距王蒙、冯骥才、王奎山等人获首届小小说"金麻雀奖"19年,距中国作协修订《鲁迅文学奖评奖条例》而将小小说文体纳入鲁迅文学奖评选12年,距冯骥才的系列小小说《俗世奇人》(足本)破冰获鲁迅文学奖5年。

时间推移,小小说在变化。近半个世纪的变化过程中,支流交错,转变多姿。时间到了2022年,小小说的一个重要变化显得清晰而便于描述,就是更多的小小说作品实现了由文体自觉向文学自觉的转变,小说性成为更多小小说创作锚定的方向。《中国文学家佳作选·小小说卷(2022)》所关注的就是这一类小小说。

人们想到小小说首先会想到它的多样性,我们基于《小小说选刊》精心挑选本年选本,也是在多样性中选出代表性的作品,简明勾勒出该年度小小说的样貌,是年度选本的题中应有之义。《方位》到《母亲是一条鱼》这一版块的作品,就是基于此选出的。这一版块的编选,也有三个方面的考虑。在小小说的世界里,有一些作家的存在别具意义,像聂鑫森、赵新、侯德云、张港、安石榴、胡炎等,某种程度上讲,他们数十年的创作实践影响了小小说的形式,代表了小小说的主要传统。而洪兆惠、张望朝、蒋冬梅、徐东、茅店月等人的作品,显示出这一文体的开放性。阿成、方英文、石钟山、索南才让等人的文学创作以中长篇为主,扎西才让的创作以诗歌为主,他们的跨界写作,于文体转换处,别出新声,赋予小小说独特的气质,启发小小说的创作手法。

其后的文章,以"青春""世相""它们""寓言""传奇""童年""村庄"为主题分为七个版块,在排列的先后顺序上,考虑的是版块与版块之间的相续性和阅读上的松弛有致。其实,这其后的文章有的非常适合列入第一版块,却不能做到面面俱到。

从《海边之旅》到《一个十三岁少年的秋天》，属青春系列，题材以爱情为主，笔法细腻，行文冷静，透着文艺的气质。这一系列的作者除刘国芳、原上秋，多是新生代小小说作者，他们的叙述风格和审美取向在每年数以万计发表的小小说中，有很高的辨识度。随后的《约定》到《须生老米》这组文章，表现的是从古到今成人世界的烟火生活，由世相而人心。选编这组稿件时，属意的是人文底蕴、叙述火候的老到和自然漾溢而出的哲学意味，力求让被安置在短小篇幅内的悲欢离合不飘浮、不扁平。从《屠牛》到《羊的命》是动物小小说，无言的它们一直在我们心中最柔软的角落安静地待着。面对它们，作者总是笔意灵动，情感敞露。"它们"系列和随后的从《山里有个庙》到《远方》的"寓言"系列，篇目都不多，这两个系列考虑了对阅读的调剂。写寓言类小小说是需要谨慎的，2000字左右的篇幅，容易产生文学的肉包不住寓意的骨的危险，这一组寓言小小说完成度都不错。《怀仁和尚》到《冰糖葫芦》是传奇小小说，涉及佛门、茶道、武侠、相术……篇篇都写得意象饱满，显见作者们是在传奇的世界里畅意构建自己内心向往的去处。《王妮妮的爹爹》到《窗外》，故事的背景都是人物的童年，叙述克制，避免无谓的抒情，恰当地营造出童年时的混沌之气或者说是元气。《讨春联》到《老林苗圃》同属乡村系列的小小说，乡村是诗意的渊薮，也是苦难的密集之地，这组作品都有认真凝视生活的稳重。余下的几篇，也意味悠长。

这是华文出版社出版年度小小说佳作第五年。所选的文章都是在当年重要文学期刊发表的力作，在选入本书过程中，为系列图书出版之统一和规范考虑，对某些篇章的字词、文句作了适当修改，特此说明。

编选者弘扬时代旋律，力求题材上丰富多样，从最大程度上反映我们国内年度小小说的创作实绩。感谢您，在忙碌时代保存着文学的热爱，倘这种集约、小巧的方式能给您带来一丝方便和慰藉，则是我们最大的欣悦。不足之处，还请包涵！

# 目录

| | | |
|---|---|---|
| 1 | 聂鑫森 | 方 位 |
| 4 | 石钟山 | 老赵和小李 |
| 7 | 张 港 | 碑匠崖 |
| 10 | 王生文 | 情 怀 |
| 13 | 李 方 | 满身枣花香 |
| 15 | 阿 成 | 长把的大雨伞 |
| 18 | 方英文 | 苗 兰 |
| 20 | 赵 新 | 就是你了 |
| 23 | 侯德云 | 盗贼老姜 |
| 26 | 张望朝 | "三棋王"他爸 |
| 28 | 相裕亭 | 捡漏儿 |
| 31 | 洪兆惠 | 陪 护 |
| 34 | 徐 东 | 突然想要痛哭一场 |
| 36 | 安石榴 | 豆腐店 |
| 39 | 蒋冬梅 | 你可能认识林桂英 |
| 42 | 扎西才让 | 苏奴的飞行 |
| 44 | 索南才让 | 雪 光 |
| 46 | 茅店月 | 祖母做好了粽子 |
| 49 | 秋 泥 | 吃 瓜 |

| | | |
|---|---|---|
| 52 | 王瑞琪 | 限时呼吸 |
| 55 | 胡 炎 | 母亲是一条鱼 |
| 58 | 小椿山 | 海边之旅 |
| 61 | 张 青 | 桃花雪 |
| 63 | 雪之竹 | 串女士的一次暗恋 |
| 66 | 尹 睿 | 白色球鞋 |
| 68 | 拓 葳 | 桃花散 |
| 71 | 蟠桃叔 | 双城记 |
| 74 | 刘国芳 | 鬼针花 |
| 77 | 阡麻香 | 吃 蟹 |
| 81 | 应 帆 | 山中有千莲 |
| 84 | 宋 锐 | 互道晚安的橘色清晨 |
| 87 | 原上秋 | 一个十三岁少年的秋天 |
| 90 | 女 真 | 约 定 |
| 92 | 安 宁 | 逃 离 |
| 95 | 高红亮 | 老王的成功秘诀 |
| 98 | 陈 敏 | 无尘之眼 |
| 100 | 齐川红 | 董 工 |
| 103 | 穗 子 | 闯入者 |
| 106 | 雨 瑞 | 一起晒太阳 |
| 108 | 赵长春 | 汉山寺的井 |
| 110 | 金 光 | 紫金石 |
| 112 | 潘宗旭 | 老吴的笔记本 |
| 114 | 刘 夏 | 理发师 |
| 117 | 魏 媛 | 铁轨上的蚂蚱 |
| 119 | 张国平 | 味 道 |
| 122 | 张玉强 | 旅 途 |
| 125 | 孙金钰 | 追捕归来 |
| 128 | 塔 娜 | 白定金彩壶 |
| 131 | 闫耀明 | 刀削面 |

| | | |
|---|---|---|
| 134 | 唐 风 | 日子，摇晃着前进 |
| 137 | 何君华 | 父亲在院子里 |
| 139 | 张建春 | 戏 水 |
| 141 | 赵向辉 | 他 杀 |
| 144 | 王在庆 | 风马牛不相及的故事 |
| 147 | 乔 迁 | 兔子蹬鹰 |
| 149 | 冷清秋 | 有些人是用来怀念的 |
| 152 | 岑燮钧 | 玉 佩 |
| 155 | 刘立勤 | 须生老米 |
| 157 | 王小忠 | 屠 牛 |
| 160 | 邓建华 | 童年无故事 |
| 163 | 蔡永平 | 作揖的哈拉 |
| 166 | 董 斌 | 羊的命 |
| 168 | 马宝山 | 山里有个庙 |
| 170 | 张鲜明 | 没有听众的演讲 |
| 173 | 关 山 | 坐在井里的人 |
| 175 | 刘晶辉 | 海 豚 |
| 178 | 大 正 | 宽哥的梦 |
| 181 | 杨 宁 | 发明家 |
| 184 | 书 甾 | 远 方 |
| 187 | 阿 痴 | 怀仁和尚 |
| 190 | 蒙福森 | 六羡歌 |
| 193 | 尚培元 | 相见欢 |
| 197 | 朱雅娟 | 洮河绿石砚 |
| 199 | 王若冰 | 相师的爱情 |
| 202 | 谢志强 | 一盏油灯 |
| 204 | 豆 青 | 桃花汛 |
| 206 | 喵咪戴戒指 | 冰糖葫芦 |
| 209 | 吴卫华 | 王妮妮的爹爹 |
| 212 | 汪菊珍 | 灯 花 |

| | | |
|---|---|---|
| 215 | 碎　碎 | 城市月光 |
| 218 | 王文学 | 灰蚂蚱·红蚂蚱 |
| 221 | 蒋冬青 | 黑色的石胆 |
| 224 | 常芳欣 | 窗　外 |
| 227 | 伍中正 | 讨春联 |
| 230 | 罗　箫 | 老熟人 |
| 233 | 李士民 | 连刀肉 |
| 236 | 高国顺 | 倒　驴 |
| 239 | 古　琴 | 冬天的上午 |
| 242 | 七　戒 | 七老邪 |
| 244 | 王玉初 | 老林苗圃 |
| 247 | 刘洪文 | 舞　台 |
| 250 | 逸　云 | 和 |
| 253 | 王喜玲 | 王小波、女人和猪 |
| 256 | 千　岛 | 老李倒地后再没有醒来 |

# 方　位

聂鑫森

又冷又饿又渴的方位，真的不明白此刻身处云阳山的哪个方位哪个地段。他迷路了。

黑沉沉的冬夜，刮着小北风，飘着细雪花，山路上结了薄冰。他看看腕上的瑞士夜光表，已经九点了。他想起老辈人的传说，是不是碰上岔路神了，让他在走夜路时绕来绕去到不了目的地？路边有棵老松树，他疲惫地坐到树根边的一块石头上，放下背着的笨重旅行袋，歇口气。手机没电了，呼天天不应，喊地地不灵。

下午四点离开那个羊蹄村时，热心的村民告诉他，十里外便是丰登镇。本应该六点左右到达，可不知在哪个地方走岔了道，丰登镇成了梦里的远方。这一大片湘赣交界地区，井冈山脉连着云阳山脉，山也险，林也密。虽说如今交通方便了，公路将市、县、镇都联结了起来，可在一些偏僻的村落，要搭乘长途汽车，还得步行到镇上去。

寒冬腊月，四十岁的方位从省城长沙跑到这里来干什么？就为拍雪景。这里是高寒山区，下雪早，风景这边独好。更重要的是，他想出了一个拍组照的好题材，叫《白雪红路标》——专拍红军时代遗存在大山里的房屋、战壕、哨口、墓地等，既是风景照，又有思想内涵，参加明年全国的红色旅游影展，不可能不入选。他是一家旅游报的摄影记者，已有些名声了，为中国摄影家协会会员，还是省摄影家协会的理事。明年省摄影家协会换届选举，他得拿出好作品，争取选上个副主席啊。

方位从长沙坐火车先到井冈山市，然后搭乘去各个风景点的旅游大巴，在湘赣两地采访、拍照，一晃就过去了半个多月。属于湖南省茶陵县丰登镇的羊蹄村，有一处无名红军烈士墓地，村民们几代守护，现在已列入建设陵园的计划。方位闻说后，不能不去拍照。他是下午到达羊蹄村的，计划先在村民的小旅馆住下来，好好吃顿饭，安心睡个觉，明日再去拍摄。不料省摄影家协会的负责人打来电话，让他赶回长沙，因明日下午三点有个理事座谈会，主题是：深入火热生活，创作优秀作品。方位顶风冒雪下基层，得好好介绍经验。方位不能不去！在手机上查了查，他只能先步行到丰登镇，宿一晚；赶明日早班长途汽车去茶陵县，花两个半小时；再坐中午的火车去长沙，又要两个小时，到站后再打车去会场。必须环环紧扣，出不得半点儿差错。

方位忍不住长叹了一口气，然后站起来，撒了一泡尿。

就在站起的这一刻，方位的耳朵支棱起来，一阵风送来隐隐约约的锣鼓声。他的精神猛地一振——有锣鼓声处必有人，有人就可以讨口水喝讨口饭吃。他赶忙背起旅行袋，迎着锣鼓声而去。

跌跌撞撞走了好久，前面出现一块平地，搭着一个灵棚，灵棚后面是村子的屋影。是村民办丧事，灵棚正面上方挂着一排纸做的白绣球花。方位从旅行袋里找出一个没写字的白信封，往里面放进两百元的奠仪，然后一步一步地朝灵棚走去。

这时，从灵棚里走出一位中年人，急急地迎上前，说："这么晚都来，辛苦了。我是村主任，叫王子明。"

"不……辛……苦。应该的。"

方位随王主任走进灵棚，守灵的和锣鼓班子的人，有十来个，都礼貌地站起来和他打招呼。

方位放下旅行包，走向正前方的灵案。灵案上放着一个盖着红绸布的骨灰盒，盒子后面立着带镜框的遗像。逝者的样子很年轻，不过三十岁左右。灵案两边放着一个一个的花圈，庄严肃穆。灵案上方挂着白布黑字的横额，上写"怀念我们的好书记贡力同志"，两边分挂着挽联的上下联："从城中来，挂职不怕苦；做村里事，舍命为脱贫。"方位马上明白了，贡力是城里来挂职当村支书的，为这个村脱贫致富献出了年轻的生命，令人敬佩。

方位肃立在灵案前，然后恭恭敬敬地鞠了三个躬。

王主任说："请你来签个到。"

方桌上摆着翻开的签到簿和圆珠笔。方位签上名字，掏出奠仪递过去。

"对不起，不能收啊！贡力的父母一再交代，谁的奠仪也不能收。方先生，你从哪里来？与贡书记是什么关系呢？"

"我是省城的记者，从羊蹄村拍完照去丰登镇，因为走错了路，才到了这里。我不认识贡书记，但一看挽联，就知道他深受村民爱戴。"

"你走反了方向，进入炎陵县了，不过，还在湖南哩。从羊蹄村到这里，四十里远，一定饿坏了。快去烤烤火，我安排人给你煮碗面条来！"

"打扰了，麻烦了。"

"你是读书人，懂礼数，一来就去给贡书记鞠躬，让我们感动。"

方位坐到一大盆木炭火边，顿感周身暖和。火盆里舞动着金黄色的火舌，不时地发出噼啪的爆响。方位说："各位在这里为贡书记守灵，唱夜歌子，可见你们和他情深意长。"

坐在火边的人点着头，眼里涌出了泪水。

"是啊，是啊！贡书记才二十八岁，还没成家哩。他来这里三年了，起早贪黑，建立农村合作社，搞多种经营，硬是让村民脱了贫。他住在一个孤老头儿家，帮老人做饭、洗衣、种菜，不但掏钱交伙食费，还为主家修理房屋，陪老人去看病，比儿孙还孝顺。"

"贡书记做人低调。村里要选个代表去县里开会，他力推王主任去。"

"方记者，你帮个忙，好好写写贡书记，我们全村人都感谢你。"

一杯热茶端上来了，一大碗香喷喷的面条也端上来了。

王主任说："方记者，你慢慢吃。"

"谢谢。我边吃边听你们说话，好不好？我想问，贡书记是怎么去世的？"

王主任说："这地方的冬萝卜、冬笋、木炭、竹炭很有名，订货的很多。前几天来了几辆大货车，因山路才修到一半，弯道多，又刮风又下雪，空车进来还可以，载了货走起来就难。贡书记口吹哨子，手握小红旗在车前步行引路，让人看了心疼。离山下还有一段路时，贡书记也许是太冷了太累了，脚一滑，人摔出路外，跌下了几十米高的悬崖……呜呜——"

王主任再也说不下去了，放声大哭起来。

方位觉得心里堵得慌，放下筷子，再不想吃什么了。

"我想听你们多说说贡书记，对我也是个教育。明天，我再去采访村民，再去贡书记常去的合作社和那个悬崖边拍照。这样的好书记，应该让大家学习。"

"好啊！"

"对头！"

在这一刻，方位忘记要去长沙开会的事了。

铜盆里的木炭火烧得旺旺的，像一盆怒放的红莲花。

# 老赵和小李

石钟山

老赵是他们处室的头儿，样子和蔼得很，总是笑眯眯的。老赵这几年多了一个爱好，就是讲段子。他的段子很丰富，也很接地气，从隔壁老王讲到跳广场舞的大嫂，从公交车上的小偷到世纪大盗，总之，逮到什么讲什么。老赵讲段子时，不时地加进自己的注解，像网络视频中不时跳出的"弹幕"，效果总是出人意料。

老赵以前爱看报纸，处室订了几种报纸，只要他有时间，报缝中的一则广告他也舍不得落下。这几年报业萎缩了，他就打开手机，把字号调到最大，端着手机如同当年端正地捧着报纸。老赵每天都会有几个时间段讲段子。老赵是领导，一个人一间办公室，他就显得很孤独。起初，老赵会叫路过他门口的同事进门，还要给同事用一次性杯子倒上一杯水，然后就开始讲段子。同事便笑得前仰后合，酣畅淋漓。久了，处室的人总是在不忙时聚到老赵办公室里，有的坐在椅子上，有的倚在墙壁上，还有的一脚门里一脚门外地站在门口，听老赵讲段子。老赵讲到关键点上，大家都要笑。男人的笑，放肆直接；女人总会用手掩了嘴，意味深长地笑。不论同事们怎么笑，总是很开心的样子。老赵见同事们笑，自己就很满足，将带着笑意的目光依次在同事们脸上掠过。同事们就用开心的目光回敬他。老赵就一副很有成就的样子。

这一年，处室分来一个研究生，姓李。小李似乎总是"离群索居"，每天上班，走进办公室和大家伙儿点头打过招呼，便坐到自己位置上，打开电脑开始忙手头工作。闲暇时，小李会走到窗子旁，透过窗子向外面看。其实外面也没什么好看的，除了车流人流，还有马路对面的高楼大厦，并没有什么新鲜景致。人们理解，小李这是发呆呢。人总有发呆的时候，可现在的人，发呆的时候越来越少，能发会儿呆也显得弥足珍贵。

小李是处室唯一一个不听老赵讲段子的人。每当人们聚在老赵办公室时，小李就望着窗外发呆。对门不时地传来欢声笑语，似乎和小李无关，他完全沉浸在自己的世界里。

老赵每次讲完段子,仍然会将幸福的目光依次在每位同事脸上扫过。可当扫到最后一个人时,老赵的目光变成了逗号,脸上一副意犹未尽的样子,然后他把自己的目光从众人身上扯开,越过人们的头顶望向对面办公室窗前小李发呆的背影,目光就跳了跳。人们就转过头,齐齐地把目光冲向小李。小李背对着大家,浑然不觉的样子。

一日,又到了老赵讲段子的时间。办公室的马大姐就招呼小李道:"小李,听赵头儿讲段子吧,可好玩儿了。"他们都亲切地把老赵称为赵头儿。小李摇摇头,头也不抬地说:"我对那些段子不感兴趣,你们听你们的。"然后又走到窗前,固执地把后背留给大家,任由身后的笑声一浪高过一浪地传来。

久了,小李在众人心里就异样起来,人们望着他的目光就虚虚的,成分复杂,只可意会不可言传的样子。马大姐是个热心肠的人,小李刚报到时她就知道小李没有女朋友,曾热心地为小李介绍过两三个女孩儿,不知什么原因,都无果而终。这一日,马大姐来到小李面前,拉过一把椅子坐在他对面道:"小李,你这性格得改改,太不合群了。"小李满脸问号地望着马大姐。马大姐单刀直入地又说道:"比如你不爱听赵头儿讲段子,总是一个人发呆。"小李似乎有所悟,说道:"咱们赵头儿很孤独,离开办公室一定连个说话的人都没有。"马大姐把手拍在大腿上,发出响亮的声音,众人都把吃惊的目光望在小李的脸上。马大姐说:"小李,你是不是会算命呀?怎么说得这么准?赵前些年老伴儿患癌去世了,儿子在加拿大读书,后来就留在了国外,老赵孤单着生活有些年头儿了。"小李淡淡地笑一笑道:"有你们当听众就够了,也不差我一个。"众人的目光从小李脸上扯开,一时不知如何安放的样子。

马大姐劝不动小李,小李依然我行我素。众人去听老赵讲段子,小李独自发呆。井水不犯河水,大家彼此相安无事。某天,处室来了上级通知,要抽调一人去乡下扶贫。老赵把大家叫到一起,把通知说了,然后目光又依次从众人脸上扫过。这一次众人没有把笑意充盈到目光中迎合老赵,而是避开了老赵的目光。大家伙儿都知道,下乡扶贫并不是好差事,年纪大的有一家老小,年轻一点儿的,还要谈恋爱,张罗结婚什么的。老赵最后把目光定在小李脸上,小李的目光没有逃避,而是迎着老赵的目光望过去。老赵先避开目光,望着某个物件说:"我琢磨了,咱们处室,只有小李合适。"老赵说完,目光终于坚定地望向小李。小李似乎不假思索地说:"我服从安排。"老赵离开后,马大姐走到小李身旁小声地说:"小李,你傻呀!怎么这么快就答应了?你还没找对象,去乡下一待就得两年,好多事都耽误了。"小李淡然一笑道:"谢谢马姐,我没事。在这城市里我就一个人,我去正合适。"人们都知道，小李是大学毕业考进机关的，他家是外省的。小李这么说完，众人都醒悟过来，纷纷冲小李投来友好又亲切的目光。

小李走后没多久，处室新来了一位领导。老赵快退休了，便从领导职位上退下来，连同他单独的办公室都交给了新来的领导，搬到了大办公室。新来的领导不苟言笑，自己工作认真不说，还不时地到大办公室抽查大家的工作进度，所有的人都会真真假假地做忙碌状。

因新领导的到来，老赵都没机会讲段子了，每到以前讲段子的时间，他都会拿着保温杯走到饮水机前去接水，然后把目光望向大家。众人避实就虚地把目光移开，投向对面办公室。新来的头儿伏在案前，一丝不苟地忙工作。老赵只能又落寞地走回到自己桌前，把椅子弄出些声响。

两年很快就过去了，小李完成了扶贫工作。这时的小李似乎变了样，比以前成熟了许多。小李回来不久，就向大家宣布了一条好消息，自己要在这个五一劳动节完婚。人们这才知道，小李这次扶贫下乡，交上了一位女大学生村官做自己的女朋友。众人都真心祝贺小李。马大姐拍手打掌地说："小李呀，你这是塞翁失马呀！"小李不说什么，很幸福地笑了。

小李结婚不久，老赵被宣布退休了。老赵离开处室时，怀着不尽的留恋和不舍跟众人道别。

老赵退休后无事可干，转来转去总是会出现在单位门口。退休了，交回了出入证，老赵只能停留在门口，向工作了大半辈子的机关张望，不舍和失落溢于言表。

有一日，工间操时间，马大姐透过窗子意外地看见老赵和小李正坐在机关门口的长椅上。两人似乎在下棋，不时地还有说有笑。小李是以取快递的借口出门的，半晌之后，才见他抱着快递回来。从那以后，每当老赵出现在大门前，小李总会站起身冲大家说："谁有快递？我帮着去拿。"众人拿起手机把快递通知信息转发到小李的手机上。小李就乐颠颠地外出取快递，到了门前，总是会和老赵说上一会儿话，才带着包裹回来。

马大姐不解地来到小李桌前："小李，以前老赵讲段子，你听都不听，现在怎么又和老赵打得火热？他都退休了。"小李眨着眼睛，真诚地说："老赵退休了，一个人太寂寞了，他每天来，就是想找人说说话，讲讲段子。"众人把目光齐聚在小李脸上，脸上都是不解的神情。

小李清澈的目光望着大家，众人躲闪着收回自己的目光，无处安放的样子。

# 碑匠崖

张 港

"那个……那啥，你问碑匠崖呀？那你算是问对人了，这我知道。在早呀，这儿不叫碑匠崖，叫白砬子。"

"砬子？"

"砬子就是陡立高耸的大石头，石头山。"

"咋叫的碑匠崖呢？"

"说这话呀，那是小鬼子进东北的第十二个年头。俺们这儿呀，来了抗联五团。抗联打仗厉害，这不奇，奇的是啥呢？奇的是五团有个碑匠。我说大记者，你经多见广，你听说过部队有碑匠的吗？"

"碑匠，就是石匠呗。"

"不不不，那可不对。碑匠是碑匠，石匠是石匠，两码事儿。石匠打个碾子錾个磨，抠个马槽子啥的。碑匠可不是。碑匠，头一样得力气大，能把大石头翻得来倒得去。二是识文断字，跟你们记者一样，是识字分子。不识字咋刻字？三是能攀山，为得块好石料，什么悬崖绝壁都得上去。

"你问部队要碑匠干啥？那用处可大了。打仗哪能不死人？有人牺牲了，碑匠就打个石碑，记下姓名。五团有大事，碑匠也錾出文字，埋地下留给后人。

"没有碑可錾时，碑匠就骑上马，跑出几十里，刻块石头，再跑回来。这可热闹了！日本鬼子大队人马冲那一块石头去了。你说咋的，石头上的字是'中国人一齐打日本'。末了的字是'五团'。团长说：'一个碑匠，顶得一支队伍，调得日本兵满山瞎跑。'

"啥？他叫啥名呀？别打岔，你听我说呀。

"有这么一天呀，碑匠正琢磨事儿，团长、政委走来了，二人争吵得厉害。碑匠听明白了。啥事呢？上边下了令，要打下白石镇。白石镇石头墙，日本兵多，不扔百八十条人命是拿不下来的，可军令如山。怎么打？他们争的是这个。

"第二天一早，碑匠不见了。有人想起，昨晚吃饭就没见这人。

"团长到碑匠的窝棚,见立柱上刻着白茬字:天黑打白石镇,必胜。

"啥意思呢?不管啥意思,备马备枪,打白石镇。

"水往东西流,话分两头说。撂下五团说碑匠。这头呢,碑匠爬上白砬子顶上,用大绳把自己顺下。就挥大锤,使大钎,刻出两个字,一个字有一铺炕大。

"白砬子下就是俺们屯。人人抬头仰脸看新鲜,慢慢看明白了,俩字:抗日。

"嚯——这家伙,厉害!抗日抗上了白石砬子。

"'抗日'俩大字刻得了,大绳上吊着的碑匠冲屯里反复喊:'全来瞧全来看——打走日本王八蛋——'

"人人抿嘴笑,相互嘱咐着:'可不能让日本人知道。'

"白石壁上的碑匠,一边把字往深处扩,一边唱上了二人转:'刘为大来关某我为二呀,涿州范阳你是老三哪……'

"这么折腾,日本人能不知道吗?日本兵用迫击炮,照白砬子就是猛轰,可是,炮弹上去,打个出溜儿滑就掉地上了,砬子上只留白点儿。

"炮弹打得火星子乱迸,碑匠照样扩字,还唱:'想当年大哥无食他把草鞋卖呀哈——二哥我身担着豆腐盘——'

"炮这么打,人还有个活命?有敢看的说,人肉一块一块往下掉,掉了大腿掉胳膊。不说了,不说了。——白崖壁成了红崖壁。

"别哭呀,丫头。你一哭,我不好往下讲了。

"怎么打炮,'抗日'两个字还在。你想想,有这么俩大字明晃晃立着,日本鬼子哪受得了?镇里的日本兵全调来了,一齐开枪,子弹一打一个白点儿,跟碑匠的錾子似的。子弹打光了,算是看不出字了。

"再说五团这边。老乡跑来报告石崖刻字的事,团长心痛得一脚踢翻一块大石头,就掏枪喊人要给碑匠报仇。政委说:'碑匠这是引出镇里的鬼子,让咱们打空城,拿下白石镇。'

"后来?后来那还用说?拿下了白石镇呗。子弹、炮弹全打石头砬子了。没子弹的日本兵,那还扛收拾?

"完了?没完。没过多长时间,你说咋的,白砬子上又出字了!比上回的'抗日'还大。这回刻的是'消灭小日本'。

"打哈尔滨来了日本工兵,吊绳子打上炮眼,一炮一炮,炸掉了'消灭'和'小'。'日本'俩字不敢炸了——炸'日本',那不成了自己炸自己?

"还没完。过了些日子,'日本'俩字上头,又刻出字来,成了'打倒日本'。

"日本人还是得炸呀,这回连'日本'俩字一块堆儿炸个利索。

"人人传说,'日本'都炸了,小鬼子要完蛋了。真的,没过多长时间,日本鬼子投降了。

"你问碑匠叫啥名呀?让我咋说呢?头一个,后来知道是姓耿,名就不知道了。第二个是谁,都不知道,第三个就更不知道了。反正是中国人,没留下姓名呀,你就记这事吧。

"没完,没完,还有事。我说呀,你们记者说话顶用,跟大领导说说,这碑匠崖,老这么光着板儿也不中呀,还得刻上字呀!

"啊——钱呀?钱没事,实在不行,俺大伙儿凑钱。缺少的是碑匠呀,缺少的是碑匠!"

# 情　怀

王生文

刘院长这几天只要一闲下来，想的就是堆雪人。心里想，手心也跟着痒，眼睛不时往天上瞅，雪好像还没有影子呢。

但降雪之前，刘院长有好多事要赶紧做。

这次强降雪早几天就发布了预警，民政局领导还专程来过一趟。为了保证敬老院的老人们平安度过这次寒潮，每个细节都做到位了，比如窗户每条缝隙都打了一层玻璃胶。里里外外、上上下下地检查，整整两天刘院长没有歇息片刻。

其实，刘院长并不是正儿八经由上级民政机关任命的。要说，他也算是敬老院中的一员。从民政局局长的岗位上退下来后，刘院长原想好好享受晚年的生活，可是不承想，敬老院那些老人联名写信给新局长，要求老刘来当他们的头儿。新局长把联名信给他看，他看完信呵呵一笑，说："还能怎么着？谁叫自己平日里和这帮老哥老姐们走得近呢？"

就这样，刘院长住进了敬老院。

上任不到一个月，就赶上今年首场强降雪来袭，刘院长哪敢怠慢？看到刘院长忙得不亦乐乎，老哥们拉着他的手，让他休息一会儿，更有几位老顽童对他说：

"不就是要下雪吗？下雪好，都几年没看见雪了。"

"下雪了我们就去院子里玩儿。"

"还可以堆雪人。"有个轻度中风的老人说。

"是啊，都好多年没堆雪人了……"没想到一说起堆雪人，那些老哥们都来了精神，个个跃跃欲试。

刘院长受到感染，一时间他也感到童心复活了。是啊，堆雪人多好玩儿啊！这回说什么也要堆个雪人玩儿。想到这里，刘院长开心地笑了。不过，笑归笑，他并没有应许大家。让每一位老人安全度过这次寒潮，是他给民政局的承诺，他怎么能允许他们堆雪人呢？

这天夜里，刘院长不知自己是什么时候睡着的，一个激灵醒来，睁眼一看，窗口分外明亮，寒气也加重了。刘院长想起了白居易的那首《夜雪》："已讶衾枕冷，复见窗户明。夜深知雪重，时闻折竹声。"他微笑了一下，是只有自己才能感觉到的那种微笑。他微笑是因为想到院子四周并没有竹林，他甚至闪过一个念头：敬老院要不要植一片竹林呢？不过，刘院长旋即从诗意里走了出来，拉亮床头灯，披着厚厚的羽绒服下了床，然后拿起手电筒去查房。他轻轻推开一扇扇房门，借助手电筒的光，给这个披披被子，帮那个把手放进被子里。这情景让刘院长想起了当年的军营，那时，好多个深夜他就是这样下连队查房的……

　　回到床上，刘院长看了看时间，快凌晨五点了。他坐在床头，计划五点半去院子里扫雪。老人们说要堆雪人，可不是说着玩儿的。他太熟悉他们了，到时他们真要堆雪人怎么办？要想不让他们任性，除非先把院子里的雪打扫干净。

　　也就在这时，一个快被遗忘的心愿瞬间在刘院长的心里复苏了……

　　儿时，刘院长很喜欢看一幅主题为拥军优属的年画。那年画画的是雪后清晨一位满面红光的老人打开屋门，却发现院子里的雪已被打扫得干干净净，而几个戴红领巾的小学生则笑着藏在院门口。从那时起，刘院长就想学年画里的小学生，为村子里的老人扫一次雪，当一回小雷锋，但随后不久他就去县城读书，接着又进部队，后来转业到地方民政局工作，在忙碌的生活里，竟将这一个小小的愿望彻底忘记了。

　　刘院长沉浸在儿时的回忆里。那时，每逢下雪，他都要和伙伴们一起堆雪人、打雪仗。那时候，他的雪人总是堆得最高，雪球也掷得最远。或许就因为擅长掷雪球，进部队后他一直是投掷手榴弹的能手……

　　刘院长坐不住了，匆匆抹了一把脸，穿上胶鞋，拿起扫帚和铁锹，轻手轻脚地打开院门。

　　雪已经停了，院子里铺了厚厚一层白雪，被絮似的，踩上去吱吱地响。刘院长把扫帚铁锹往旁边一扔，扑倒在雪地上，连打了几个滚，衣服上、脸上、眉毛上都沾上了雪花。他本想来个鲤鱼打挺，无奈腰肢乏力，只得以手撑地站起来，随即又弯下腰，团起几把雪，朝院外一棵高大的落叶乔木掷过去。哎，竟击中了，乔木枝头的雪花碎玉般飘下来……

　　一连投了十几个雪球，刘院长又开始堆雪人。他用铁锹将雪铲起来，一锹一锹往上堆。等堆到半人高时，他左砍右削，前铲后补，不一会儿，一个雪人便成形了……

　　刘院长站在雪人前，一手扶着锹把，一手叉着腰，好不陶醉……就在这时，院门开了，拥出七八个老人来，冲着他嚷道："院长，这就是你不仗义了！你堆雪人，怎么不喊我们？"

刘院长一愣，回过头对他们说："谁说我堆雪人了？我正要去问你们呢，这雪人谁堆的？"刘院长手指着雪人，一脸严肃地望着面前的老人。老人们你看看我我看看你，互相猜疑着。刘院长见状，接着说，"都七老八十的人了，又一个个腰酸背痛的，还惦记着要堆雪人，让我怎么说你们是好？这样吧，这事我就不追查了，这雪人也留着，你们就当是自个儿堆的，手心痒了就多看几眼解解馋。至于院子里的雪，我就不给你们留了。好吧，都回屋里去，我要除雪了。"

大院霎时间成了刘院长挥锹独舞的战场……

# 满身枣花香

李 方

体育馆后面是湖滨巷。巷小，不长，百八十米，两侧全是沙枣树。树不高，耐寒，适宜在北方生长；开花迟，花骨朵小，米粒一般，金黄色，但非常繁密。夏夜走进湖滨巷，有一种甜蜜的眩晕感。走出巷子很远，身上还有淡淡的香气。小巷的尽头，是农科所的家属院，一幢四层小楼，十六家住户。我结婚后搬进了婚房，这里成为父母的二人世界。四年前母亲离世，父亲一人独守空房。

在我心中，父母可做天下夫妻的楷模。尽管他们的学历只是中专，算不上高级知识分子，但他们的恩爱，在这幢家属楼是公认的。从小到大，我一直都浸淫在他们所营造的温馨和睦的家庭氛围中。令我不解的是，学财会专业的父亲，业余爱好却是音乐——古典的、现代的、中国的、外国的，甚至那种让年轻人浑身扭动的摇滚乐，也令父亲沉醉。他不光是聆听和欣赏，还动手演绎优美的旋律。冬日飘雪的傍晚，他坐在阳台上用手风琴演奏《三套车》；夏日落雨的黄昏，用小提琴演奏《梁祝》。没有哪位住户对此提出抗议。

和父亲如此大动静的爱好不同，学养蜂专业的母亲，业余生活却是那样安静：读书——全是文学类，四本一套的《静静的顿河》，各种版本、不同译者的，家里有五套。最独特的一套，是父亲出差时买给母亲的礼物。当时母亲亲过父亲、接过书刚翻看了两页，就笑得直拍大腿，说道："都说艺术是相通的，但隔行如隔山，喜欢音乐的搞不懂文学。——这是盗版的。"那一套《静静的顿河》，母亲对照"人文社"版金人译本，用红色中性笔将差错逐一勘正，并指给父亲看。这让父亲在谈论音乐之外，对文学也有了谈资。

他们就这样度过了大半生，直到母亲离世。

我不知道母亲的离去对父亲造成了怎样沉重的打击，但他把所有的乐器、唱片、功放、音响，都赠给了他和母亲曾就读的中学。业余时间，父亲就读母亲勘误过的那套书。

父亲退休的前一年，我差不多有十个月时间没有见到他。打电话给父亲，要么不接,要么就回复两个字:在忙。直到今年六月的一天,父亲发短信给我:来家。

沙枣花全开了。

父亲坐在阳台上,小桌上反常地没有摆放《静静的顿河》,而是其他的东西。他递给我一张纸。我吃了一惊:大粗黑的边框内,是纪委约谈父亲的通知书。我心惊肉跳地看完,发现日期是一年前的,说明事情已经过去了。我轻轻地放下了那页千斤重的纸,愕然地望着父亲。

父亲微笑着问:"你看它像什么?"

我无语。

父亲说:"有时候我想,如果我真的做了错误的事情,这张纸看起来就会像一张讣告啊!而且抬头直呼其名,连'同志'两个字都没有!是啊,谁会称呼一个疑似贪污犯的人为'同志'呢?但是儿子你放心,爸爸是干净的,组织上对我是肯定的,我是对得起你妈和你的。"

父亲将小桌子上的两本荣誉证书打开递给我,一本是嘉奖令,一本是三等功证书。他又把一个细绒包面的精致小木盒打开,里面是一枚三等功奖章。

父亲站起身,打开窗户,望向湖滨巷。沙枣花的香气扑进屋来,四处弥散,倒像是奖章证书自带香气,肃穆而严正,逼退了其他的任何气味。父亲坐下盯着我说:"我学的是财会,干的是会计,工作几十年,坚持原则,得罪人是免不了的。有人告我的状,纪委查我的账,这很正常。关键是,自身要干净。现在有了结论,连续三年考核优秀,嘉奖和三等功,也补发了。昨天,办理了退休手续。做人,要像你妈,把所有的错误都剔除干净,这样手脚才会干净。如果要贪,就贪读书,像你妈一样,那样你的心才会纯净,才能安稳。'讣告'和奖章,我希望你都带走。这两样东西,就是生与死的界限。你干警察,应该比我更懂得它们的意义。"

走出湖滨巷,满身枣花香。不用回头我都知道,背后,是父亲站在阳台上深情注视的目光。

# 长把的大雨伞

阿 成

这些日子，老康一直觉得身子有些慵懒，走起路来像一根羽毛，轻飘飘的。年轻时那种恶着眼神夯夯地走的状态，已经恍如隔世，随着岁月飘走了。是啊，彼时此时，其情何堪？老康现在这种状态还是太疲劳了吧。当然，作为一个人，就得尊重整个生命流程当中各个阶段的状态。

老康从海南回来以后一直在忙。他不知道为什么把自己搞得这么辛苦，难道这是命吗（这"命"，几乎成了世界所有难题的标准答案）？在海南的时候，老康就不断地收拾空了一夏天的房子。房子仿佛有生命似的，隔一段时间不住，它就会出现问题，屋子里有许多东西都看着不顺眼了，那就得收拾收拾。只是，一旦收拾起来就会产生连锁反应。用老康的话说，收拾完了客厅，你就会想，橱柜也得重新打理一下。接下来，从橱柜想到鞋架，收拾好鞋架又觉得厨房的用具摆放得也不合理……诸如此类，无穷匮也。

老康是一个有文化的人。

实话实说，这一年老康真的是累够呛。但是有什么法子呢？有时候老康觉得自己怪可笑的，难道生活就是这个样子吗？明明是到海岛来躲避黑龙江的寒冷的，结果却天天劳动，不得安闲。然而，虽说老康在海南岛没过上几天轻松的日子，不过过得充实。一切都打理完了之后，时间已像脱了缰的野马似的一下到了四月，海岛上热浪来袭。东北人毕竟是寒带的物种，就像企鹅受不了酷热一样，老康又匆匆忙忙地赶回东北。在黑龙江，不管太阳有多毒，只要坐在树荫下就特别凉爽，空调啊、风扇啊，都不能与之媲美。

既为"候鸟"，就是冬去春来，搬来搬去的，在东北想念海南岛，在海南岛想念东北。回到黑龙江之后，老康又开始忙了。空了一冬的房子出现了很多问题，老康过去住的时候并没有发现，现在问题全都出来了，例如，小院子的栅栏需要修了，又发现阳光房的纱门开得并不合理。冬天，老康不在的时候，从纱门吹进来许多灰尘，阳光房里面到处都是。

老康想，当初若是把纱窗门封死就对了。可这需要一笔钱呢。老康的那个搞装修的朋友来了，一算，大约需要五千元（因为不单要重做纱窗门，还要从正房另开一扇门，这样才可以进到阳光房里去）。做还是不做呢？虽然说老康不是有钱人，但他思来想去，人活着不是要尊重每一天吗？索性就做了吧。

大约过了十天，一切都搞好了。老康很满意，觉得开始就应该这样做。接下来，老康又发现了问题，觉得阳光房里面需要一张小饭桌。有了小饭桌就可以坐在阳光房里边喝茶、看书或吃饭，边欣赏院子里长得绿莹莹的黄瓜、豆角、茄子，心情肯定好。打理好之后，老康又发现院子里的葡萄架有问题了——架子的木头都被太阳晒爆了皮，应该用那种速干的桐油漆再刷一刷……

说到这个廊桥似的葡萄架子，老康之前也买过几棵葡萄苗，但都没有成活，葡萄架孤零零地矗立在那里，像一座空荡荡的戏台。老康自己都觉得不好意思。看到别人家小院子里架子上的葡萄藤长得那样茂盛的时候，他又忍不住了，专程跑到花鸟鱼市儿，花一百多元买了两棵葡萄树。一百多元呢，老康确实有点心疼。

葡萄种上了。老康天天看守，时时观察。苍天不负有心人，总算活了一棵。老康心情挺好的，只是嫌它长得太慢了，好像每天只能长一厘米。这什么时候才能把葡萄架子全都覆盖了呢？

晚上，老康出去散步，这是他多年的习惯。只是，这习惯让老康得罪了不少朋友。老康的不少朋友都希望晚间聚会，喝酒啊，聊天吹牛啊，骂领导啊。夜，本身就是一块遮蔽伪勇敢者之胆怯的幕布。所以说，夜酒是值得尊重的。但是，因为老康雷打不动、风雨无阻的散步，都谢绝了。现在想想也真是的，是朋友重要还是散步重要啊？

散步回来，老康要泡一个热水澡，这也是他多年来养成的习惯。老康年轻的时候泡热水澡解乏的效果很好，现在年岁越来越大了，效果就不如以前了，不过，泡了总比不泡强吧。

这天，泡过热水澡之后，老康决定到自己的新居去看一看。这套新居是老康准备给自己养老的，只有六十平方米。说心里话，人老了，不太喜欢大房子。老康觉得一个人有一处不大的房子就够了，能做饭，能睡觉，可以上网，看看电视，偶尔写写东西也就行了。人生不必太辛苦，不累就好。

这时候，远处传来了隐隐约约的雷声，看来要下雨了。老康突然想起来，该买一把新伞了。家里倒是有几把折叠伞，但没用几次就坏掉了。真不知道厂家是怎么想的，生产这么糟糕的折叠伞，几乎是一次性的！看来应当买一把结实的长柄雨伞了。雨，也是许多联想的媒介和桥梁。老康想，如果这把长把的大雨伞下是一男一女两个人，该多好啊！

不过呢，这种事儿老康也就是想想而已。

# 苗　兰

方英文

腊月二十九，我正在办公室里喝茶，一边胡乱翻着报纸，一边刷手机深度好文。突然电话响了，是工会主席的声音："方老，你得给咱救个急！"

心想我属于可有可无之类，能救什么急呢？便说："请主席吩咐。"

工会主席说："哎呀，今天领导都不在，咱们的两个帮扶点，还剩一个没人带队去慰问，想来想去，你老德高望重，带队最合适！"

"临时拉我壮丁？不必戴高帽，去便是了。"工会主席喜欢书法，我们平时交流较多，没啥顾忌的。

"多谢了，那十分钟后大门口上车，一切都准备妥当了！"

下楼一出大门，果然见停着小商务车。一位俊俏女子恭候车门，笑盈盈接过我手中茶杯，轻抬玉臂搭车顶，礼貌地说："请方老上车——"

勾首进车，噢哟，竟全是红粉，嘻嘻哈哈打着招呼。单位近两千人，因为年龄层不同，看她们面面糊糊，一概叫不上名字。但这俊俏女子却有印象，因为国庆晚会上听她拿陕北方言朗诵《再别康桥》，满堂倾倒，但也没记住她名字。

刚坐定，俊俏女子随即上来，车门一拉，对我说："我叫苗兰，后备厢里装了米、面、油、糖四样礼，根据村上困难户数，共备十一份。"

后排一位红粉说："咱们的工会副主席，驻村扶贫第一书记。"

我一听，说："苗主席这姓好，苗姓与名兰搭配，甚雅。"

后排三女及副驾一女依次自报姓名及各自所在部门，有说方老文章很有意思，举例读过某某作品。

我心里得意嘴上却说："不值一提，不值一提。"

"都说方老段子讲得好，能否来一个？"掌声响起。

我在脑子里翻搅一通，不知选哪个好……直到出城上了高速，才想了一个段子，一分钟不到就把段子讲完，苗兰笑得要岔气，一手拍击前靠背，一手拍我膝盖。

郊县路近，很快要下高速。苗兰给当地打了个电话，接着拉开手袋，掏出一沓红包说："这十个红包里都是五百元，这个一千元的红包由我送。"

我问："怎么钱数不同？"

她说："一千元的是送给村里最困难户的。"

一进村口，就遇见镇长在等候。车子很快到了村里最困难户家。卸下袋子油桶，拎进院里。院子里早摆好了木桌小木凳，阳光温暖，热茶氤氲，却没有过年的气氛，可能因为没下雪吧。倒是旁边一个支起来的门板上摆着红纸笔墨，才想起要过年了。

这家三口人，老两口和一个大龄智力障碍儿子。老汉瘫卧在床，老太太一只眼睛深塌着，隐约一线眼缝。我急步进屋，见老太太半拉屁股坐在床头，斜身撑起老汉。我恭敬地把红包递过去说："给您老拜个早年，祝你们新年快乐！"

苗兰随即坐在那不太干净的炕沿上，轻轻掀起老汉被子，让老汉侧身面里，帮他退下裤子，露出屁股大腿上霉变羊血般的褥疮。接着拉开手袋，撕开湿纸巾揩拭褥疮，然后敷药。女同事围着帮扶，如护士们围着主刀。

老汉不住地说："苗书记啊，我担当不起！担当不起啊！！"显得满脸羞惭。老两口的儿子不知从何处捧来红枣，硬是装进苗兰的手袋里，却视另外四女如不存在。但她们并没吃醋，反倒窃喜开心。

坐下喝茶，镇长说："久闻方老字好，请给村里写几副春联吧。"

"没问题。"我说，"你这是抬举我呢。"

苗兰吩咐大家，跟着村主任给另外十家送年货与红包。

我写春联时，司机拍照发微信。老太太虽然只是一只眼睛好，但我每写成一副，她便竖起大拇指，感觉比王羲之表扬还来劲儿。

我问她："大娘，你看我写的字哪里好？"

"哎呀，我看嘛……"大娘看看满地的红纸黑字，又看看我笔走龙蛇，就说，"比烙锅盔，比漏面鱼儿鼓的还大！"说完十分不好意思地笑着。

"满地鸡跑。"镇长耳语我，"这里卫生差，我们去镇机关灶吃饭。"

"不客气。"我说，"时间还早，我们还是回去吃吧。"

五女分两次送完年货与红包，进屋和卧床老人道别。她们伸手与大娘握手时，大娘两手互捏，指头不伸。

我一看，尴尬地扬起手，指着天空说："老天爷，赶紧下场雪，好过年……"

# 就是你了

赵 新

乡政府向沟里村要一位服务人员，负责打扫乡政府的卫生，保持乡政府大院清洁亮堂的办公环境。具体任务是每天清扫乡政府办公楼的楼上楼下，清除大院里各个角落的废物垃圾，一天24小时保持乡政府清洁卫生；如果还有时间，可以帮着烧烧开水，收收报纸信件，搞搞厕所卫生。具体要求是：一、身体健康，45岁到55岁的有身份证的沟里村男性村民；二、热爱劳动，勤快干净，初中以上文化程度；三、品质优良，礼貌周全，谦虚谨慎，和蔼可亲。待遇是每月工资3000元，每月15日前结账发清。

沟里村的村委会主任名叫赵三喜，58岁，个头不高，身体结实，人很精神。接到乡政府的通知，三喜犯了难：哎呀，这个人找谁呢？要说近，乡政府离沟里村最近，满打满算5里地，骑车子放个屁的工夫就能赶到，保证耽误不了事情；要说简单，活儿确实简单，不必动用计算机，没有什么高科技，挥挥扫帚动动抹布就行；挣的工资也不少，每个月干茬茬的3000块；可以在家里吃、家里住，守着老婆孩子亲戚朋友，强似在大城市里要面对租房住呀买饭吃呀等诸多问题给人打工！可是让谁去呢？这样一份美差，找自己的三兄弟去？找自己的小舅子去？近水楼台先得月，自己就是村委会主任，自己说了就算数，可以保证一家子甚至两家子都高兴！可是那不被人说长道短、不被人骂死吗？虽然自己的兄弟、自己的小舅子两个人非常非常合乎条件，非常非常知己，非常非常勤恳，但是不行不行绝对不行。自己这个村主任不是给他们两个当的，这两个人不予考虑，还是请他们靠边站，让他们去做他们正在做的事情！

那么找谁呢？谁才有这样的福气、这样的运气呢？

想了又想，赵三喜还是没有想出比较理想的人物，他问女人："哎，我说，咱们找谁去呀？这么好的工作，这么好的工作环境！"

女人说："我的意见是，除了你的兄弟，除了我的兄弟，别人谁去都行。全村就他们两个不行，绝对不行！"

他说:"这个我知道,请你放心!"

女人说:"那你们就开个村委会研究研究,讨论讨论,一定找一个不怕苦不怕累不怕脏的勤快人,给人家把事情做好做漂亮,给你争一份脸面,也给咱沟里村争一份光荣!"

听了女人说出这番话,他很激动,他很兴奋。他说:"谢谢你的理解和支持。我现在才悟出一条道理来:做男人,有什么财富也不如有个好女人!"

女人说:"哎呀,你知道吗?对于女人来说,有什么也不如有个好男人!"

他们两个都笑了,声音不大,但是笑得很默契,很知己,很真诚。

第二天晚上,经过深思熟虑,赵三喜决定召开一个村委会,研究、讨论、决定这件招工的事情。说是村委会,其实是村委委员扩大会——除了村委会委员必须参加外,村里的村民小组长、片儿长也必须参加,为的是发扬民主,坚决做到公开、公正、公平。开会前,赵三喜把到会的人员数了数,点了到,大大小小、老老少少总计22个人。

会议就在村委会的办公室召开。赵三喜首先讲话。他很严肃地说:"同志们,乡亲们,叔叔大伯婶子大娘姐姐妹妹哥哥兄弟们,乡政府朝我们沟里村要一位清洁工人,这是对我们的鼓励,对我们的信任!请大家想一想,我们让谁去。谁能够踏踏实实漂漂亮亮地完成任务,承担这样的责任?"

没人举手。没人举手也就没人发言。

赵三喜说:"待遇也不错,守家在地儿,既不吹风,又不淋雨,每月工资3000元,这是上好的差事。大家要好好想一想,好好琢磨琢磨!有报名的请举手,你毛遂自荐也行,推荐别人也行!"

还是没人发言,会场的气氛闷了起来。

赵三喜说:"我是村委会主任,我放弃这次机会。大家不必拘束,想说什么就说什么,你给自己报名也行,你看着谁比较合适,推荐他人也行!"

还是没人发言,会场里一片寂静,一片沉闷。

赵三喜明白,这是在座的各位都想推荐自己的亲友和家人,又都不好意思敞明叫响说出来,所以腼腆了,所以羞涩了,所以你看我我看他,所以先让别人说,然后自己说。

面对这样一个难堪的局面,赵三喜忽然心生一计。他立起身来,笑嘻嘻地说:"好好好,好好好,请大家先认真地负责任地考虑考虑,一会儿咱们再做决定。我有一个特殊事,请大家多多原谅多多理解,我得先到外面的茅房里去一趟,然后咱们再接着开会。"

赵三喜出去了。

有人笑了,还有人拍了拍巴掌。

可是赵三喜很快就回来了。赵三喜说:"哎呀,大事不好,有个老汉跌倒在茅房里,喊也喊不应,搬也搬不动,弄得浑身泥泥水水,肯定是病了。"他说他自己想把老汉扶起来,无奈身单力薄搬不动,请大家……

话未说完,就有一位小名叫"老好"的中年男人嗖的一声跑了出去。

他跑出去一看,并没有人跌倒在茅房里。

他喘着粗气对赵三喜说:"主任,你撒谎,茅房根本没人!"

赵三喜笑着回答:"兄弟,就是你了,就是你了!"

老好还不明白:"什么就是我了,就是我了?"

赵三喜重复说:"好兄弟,就是你了,就是你了!"

# 盗贼老姜

侯德云

阿威小酒馆,是邻居老王引我去的。特点是食材新鲜、味道好、价位适中。几道拿手菜,石锅海胆豆腐、黄豆焖凤爪、炖杂拌鱼,吃过忘不掉。时间长了不去,还馋。

老王是生意人——很硬的生意,卖钢材。几年前不知他是得道还是成仙,自己给自己销了号,弃钢材于不顾,去郊区帮他爹弄果树。我斥他一句:"累死累活,挣几个钱?"他嘿嘿一笑,说:"不是钱的事。"

果园有忙有闲,忙时,整天不见老王身影;闲时,他爱跟我聊天——天南地北,大事小情,都聊得起劲。也聊身边的人。开阿威小酒馆的阿威,就是他聊起来的。他们是小学同学兼初中同学,彼此很熟。

老王喜欢喝两口,我也是。每次小酌,不管谁请,必去"阿威"。阿威忙里偷闲,会亲自端一盘小菜出来,再开一瓶啤酒,敬我们几杯。实在无法分身,也让人把小菜端来——盐爆花生米,或者小葱拌豆腐,不值几个钱,算份心意。

在老王嘴里,"阿威"跟"阿威小酒馆",有时是同义词。

阿威是个胖子,白胖。老王淘气,"阿白""阿胖"一通乱叫。叫什么都一样。阿威嘴角弯起,脸上笑眯眯,满满的佛相。老王说他实诚,地沟油之类,千万别往他身上想。这话我信。

借着酒劲,老王把阿威的故事讲了一遍又一遍。很多年前,有人见阿威生意火爆,生出歹意,雇人找碴儿。四人结伙狂吃,餐后将死苍蝇扔进菜盘,大吵大闹惊扰食客。如此三回。前两回,阿威忍了,赔笑,道歉,免单。第三回,忍无可忍,一锅开水倒过去,一个重伤,三个轻伤。

老王叹口气:"就这样,阿威进去了。"随即张开手掌,"五年,五年哪。"说罢端起酒杯,干了杯中残酒。

我也端杯,一饮而尽。

老王给我倒酒,自己也满上,将酒瓶往桌上一蹾,说:"阿威出来后还开酒馆。

说来也怪，再无人找碴儿。"

一日风雨交加，傍晚仍不歇，老王犯了酒瘾，在微信里喊我。实在拗他不过，便撑了雨伞，尾随他的脚步，一起打车去"阿威"。以往，我们都是步行。二十分钟路途，不远不近，适合来回散步。

店中无客。老王和我坐到散台老座位，点菜。阿威应声而出，说："今天我请客，弄几个拿手的，陪你哥俩喝。"

老王咧开大嘴："那敢情好。"

半个多钟点，下酒菜上齐。阿威破例端了白酒杯。老王神情大悦，第一杯，咣一下，让他干掉一半。

喝到风停雨歇，已接近子时。阿威的演讲还在继续。我第一次见阿威说这么多话。以前觉得他木讷，现在知道不是。

阿威讲的是狱中故事。不讲自己，只讲别人。费时最多的是老姜。

老姜有个绰号，叫姜大盗，人人都叫，真名反倒被遗忘。此人浓眉大眼，身板壮实，数九寒天穿单衣单裤，不冷。

老姜擅长对付保险柜。各种各样的保险柜，都能对付。

老姜是阿威的牢友，两人走得近，聊得来。

监狱里的犯人，不抽烟的少，不犯贱的也少。最常见的犯贱是捡烟头。老姜不捡烟头，也不准别人捡。谁敢在他面前捡烟头，一定没好果子吃。他会让那人把烟头吞掉。不吞不行。不吞，膀子一抡，赏一个大耳刮子。老姜力气贼大，谁都受不了。

阿威学老姜，把烟戒了。

除了对付保险柜，老姜还擅长越狱。老姜是天生的盗贼，对地形高度敏感，几乎过目不忘。他说："石头也有缝，不然咋偷？"他第一次进去，才两个月，就逃了。是一座老式监狱，建在山上。老姜踩点，算时间，做准备，等机会。一日借放风之机，从旱厕的粪坑潜出大墙，沿小路下山。逢沟跳沟，逢坎越坎。至山脚，跳进水湾，洗掉浑身脏臭。正值盛夏，行前他把背心、短裤、布鞋和毛巾全都扎进塑料袋，绑在腰间，外面套上工作服。此刻换上背心、短裤、布鞋，扮作长跑者，从郊外跑向市区。靠近市区，见路边有警车，迅速拐进树林。潜行良久，遇一高墙，跳入，竟是一家医院。摸进太平间，躺到停尸台上，与五具尸体并列，一动不动挨到天黑。房外老鸹叫，风起，房门砰砰响。看尸人在隔壁，自斟自饮，还唱。唱的什么戏词，听不清。老姜夜半起身，溜进住院部大楼，值班室没人，便进去拿了白大褂、帽子、口罩、听诊器，扮成医生去查房。一趟下来，钱、糕点、水果，都有了。

老王口中啧啧，说："就像演电影一样。"

阿威没接老王话茬，自顾自往下说。

就这样，老姜逃了出去，到处流窜，到处偷，钱多得花不完。可有一样，夜里睡不踏实，梦中所见全是警察。也睡女人，一个接一个，可是不敢成家。想做正经营生，也不行，手痒，管不住。有苦无人诉，闷头抽烟，一天两包，抽得嘴臭。三年后回老家，与旧日狗友厮混，酒后打赌，撬一家公司保险柜。夜里真去了。从进门到得手，半小时不到。收获不小，一沓沓全是新币，五十沓不止。该高兴，却高兴不起来。心里空空荡荡，觉得过往的一切算计一切手段，都毫无意义。懊恼袭来，身子陡然瘫软，倚住保险柜，坐到地上。倏尔兴起，掏出打火机，点火烧钱。烧一张又一张。烧到第一百零一张，门外有了动静。两只手腕一并，做就擒状，对来人说："走吧。"

阿威说："老姜是我的教科书，没他就没我的今天。"

当晚大醉，沉沉入梦，我梦见老姜烧钱，一张又一张，神态自如，状若尘外高人。细瞅，那人不是老姜是阿威。再瞅，那人不是阿威是老王。

# "三棋王"他爸

张望朝

胡小平棋下得好，象棋军棋围棋样样精通，下遍全校师生无敌手，人送外号"三棋王"。然而，除了下棋，该男生别无所长，学习更是一塌糊涂，他爸爸经常为此发愁。他爸爸是局长，市教育局局长，胡局长。

中考将至，胡局长厚着脸皮来到我们学校，通过校长见到班主任，请班主任找同学帮胡小平补课。班主任说："找几个老师帮他补，不是更好吗？"胡局长说："还是请同学比较合适，我毕竟是教育局局长，请老师来家给孩子补课，传出去影响不好。"

班主任找了三个男生——王立冬、邢志国、我，分头为胡小平补数学、英语和语文。老师把我们三个叫到办公室，说明情况，征求意见，并一再声明，一定要自愿，如不愿意，绝不勉强。班主任出面，怎么好不愿意？胡小平虽说有个当局长的爸爸，却没有"官二代"的架子，见谁都嘻嘻哈哈的，学习不好，但人缘不错。再说帮别人补课也是一种复习，甚至是一种更好的复习，不会有什么损失。更主要的是，我们这些平民子弟都很好奇，都想看看局长家什么样子。那时候，在我们这座小城，局长就算高干了。

局长家就是不一样，房间宽敞明亮，家具精致考究，客厅里还摆着一部黑色的电话机，看上去既神气又神秘。那时候只有达到一定级别的领导干部家里才能安电话，普通百姓家里是没有电话的。胡局长待人亲切，没有官架子，他要我们叫他胡伯伯，不许叫胡局长。他说："你们现在是胡小平的老师。按旧礼，一日为师，终身为父，你们跟我是平辈，让你们叫我伯伯已经委屈你们了，以后咱们就是一家人，家里只有亲人没有局长。"说得我们很感动，心里特别温暖。胡小平有个妹妹，叫胡小玫，比胡小平小一岁，非常漂亮。每次去给胡小平补课，胡小玫见到我，都主动打招呼，说"张哥哥好"，之后便回到她自己的房间，再也不见出来，想必对王立冬和邢志国也是一样。我和王立冬、邢志国私下里很激动地聊起过胡小玫，都说没想到胡小平还有这么漂亮的一个妹妹，真是太漂亮了，简直胜过电影明星。作为刚刚进入青春期的男生,我们三个都在暗暗地想,要是能给胡小玫补课,那该多好。

补课结束后的一个晚上,胡伯伯请我们去他家吃了一顿大餐。算上胡小平和胡小玫,桌上一共六个人。六个人围一张圆桌吃大餐,像是一家人吃年夜饭。我们跟胡伯伯已经混得很熟,都不再拘束,大家热热闹闹地说了很多话。说到家事,胡伯伯显得非常伤感,他说:"小平的妈妈患了绝症,早早去世了,临终前嘱咐我照顾好两个孩子。为了这两个孩子,我也算是用尽了心思,我怕对不起他们死去的妈妈。"这时,我看见胡小玫一双美丽的大眼睛闪着泪光,接着就有晶莹的泪水流过白皙的面颊,我真想伸手替她把眼泪擦干。

吃完饭,天已黑,路灯亮了。胡伯伯亲自送我们出门,胡小平和胡小玫跟在胡伯伯身后。胡伯伯和胡小玫停下了脚步,胡小平又单独送了我们一程。分手的时候,胡小平同我们三个一一拥抱,他说:"我知道你们都能考上一中(我们市唯一的省级重点高中),我是考不上啊!以后你们可别忘了我,咱们永远都是好哥们儿,对不对?"我说:"放心吧,苟富贵,毋相忘。"胡小平本来就没什么城府,加上喝了点儿啤酒,就对我们说了实话:"其实你们不是给我补课,是给我妹妹补课。你们在外屋讲,她在里屋听。她今年也中考,和咱们一块儿上考场。"我们三个马上怒视胡小平,都有一种被人耍了的感觉。胡小平连忙解释:"这也是没办法,因为老有男生骚扰我妹妹,我爸爸不敢让她单独接触男生,就想出了这么个法子,嘿嘿……"胡小平不好意思地笑了。王立冬说:"怪不得你下棋下得那么好,你在棋盘上使的那些损招儿,都是你爸爸教的吧?"邢志国用英语告诉胡小平:"Your father is an old fox!(你爸爸是个老狐狸!)"

打那以后,只要提起胡小平他爸,我们就叫他老狐狸。

若干年过去,我也有了一个漂亮女儿,再提起胡小平他爸,我不再叫他老狐狸,还是叫他胡伯伯。

# 捡漏儿

相裕亭

万隆大叔家鱼塘里的栅栏网子歪了。

鱼塘里的栅栏网子,等同于密布在水下的一道篱笆墙。它可以防止鱼塘里的鱼从泄洪口溜走。

万隆大叔跟儿子说:"海生,鱼塘里有根木桩子歪了。"鱼塘里的木桩子,就是用来扯挂栅栏网子的。

万隆大叔估摸那根木桩子的底部可能已经腐烂了。他想让儿子抽个空下塘把那根木桩子往塘底的淤泥中插牢实,或者换一根新木桩子,省得那木桩子漂起来,让鱼随着泄洪口的排水跑掉。

早年,盐区这边养鱼的人家不晓得往鱼塘里供氧(也没有那个条件),但是大家都懂得更换鱼塘里的水就可以避免"起塘子"(死鱼)。所以,每家的鱼塘旁边,都会有一架或两架"吱吱呀呀"的风车,不停地往鱼塘里翻水。同时,鱼塘的泄洪口又在不断地往外排水。

海生不怎么关心鱼塘。爹跟他说过几回那根木桩子的事,他都没往心里去。

这夜,大雨。万隆大叔所惦记的那根木桩子果然漂浮起来了。

"海生,海生!"

天还没有放亮,万隆大叔顶着雨,跑到鱼塘边一看,那根之前歪倒的木桩子此刻就像条死鱼一样,横漂在水面上,网子也被扯起来了。他立马返回来,敲着海生的窗棂子,高一声低一声地喊:

"海生,海生——!你快起来看看吧,鱼塘里的鱼随水跑啦!"

万隆大叔想让儿子快些起来,到鱼塘里把那根木桩子固定好。同时,他还想让儿子找两个"伙混子"(一起耍的小青年),沿着村前那条泄洪河拉几道网,没准儿还能将跑掉的鱼再网一些。

万隆大叔提醒儿子,让他到村东河口那边去看看。若是昨夜万广的闸网子还堵在那儿,他家的鱼就没有完全跑掉——被"闸"在泄洪河里了。

万广在村东河口那边下闸网子已经几年了。

万广那闸网子，不同于扳罾起大网。扳罾起大网，是将一张与河面同样宽的大网深藏在河水里（网中放有饵料），等鱼呀、虾呀什么的跑到网的上方去食饵料时，快速拉动网绳，将河底的大网抬升起来。一时间，银亮亮的鱼呀、虾呀被网住以后，在网中急促弹跳的情景也怪喜人呢。

闸网子可不是那样的。

下闸网子，是选择一处大海潮汐能波及的河汊子，用一张高出水面的密眼儿（小网眼儿）大网，把整个河口都拦截起来。涨潮时，抬起闸网子，让大海里的鱼虾顺着呼啸而来的潮汐涌入河道；退潮时，落下闸网子，拦住将要游回大海的鱼虾。万广的闸网子设置在小河注入盐河的河口，还可以拦住像万隆大叔家鱼塘里跑出来的大鱼呢。

像这样拦截人家鱼塘里跑出来的鱼，盐区人称之为"捡漏儿"。

应该说，这些年来，万广设置的那处闸网子，让他捡了不少"漏儿"。

为固守那道闸网子，万广还在河边的柳林里搭建了一间小茅棚，吃住在那里。

半夜里，听到闸网子有响动，他就知道网到大鱼了。

闸网子挂到的大鱼，大都是上游的鱼塘里跑出来的。听到响动，万广就悄悄地起来，把网到的大鱼收进他沉在水中的网箱里。赶上集日，或是小村里哪户人家来了亲戚找他买鱼，他就能卖个好价钱。

海生家鱼塘跑鱼的那个雨夜，万广听到闸网子挂了大鱼，便冒雨起来收了几条。可后来，当他看到成群的大鱼往网上撞时，他不往网箱里收了。他心想，一定是谁家鱼塘决堤了。

天亮以后，万隆父子在河道里网鱼时，万广就蹲在河边观望。

海生喊来了西巷的三虎子，俩人各站在小河的一边，扯着一张大网，先是从小河的下游，也就是万广布闸网子的那个地方往上游拉网，然后，又从上游往下游拉网。往返了那么几次，还真让他网到不少鱼。其间，好些欢蹦乱跳的鱼又被万隆大叔重新放回鱼塘里了。

最后，河道里没有多少鱼时，海生想到万广的闸网子上还缠着他家鱼塘里的鱼，便丢开手中的网子，跳到水中，去摘那闸网子上的鱼。

这时，一直缩在斗篷底下，蹲在河岸边观望、抽烟的万广讲话了。

万广说："那闸网子上的鱼，你就别摘了——"

万广说那话的时候，脸子和声音都拉得长长的。

万广的意思是，那闸网子是他万广的，上面所挂到的鱼，你海生怎么能随便摘呢？万广甚至想到，当夜如果没有他那道闸网子拦在那儿，你海生家鱼塘里跑出来的鱼早就跑进盐河，游到大海里去了。这会儿，你感谢他万广还差不多，怎么能不问一声就摘他闸网子上的鱼呢？

可海生不那样想。海生觉得，万广那闸网子上的鱼，尤其是大个儿的鲈鱼，都是他家鱼塘里跑出来的，他就应该去摘那鱼。

海生脸色沉沉地说："咋？"

海生那神情与腔调，显然是理直气壮。

此时，一直跟在河岸边捡鱼的万隆大叔高声喝住了海生。

万隆大叔说："海生！"

那声音，不是平时喊叫海生做事情的声音，明显是在制止海生——不要摘人家闸网子上的鱼。

海生呢，感觉父亲的腔调变了，脸色也变了，便不再摘那闸网子上的鱼。但他心里挺窝火！以至于后来他跟三虎子抱着自家渔网往回走时，还气鼓鼓的。他觉得万广不让他从闸网子上摘鱼，是一件很没有道理的事情。

万广呢，当天把那闸网子上的鱼一条一条地摘下来，挑到镇上卖了好多钱。回来时，路过街口一家烟摊，看到人家正在出售上好的"黄金叶"，万广走出好远以后又折回去买了两斤。万广知道，海生他爸爱抽那个。

后来，也就是万隆大叔抽了万广送给他的"黄金叶"后，他心里总觉得欠了万广什么。一日，万隆大叔去临沂卖大鱼时，买回一套风雨衣送给了万广。万隆大叔嘴上没说那夜幸亏他万广的闸网子拦住了跑掉的鱼，但他心里可能就是那样想的。

# 陪　护

洪兆惠

靠窗的病友是一个壮汉，四十岁上下，膀大腰圆。他在近郊开工厂，生产厨具，也干大型食堂的装修和设备安装。有天傍晚，他站在墙边看女工练车。她倒车，把倒车挡错挂前进挡，油门一踩，一个前冲把他顶在墙上，肋骨骨折，肝脾破裂。挨我住的病友老头儿，耳目灵活，偷偷地告诉我，练车的是个姑娘，刚满二十岁，农村来的，漂漂亮亮，讨老板喜欢，不然他不会让她在厂子院里练车，更不会让她拿自己的宝马练手。

壮汉翻身坐起全靠帮忙，吃喝拉撒都在床上。陪护的是他的妻子，个儿不高，结实，动作干净利索。她绒衣外面套着一件男式T恤衫，深蓝，很旧。我猜，她把T恤衫当围裙了。她扶他坐起，扶不动，我就上前帮忙。壮汉龇牙咧嘴，"哎呀哎呀"地叫着，顾不得看我，而她转过脸，略有笑意，算是感谢。她话少，跟丈夫也就问个"起来""解手"而已，多数时间伏在窗台上看着窗外，边看边嗑瓜子。窗外，高处蓝天，低处楼群。其实她什么也没看，她在想心事。

她的丈夫也是个闷人，从嘴里发出的声音只是"哼哼呀呀"。疼得轻时，他不是闭眼就是盯着天花板发呆。

他家的厂子接连来人，每次来人都有故事。最先来的推开门，先探头，而后裹着一股凉气进来。女人拉开围帘，让来人看到壮汉。壮汉紧闭双眼，像在装睡。她捅捅他。来人殷勤地低头和他说："夜里工程队趁着没人，快挖到树下了。"壮汉没有反应，眼睛盯着天花板，天花板上飘动着灰尘吊子。女人又伏在窗台上，看着窗外。来人说："那几棵老榆树留不住了。"壮汉像没听见。"上午来了七八个城管，围着树比比画画，要来硬的，说是强制执行。"

这之前，我从她的电话里听到，一条排水管线从厂区通过，水塘边上的几棵老榆树将被挖掉。

壮汉说："挖吧，几棵破树呗。"

女人说："不行！那些老榆树，哪棵没有百年？比人尊贵！挖了，这城里就难再找了。"她仍然看着窗外,可语气不容商量,来人不知所措。她转过身,说:"安排人盯紧了,他们再挖,就让做饭的李婶、打更的老张头儿,躺在沟里阻止他们。"女人看着来人,继续说:"城管要是动李婶和老张头儿,就让他俩叫唤,使劲地叫,骂也行,就是别动手。耍赖还不会?只要别让他们挖,怎么耍都行。"

来人看看壮汉,又看看女人,不信这招儿。女人出去了。来人在床边呆呆地站着,壮汉闭目养神。

一会儿,女人进来,又伏在窗台上。她沉默了很长时间,说:"你私下里安排几个人,趁着闹时打110报警。不能一个人打,得几个人同时打,剩下的事你就不要管了。"壮汉说:"照你嫂子说的做。"

来人走了。女人看着窗外说:"我刚才问了,派出所接到指挥中心的电话,会马上出警。你不用担心,不会有事。"

第二个来的,不像前一个那样猥琐,而是一副敢作敢为的样子。他和老板老板娘说话时,放松自如,不过他带着东西,两箱特仑苏,两箱安慕希。前后一听,我明白了。他是门卫,原来在附近一个小区当保安。小区开发时村里入小股,入住后物业这一块交给村里,村主任就成了物业公司经理。因为工资,他跳槽来到厨具厂。前段时间,小区保安队队长找他,说:"村主任让你滚远点儿,别在近处晃荡,看见你村主任觉得没面子。"他不以为意,没搭理。今天上午,保安队队长又来了,说:"48小时内你必须消失,不然要你一条腿。"

女人看他,他说:"我不怕,就跟他们死磕,到时只要你们给我作证就行。"她毫无反应,沉默了一会儿,忽然说:"你在这儿,我回去一趟。"

她穿上黑色的马丁靴和淡黄色的羊绒大衣,瞬间显出洋气和高贵。

午后她回来,掏出一把钱,点出一摞递给门卫,说:"这是工钱,整月的。你走吧,咱惹不起他。"他愣住,说:"才干半月。"

他走了,壮汉问她:"没说通?"她说:"村主任说给咱面子,回来的路上我琢磨,还是让他走吧,对谁都好。"

又来人,是一帮。他们在门外各自掏钱给一个人,拿钱的人先进来。女人没接钱,来人把钱塞到壮汉的枕头底下。他们都不说话。女人又伏在窗台上。来人凑过去,在她耳边嘀咕着什么。女人把手里的瓜子扔进塑料袋,拍拍拍拍手上的瓜子皮,说:"来吧。"她穿上外衣,不急不慢地出了屋,来人跟了出去。随后进来一帮人,中间有个姑娘,他们围在壮汉床前。我看到几个男人的背影,看不到那姑娘,但听到她的抽泣声。男人们先后出屋,最后是那姑娘,一闪身消失在门外。

女人进来,又伏在窗台上。她说:"托人找到城建局,答应了,管线绕开,留下榆树。我想将来我们出钱把这几棵榆树做成个景观，让人在老榆树下唠嗑儿、弹唱。"

我和病友老头儿感慨，每人都有故事。女人听见，回头看我。老头儿不在时，她拿着装瓜子的塑料袋递给我，说："嗑点儿瓜子。"我说："不嗑，吃完饭后我从不吃零食。"她抓了一把送到我手中，说："瓜子不是零食。"

我看了她一眼，头一次认真地看她。她眉眼好看，安静中透着妩媚。她脱去了T恤衫，露出白色绒衫，合体，裹出半身轮廓。

我们的交流，仅此而已。

我做了手术，术后住进单间病房。第四天，我推着移动吊瓶架缓缓地出屋，在走廊遇到病友老头儿。他咂嘴感叹："这人就怪！那个姑娘一来，他一天一个样儿，明显见好。"

我一惊："哦，他媳妇呢？"

他摇头，说："女人我就弄不明白，这肚量！"我掂量老头儿的话，心里突然一亮：她知道和这个世界怎么和解。

术后第七天是出院时间。出院前，我每天挂完吊瓶就在走廊里溜达，留意着壮汉的女人，但是，我没有见到她的影子。原来住的那间病房，门始终关着，上边那块玻璃也被用纸糊上了。

# 突然想要痛哭一场

徐 东

我和李多都热爱写作，从认识到现在已经有十多年了。

自结婚成家以后，我清楚写作难以养家，就选择了去工作，后来也就有了车子和房子。李多这些年来基本上没有正经去上过班，而写作所得的稿费又总是不多的，妻子对他有很大的意见，两人常吵架。他苦恼时，常会和我打电话说一说。

前不久，李多又给我打电话。

李多说："我真是不想活了，如果能给家里人留下一笔钱，就真的可以去死了，但是现在孩子还没有满十八岁，我父母亲七八十岁了，生活在乡下，身体不好，而我也没有钱给他们看病。你知道我的情况，我向你借过多少次钱了，实在是不好意思再向你张口了……唉，写作真是没用，我那么努力地去写，也发表了不少，可所得的稿费呢，永远都不能让我过上衣食无忧的生活！"

我不知在电话里给李多说什么，以前通电话或者见面时，有些话我早已说过。我自然是主张他去寻找一份收入稳定的工作，然而他总天真地以为困难是暂时的，说不定哪一天写出一部畅销书，他可就发了。一方面我欣赏他的天真与纯粹，另一方面我又觉得那样的他是在逃避现实，不可理喻。

李多又说："没办法，你还能再借给我一些钱吗？我是实在没有地方可以借了。因为借钱，这些年我几乎失去了所有的朋友。有些人没有钱，不借我可以理解。有些人非常有钱，也不借，他们还好意思说自己喜欢文学，我看他们就不配读书，不配写作。真的，可以说你是我为数不多的朋友了。你知道吗？有时我真想在微信上拉黑你，再删掉你的电话，因为我实在不想再向你开口了。"

我哭笑不得地说："可是你还是开口了。我早就对你说过，不要再向我开口借钱了。你也知道的，我一个人工作，每个月一万多块钱的工资，即使是加上不固定的稿费收入——就算每个月有三千块——也不够用的。我供房贷每个月需要八千，供车贷每个月需要七千，生活费少说每个月需要三四千，还要给在乡下的父母每个月至少一千。——我这两年早已经是入不敷出了。我能向谁去借钱呢？我的两个妹妹生活得也不太好，有时还需要我帮衬着点儿。我只能靠几张信用卡，拆东补西，倒腾来倒腾去，结果越欠越多。这些我都不敢告诉我老婆，我真是没有钱借给你了。"

李多说："在我的心目中你是位真正的写作者，是一个真正有文学情怀的人，而且你认同我的写作，欣赏我的作品。我相信如果你是一个富有的、不差钱的人，肯定会愿意帮我。不幸的是，你也没有钱。唉，我真的是想去抢劫了，可现在到处都是电子眼。——你说有没有谁愿意雇杀手的？如果价钱出得可以，我真可以去杀人。当然，要杀那些该死的坏蛋，好人不行，给再多的钱我也不干……我给你说的是我现在真实的想法。是，我真的想要自杀，但现在不能死，我不放心我的孩子。我确实也想要杀人，想要变成一个无恶不作的坏蛋，但你知道我是一位作家，心里还是有善良的，我不会走到那一步。——我向你说出我的想法是想让你明白，现在的我真的很绝望……"

"你很绝望，但你知道吗？我听到你的这些话也很绝望。我现在就想在没有人的地方痛痛快快地哭上一场，不只是为你，也为我自己，为我说不清楚的一些人和事。"

"我明白，想哭去找个地方痛哭一场吧，这也许是个好办法。一会儿我也会找个没有人的地方去哭一场，但是……但是，最后再给我借两百块吧！家里真的是买米的钱都没有了，房租就不说了，我们已经欠了两个月了。我老是拖欠，房东早就要赶我搬家了。——我保证这两百块来了稿费后第一时间还给你。"

"抱歉，我一块钱都不能再借给你了，你再另想想别的办法吧。你知道我这么说的时候心情是十分沉痛的，而且这种心情已经有过许多次。我有必要对你，同时也对自己狠心一些，因为我身上可以支配的钱不到三百块了，加满一箱油的钱都不够……"

"你有房，也还有车，你明白，我们的困难是不一样的……"

"对不起，请原谅我挂掉电话以后再把你的微信拉黑，请你以后再也不要给我打电话了。你理解也好，不理解也罢，但你永远是我的朋友，一个写作的朋友。我希望你将来能越来越好，但现在请让我们暂时别过吧。"

"……也好，我知道，我不应该再向你开口。拉黑我吧，这甚至让我高兴，让我想要对你说一声'谢谢'！"

"好吧，希望你走出困境，将来通过写作名利双收，过上你理想中的衣食无忧的生活。"

挂了电话，我难过地把李多给拉黑了，接着把他的手机号也删掉了。

我想要痛哭一场，可在家里不合适。但是，在到处是人的城市里，有什么地方合适呢？

# 豆腐店

安石榴

东安市场里只有一家作坊做豆腐，夫妻俩。我眼看着这一对从青年伉俪变成中年夫妻。这得多少年呢？怎么也得十几年小二十年吧，我没算过，反正生生地眼见着男人的鬓角长出了白发，女人的发际线也大举后退。当然了，岁月又能饶过谁呢？有一次，男人一边给我往塑料袋里装水豆腐，一边对我说：你应该染染头了。我就笑了，对吧？我们主顾之间蛮熟的。

我们家爱吃豆腐。豆腐是个平常之物，市面上做豆腐的多了，看起来都一样，实际上才不是，差异可大了，有的豆腐没法吃，都没法忍。我选择他们家的豆腐可不草率，一边吃一边找了多少年呢，那真算得上淘尽黄沙始到金。要问他们家的豆腐到底哪儿出奇？就简单一句话，好吃。真的，有时候我们做出的评价相当简洁，但你知道那是可靠的，比一大堆五颜六色的描绘可靠多了。他们家的豆腐现场做，电磨、烧锅、纱布什么的都亮闪闪、干净净，全在眼睛能看见的地方。很多人不太知道，三伏天豆腐坊卫生差的话可就惨了，有一种叫蛆的东西你可以了解一下，这简直让人不敢深想。超市里就只见豆腐，不见作坊，难免不让你担心。其他奥妙就不知道了，不知道有没有"喜欢做豆腐，所以才好吃"那种浪漫的原因。

最初选择他们家豆腐的理由就是这样。

吃豆腐这件事不是小事，真的，我不是开玩笑。我家几乎每天都吃，我也就几乎每天和这对夫妻见面。后来我搬家了，离东安市场挺远。为了吃豆腐，当然拼尽全力，连走带坐车的去买他们家的豆腐。水豆腐冰箱冷藏可以保质两天，干豆腐买一大卷冷冻上像是可以永续利用，不必每天劳顿去买。所以，十几年二十年下来，我一直是他们家的顾客。

这样说了，或许有人认为这不就是朋友了吗？也不算，我都不太能理解人与人动不动就成朋友的思路，我不行，我不擅长这个。我不知道他们叫什么名字，也不知道他们几岁，单纯主顾关系。买卖交接的过程倒不可能一句闲话不说，那极其有限，我都写在这儿了。我认真想过了，的确全写在这篇文章里了。

有一次，我看着他们家售卖案台上一溜儿腐竹、豆皮、海带、玉米面条……我指着酱色的冷面问她，真的是冷面吗？东北人爱吃冷面，一种荞麦产品。我小时候见到的冷面只有绿色淡到几乎无的圆柱形荞麦面条。而如今市场上还有一种酱红色的。我已经怀疑它很久了。她摇了摇头说，我猜它就是掺了酱油的面条。就这一句话，我没买，她也就没能从我这儿赚到这份钱。

还有一次他们夫妻在吃饭，小铁锅里炖着酸菜肉粉条，火锅的吃法，热乎乎冒着白气。东北人好这口儿，过去家家腌酸菜，现在多数人家不再腌制，手工作坊应运而生。我问她，酸菜哪儿来的？她指一指售卖台上的卖品，那一档全是一个牌子的袋装酸菜。我又问，怎么样？她抿了抿嘴角说，一般。就这一句话，我没买，她也就没能从我这里赚到这份钱。

现在想一想，这么多年一直在他们家买豆腐，或许这个原因也不能忽视吧？

小二十年下来，粗看仿佛一切都没有变化，人还是那人，所谓长了白头发、发际线后退，也就说说罢了，它们都不是生活的实质，我想也没有多少人真正把它们归入人生或命运当中去，不值一提的事情。东安市场如小麻雀一只，地盘不大，却是个综合农贸市场，各种行业都在一个屋檐下。豆腐坊对面是个卖鸡蛋的，也卖鸭蛋和鹌鹑蛋，有一对红扑扑脸蛋儿的胖老太太多年来一直端坐在那儿。豆腐坊后面一溜儿五家蔬菜摊，全都夫妻档、原装的，丈夫还是那个丈夫，妻子还是那个妻子，这么多年头型没变，仿佛一年四季穿的衣服也是那相同的几件。真实的生活是不是藏着一些简单的要义？或者还有一些容易解释又没人解释的东西？反正你在某些朋友那里看到命运的多变和不确定性，或许有个朋友婚都离了三次。在这个角落里，有一种淳朴的稳定存在。我当然也知道那不是生活的全部。

有段时间我一直没见到豆腐坊的男人，女人告诉我，他住院了，脑梗。等他回归老板岗位时，我看他也没啥变化，还是那个黑眼睛浓眉毛、身高超过一米八的东北大汉。他说只有他自己知道，他已经不是之前的那个人了。后来还有一次，他又不在了，女人说他犯病住院了。不记得哪一年，这回轮到女人了，女人不在了。我去买豆腐，通常一次两次不见夫妻一方，我不会问，谁家还没个事儿呢，对吧？后来我还是问了，男人说，媳妇住院了。我再见到她时，她围着皮质长围裙站在豆腐坊里，叼着一根烟，一边沉思一边吸。

豆腐坊有个惯例，旧历年十五之前他们家不开板。今年十五过后我过去，豆腐坊仍在，人却换了。新的老板说，前老板夫妻去南方养老去了，不干了。听起来有点儿浮夸，却也未必不可能，东北人对南方的温暖有热望。我只好顺着他的话聊下去，我问，怎么这么早就养老去了，他们也没多大年纪呀。他说，没招儿了，老板娘瘫痪在床起不来啦。

我惊在那儿了。

这个新老板长了一个圆乎乎的大脑袋，一对圆乎乎的大眼睛，一般说来这是个实在人的样子。可他眼白大，黑眼仁小，这又是一个不太牢靠的模样，我不知道他是不是信口胡编的。

我就惊在那儿了。

# 你可能认识林桂英

蒋冬梅

林桂英的世界不大。从前她的世界是小城、工厂和家，工厂倒闭后就只有小城和家了。世界小了，圈子也就小了，日子枯燥又忙碌，她觉得自己像一颗拧在转轴上的螺丝。

一大早，林桂英揪起老刘肚皮上的一块肉，下力气扎了一针。她手上忙活，嘴里也不闲着："想起你年轻时候干的那些事，我真不该伺候你！"这是她的口头语，林桂英辖治老刘一辈子了，俩人也吵了一辈子，可老刘得了脑血栓后，学会了默不作声。

刚拔下针，林桂英连针头都不换，撩起衣服，照自己肚皮上也来了一下。收起胰岛素，林桂英开始给老刘备药——降血脂的、降血压的、治腰突的，划拉一块有一小把。说明书上的字小得像针尖，林桂英常把女儿用大字写的"一天三次，一次两片"记成"一天两次，一次三片"。

林桂英帮老刘倒好热水凉着，这边就穿戴好出门了。每天这个时间，林桂英都约了王玉梅、李桂兰她们上街买菜，其实她们不过是借着买菜之名逛街罢了。三个人都穿得花花绿绿的，一个赛一个胖，远远看去，像几个庞然大物霸占着半边道路。

她们钻进一家熟悉的店面，看看上了新衣裳没有，其实她们昨天刚刚看过。果真发现了几件眼生的，三个人便来了兴致，一个个像粉墨登台似的，轮番试穿，试完了就讲价钱。她们三张嘴，像发射子弹似的堵老板娘的一张嘴，终于把价钱从一千讲到一百。三个人美滋滋地穿着出去，一模一样，全是大码的，看起来像工作服似的。

买了菜，路过一间装潢很差的美容店，门口大红纸上写着"免费补水"几个大字。王玉梅她们拉着林桂英要去试试，反正又不花钱。林桂英当然心动，可是她酸溜溜地说："我哪有你们命好？我还得帮儿子刷碗去呢！"看着王玉梅她们进了美容店，林桂英撇撇嘴，心里想着，王玉梅那大饼子脸又黑又干，李桂兰眼角那褶子比猫胡子都多。

坐在公交车上，听售票员捏着嗓子喊："石棉厂下车的，往前，往前。"石棉厂就剩个旧门楼了，斑驳的琉璃瓦门柱子上，贴满了花花绿绿的小广告。林桂英木然地看着，早已不像厂子刚被卖掉时情绪那么激愤，又上访又告状的了。

到了儿子开的饭店，听见林桂英用尽丹田之气的大嗓门儿，服务员对厨师说："二管家来了！"两人马上小心翼翼起来。林桂英这边卷起袖子开始刷碗，儿子捧着手机在那儿打游戏。服务员不干刷碗的活儿，要干就得加钱，林桂英挡着不让儿子加钱，她自己来干。

池子里冒尖的碗碟，发出剩菜的酸腐味，林桂英"咣咣"地刷着，嘴里也不闲着。先是说排油烟管太旧了，再不整改就得挨罚了。又羡慕邻家饭店找关系偷了税。又唠叨服务员懒，每回收盘子听着都像一车瓷器翻了车似的。再数落儿媳妇，嫌她娶回来是当摆设的和花钱的。这是她每天的常播曲目，儿子左耳听右耳朵就冒出去了。谁都知道，家里、外头的事，林桂英都爱管，不让管她就得生病。

这边林桂英碗还没刷一半，儿媳回来了。儿子像是听见上课铃似的，赶紧抢过林桂英手里的碗，让她赶快回家，他怕她俩见了面斗嘴掐一块去。林桂英还不想走，她想查看儿媳上街又败家买啥了。儿子急得快要蹦起来，终于忍耐不住，冲她吼了一声："你以后不用来了！"林桂英听了，一下愣住了，老半天才反应过来，一声没吭，扭头就走。

她胖胖的身体木头似的走在人来人往的街上，硬是强忍着没把眼泪掉下来，可是刚一到家，眼泪就汹涌而出。她对着老刘发脾气，嘟囔了足有半个小时。老刘听得都烦了，就说："儿女修理你，你再来修理我，反正我耐修理！"林桂英赌着气说："看着吧，我这一辈子都不会去了！"老刘哼了一声："这话你说了一百遍了！"林桂英一听可来了气，把怒气砸给了老刘："你年轻时候干的那些事，我一想起来就恨不得把你撵出去。"老刘也有些急眼了："我干的什么事？说出来！"

这时正好闺女来了，林桂英一生气忘了顾忌，居然对着闺女说："我一想起那些信、那些肉麻的话，还有那个狐狸精，我就不想伺候刘德生了。"听了这话，老刘倒怔住了。从前再怎么吵，林桂英总是给他留着脸面，尽管背地里林桂英早就对儿女们"普及"过了。

老刘不吱声了，他有些受不住了，可是林桂英刹不住车，还在往下说着。老刘想拦住她又没办法，情急之下把水杯"啪"地摔在了地上。林桂英被这一声吓得一愣，竟然停下了唠叨。老刘一言不发地回了自己的房间，他得了脑血栓后啥也干不了，两人早就分房睡了。

半夜，林桂英哭咧咧地给儿女打电话："你爸丢了！"全家人都折腾过来，又调监控又报警的，一时还没有消息。这边林桂英呜呜地哭着："身份证都拿走了，他这是铁了心不跟我过了呀！"一会又说："他手里也没有几个钱，在外边还不得饿死呀！"她这边像跳神似的一出接一出，弄得大伙儿都心乱如麻。

没承想下半夜，老刘自个儿回来了。原来老刘也没走远，就一直在车站转悠，他这一辈子早已习惯了被林桂英"统治"，突然放他出去，他都不知该去哪儿。

老刘折腾到大半夜，已经相当疲惫，他一言不发，进屋就躺床上了。大家看没事了，也就散了。林桂英进屋时，看见老刘背对着她，佝偻着身子已经睡着了。他一米八的大个子，得脑血栓后蜷缩得连腿都伸不直。想到这儿，林桂英的眼泪又下来了。她静静地看着老刘，把灯拉灭，躺在老刘身边，听着老刘均匀的呼吸声，她感到从未有过的安稳。她长长地叹了口气："这一天总算过去了！这一天可真长啊，好像一生那么长似的。"

# 苏奴的飞行

扎西才让

苏奴要从甘南到云南去，一周之前就从网上订了机票。

本来他想坐火车去，这位守旧的诗人觉得在铁轨上行走，每时每刻都在地上，心里踏实，但他那上高中的儿子说："阿爸，你跟不上这个时代的发展速度啦！现在，坐现成的飞机，嗖的一声，就到了想去的地方，又快又安全，谁还坐那乌龟一样慢腾腾的家伙呢？"苏奴想说："你小子懂个屁，我正想在漫长的旅途中消化掉心中的块垒呢。"想归想，他却没说出口，也没反对儿子的建议，还是订了机票。

苏奴去云南的原因，是嫁到那边的妹妹突然得了重病，也许担心自己剩下的日子不多了，就想见家人一面。临死之人远隔千山万水打来的电话，仿佛就是亲情的召唤，使得苏奴对妹妹多年的怨恨之情竟在瞬间就消散了。

挂了电话后，他有点儿恍惚，很不相信：连高中也没读完就跟着来自云南的虫草贩子私奔的女孩——他的高鼻深目性格倔强的妹妹，真的将要离开这个世界吗？

从甘南前往兰州的途中，在大巴上，他始终沉浸在一种浓浓的悲伤中。从吃惊，到不相信，到接受那声音孱弱的妹妹命不久矣的现实，他整整用了三天时间。

当他从大巴上下来，走进宽大的中川机场，按照儿子教他的办法笨手笨脚地从取票机上拿到那张薄薄的机票时，那消散了的悲伤又从心底泛了上来。

他为妹妹的命运悲伤，也为自己，为机场里的其他人而悲伤。他认为，机场里这些密密麻麻的人当中的一部分，肯定也是像他这样，要去遥远的地方看望即将离开世界的人。

这想法越来越坚定，以至于当他排队过安检口时，始终觉得身前身后的旅客都走在通往另一个世界的路程中。过了安检口，也许就是那个自己不可掌控的完全陌生的世界了！

等到他在候机厅里变得越来越焦虑时，开始登机了。在他眼里，检票员就像引领他走向中阴之路的使者。

当他进入完全封闭的机舱，找到自己的位置坐下来，在胆战心惊中系好安全带，把身体紧紧地捆在位置上以后，他的悲伤竟莫名其妙地减弱了。

飞机驶上了跑道。天空不晴朗，甚至可以说有点儿阴沉，这使得苏奴的心情有点儿悒郁。

他的位置靠窗，当飞机在跑道上越来越快地滑行，继而飞速爬升时，他感觉到心脏缩成一团，胸闷气短。

这是他第一次坐飞机，按说应该有种莫名的兴奋，可妹妹的病情严重地影响了诗人的情绪，他感受不到一丝喜悦之情。

到平流层以后，他终于恢复到在地面时的那种还算比较舒适的状态。窗外的景致，仿佛积雪皑皑广阔无垠的南极，雪地上有规律地铺满雪橇滑行过的痕迹。整个雪原空无一人，看起来是那么空旷，让他感受到了无边的寂寞。幸亏机舱里还有三百多名和他一样沉默的乘客，这种由寂寞生发的大众都有的孤独感，才没有那么强烈。不过，这寂寞感和孤独感，在不知不觉中，竟然稀释了他的悒郁，让他的心情有所好转。

等飞机终于抵达云南上空，雪原渐变成"棉花堆"后，"棉花堆"之间的空隙里，断断续续露出了或多或少的蓝天，也露出隐约可见的地面上的景色：山像红铜，林木和绿地是斑驳的铜锈，房舍像极了顽劣的孩子随意搭建的积木，堆砌在沟沟坎坎里，虽被随意丢弃在草丛中，却与自然融为一体，又和谐，又好看。

这时，他心中的诗性苏醒了。他陡然发现，视野中的大自然，真的是伟大的雕刻家，每时每刻都在打磨着自身，创造出了这么壮美的景色。在这样广阔盛大的美景里，人类的存在，虽然显得特别渺小，但对人类自身而言，又是那么重要。而人类的生老病死，在大自然面前，虽说轻如云朵，甚至比眼界中那银线一样的长河里的浪花还要碎小，似乎完全可以忽略不计，但依旧是不可忽视的。

这样想着，那种对每一种生命的热爱，就像心湖里的风波那样被鼓荡起来了。突然之间，一道闪电照亮了他，他心里升起对人间万物的悲悯情怀。

他有了一个决定："妹妹哪，等我见到你，我一定想办法让你振作精神活下去，一定要活下去！"

苏奴被自己的决定给弄激动了，他摸出一支笔，在手心里写下一首小诗：

  我眼前的世界啊，你是如此壮美，
  假若心中有爱，谁愿意舍得放弃？

# 雪 光

索南才让

  我跑到窗户前，打开窗户伸出手。雪还没有下来，但我已经感受到了。天空的样子像一块脏了的毛毡。我的女朋友收获了一块奇特的石头，爱不释手。"祈祷？"我问。她心不在焉地"嗯"了一声。她那边的窗户一直打开着，异常干燥的晚风吹进来，拂过那些靠着墙的老家具，实木家具上的裂纹仿佛是这干燥的风吹出来的。好像也的确是。风来到我呼吸的空气里，进入呼吸道的时候仿佛猎猎作响。窗户外面是没有什么草的一面山坡，歪斜着放了一条生铁水槽，旁边是用红砖砌起来的一口井。早在半个月前，井里已经没有水了。三天才能打捞出一小木桶浑水，有一股硫黄的味道。

  我的女朋友用这桶水浇了花，然后我们一起看了一会儿天空。一辆收水费的皮卡车来了，我带他到自来水龙头那里，让他自己看。他没有上前去拧水龙头，因为从一户户牧民家走过来，他知道是怎么一回事。

  "有水来了我就交水费。"我说。

  他一言不发，在表格上写了几个字，驱车前往下一家。这是春天刚开始的第二个月，他们已经着急地干起工作了。

  傍晚，我女朋友说："念经祈祷怎么样？最好先祈祷一下，祈祷一个晚上。"

  "该下雪的时候，我什么都不做它也会下，不下的时候我念一千部经书也没用。"

  "但你的心敬到了。"

  "我一直在敬心。"

  我和她这几个月一直都在商量结婚的事，如果没有这场还不知道规模的干旱，如果没有停水，我们可能已经结婚了。但要是今晚有大雪飘然而至，把局面缓解下来，我们就可以结婚了。她比一年前胖了二十五斤。当她意识到自己胖了那么多的那几天，她痛不欲生。一星期后，她接受了现实，半个月后已经完全扭转心态。她说在这一带，她发现自己依然是最瘦的。没错，即便她重了二十五斤，那也才不过一百二十五斤。她研究出这个体重配合她的身高是最标准的。然后伴随着愈演愈烈的干旱，她发现自己在减肥。当真是老天帮忙，没有好一点儿的饮用水，她几乎没有好好吃饭的兴趣，瘦得比预期快，但她反而不高兴，因为如果是干旱的原因而让她减肥成功，岂不是说根本和她自身的努力没有关系？再者，她每天看着干旱造成的灾难，女性的温柔好像也被干燥的空气点燃了，她变得难以控制自己。她催促我想办法。她甚至在我表现出不情愿后自己去了经堂，摆出一副诵经祈祷、不下雪就不罢休的架势。我拦住了她：

"我去就是了，你去做饭。你看到没？开始下雪了。"

那晚我们一夜没睡，激动得每过半个小时就跑出去一次，看看降雪的速度，看看地上的雪有多厚了。每一次出去，我们都要在雪地里跳一跳，喊一喊，亲一亲。我们仰头站立着，让冰凉的雪花贴在脸上，感受着它们慢慢地被我们的热情融化。

大雪如盖，我们收获的不仅仅是滋润大地的水分，还有落在我们心灵上的精灵雪花，滋润、净化我们灵魂的雪花。如此美好的时刻若白白辜负了是不对的，我想到一个很令人激动的主意，然后我转头看我可爱的女朋友。心有灵犀，她也在看着我，还给了我一个很甜很甜的美丽的笑容。那笑容里有她的期待、欢喜和幸福。我知道她也想到了。我跑进家里的卧室，在衣柜里找到那个盒子——我珍藏起来不让她看见的求婚戒指。她等待这样一个时刻很久很久了，又被老天阻挠了很久。现在，老天给我们营造了浪漫的氛围。

我拿着戒指走向她的时候，那么多精巧灵美的雪花围绕着她，落在她身上。她犹如翩翩落凡的仙女，幸福的光晕笼罩着她。我在柔和的雪光中站在她眼前，轻轻地说出了那句话——

"你愿意嫁给我吗？"

"我愿意。"

大雪吉祥，祝福我们。

# 祖母做好了粽子

茅店月

我坐在祖母左边的一把竹椅上,两只脚光着,一上一下来回晃悠。她正用蒲扇给我扇风,一下,两下……扑面而来的气流夹杂着让人烦闷的燥热,可我什么也没有说,我看见她的鼻尖上布满了细密的汗珠。

"我们吃粽子吗?"

"还是先等一等,你爸妈就要回来了。"她对我眨着眼说,又回头看看那盘放在纱橱里的粽子,声音显得很快活。

我不高兴地诺了一声。因为,从一大早起来,我就看见她把那些用芦苇叶子包起来的粽子放在笼屉里,然后麻利地生火,炽热的火苗子舔着锅底,发出哧啦哧啦的声音。一开始,我就蹲在她旁边,看她给灶膛里加柴。

"你看,就要冒气了。"我用一种故意夸张的语调对她说。

她并没有抬头看,只是用鼻子哼出了一个声音:"我知道了。"

真的很无奈,我在心里抱怨着什么,然后又安静地蹲在她旁边,很长时间都没有说一句话。我的沉默反让她有点儿不适应,她一面把大把大把的柴扔进去,一面问我:"你喜欢吃粽子吗?"

"喜欢啊。"

"为什么喜欢?"

"它好吃。"

祖母突然哈哈笑了起来,她皮肉松弛的脸在一种难以自控的节奏中抖动着。"当然,粽子是我包的,肯定好吃。你爸小的时候就喜欢吃,他一次能吃五个!"

"哇!五个?"

"呵呵,"她回过头来看着我,露出一种得意的神色,"吃五个没什么奇怪的,你爷爷,当年一口气能吃六个呢。"

我噘着嘴又蹲回了自己的位置,在心里盘算着,我的爷爷究竟是什么样的人。但想来想去,只约略觉得他应该是个健壮的老头子。就像隔壁的康老头儿一样,鼻子又红又大，穿着灰色的大衣在街道上来回转悠着，天黑的时候就回到那间黑乎乎的房子里，大口吃他自己做的粽子，把芦苇叶子扔得到处都是。

"你不喜欢吃外面卖的粽子吧？"

"没啊，我很喜欢呢。"

"噫！"她发出了一声鄙夷的惊叹，停下了手里的活儿，望着我说，"你真觉得外面卖的粽子很好吃吗？那可是胡乱将就的，包粽子的芦苇叶都没洗干净。"

我马上开始回想自己吃过的那些粽子，前年、去年，还有更早的时候，我吃的粽子都是从店铺里买来的。爸爸嘿嘿地笑着，手里提着一小袋扎了红绳子的粽子放到我面前："吃吧，这个很好吃的，有各种馅儿呢。"他剥了一个，然后递到我跟前："是豆沙的，很甜。"我只顾大口咀嚼着，竟忘记了看那芦苇叶是不是洗干净了。

"你吃了买来的粽子拉肚子没有？"她同情地看着我，问道。

"没有。"我依旧蹲在那里，一只手从天蓝色短袖下伸进去，摸着自己光滑的肚皮。的确，我吃了很多粽子，可从来没有拉肚子。

"不可能。"她摇着头，随后凑到我跟前，低声问，"小家伙，是不是故意骗我？"

我没有回答，只是盯着灶膛里扑闪的火苗。

"那肯定是你身体底子好，跟你爸一样，小病小灾就扛过去了。"她一个人小声嘟囔了好一阵子。

紧接着，我又听见火苗咻啦咻啦燃烧的声音，然后就是揭笼盖的响声，和她自己发出的响亮的赞叹："呀！这回的粽子做得真是不错，用手指一按就知道，绵绵的。"

她快活地笑着，把粽子盛在盘子中，然后坐在房子里等我的爸妈。她对我挥着手说："过来，安静地坐在这儿，他们就要来了。"

我心里一直在想着盘子中的粽子，它们绵绵的，一定很好吃。可我的爸妈还没有来，也许，他们压根儿不会回来。

祖母还在摇着蒲扇，一下，两下……不过，她又开始打盹儿了，头颅一上一下地摇晃。我坐在那里，背上已经铺满了阳光。透过明亮的玻璃窗，可以看见外面茂密的树木，和隐在树木背后的教堂。

我轻轻站了起来，朝窗子走去。因为，有几个小家伙正经过这里，他们探头探脑地躲在墙后对我眨眼，手里提着一串扎着红绳子的粽子。我蹑手蹑脚往外走，走到门口时，还听见祖母在那里含含糊糊地说着梦话："安静地坐着，他们就要回来了。"

嘿嘿，我笑着转过身跑了出去。

我们在悠长的巷子里奔跑，手中提着的粽子摇摇晃晃。有人在前面唱起了歌谣，其他人都在后面大声附和着。就这样，浩浩荡荡，我们一直奔跑到无边的庄稼地里。我们坐在高大的皂荚树下分粽子吃，其中一个小家伙说："这是我爸从店铺里买的，比自家做的好吃。"

我们咂着嘴巴，一边吃一边闹腾着，向远处一直奔跑。直到越过一丛茂密的蒿草，看见火车闪着巨大的探照灯经过时，才发现天已经完全黑了下来。我们都知道，那时，村子里的母亲们已经做好了晚饭，铺好了床褥，站在门口等着自己的孩子回来。

于是，每个人都加快了步伐，从田野里飞奔回村子，然后消失在不同的方向。

我跑进屋子里时，祖母依旧坐在那儿。她手里拿着蒲扇，望着那盘放在纱橱里的粽子。

"他们没有回来吗？"我问。

祖母看看我，没有说什么。最后，她疲惫地笑着说："不管他们了，来，你先尝一个，饿坏了吧？"

我走到纱橱前，看了一眼大小匀整的粽子，抬起头对她说："我现在不饿啊，刚才已经吃过了。"说完，就走到房间里去睡觉了。

那天，我真的跑累了。

# 吃 瓜

秋 泥

孙子指着茶几上的西瓜问奶奶："这玩意儿你认识吗？"

老太盯着看了半天，用手指着说："这是西瓜吧？"

身边的女儿笑了，边笑边用蒲扇扇着。孙子也笑了，说："是呀。"

老太说："叫你一问我还不敢认了，我没傻透腔吧？整个西瓜还考我。"

"不是考你，"孙子说，"我这西瓜和别的西瓜不一样。"

老太说："咋就不一样呢？你自己生的呀？"

孙子和女儿互相看了一眼，都被逗乐了。

孙子说："这我可生不了，但它确实就不一样。"

老太问："用嘴吃不？"

孙子说："谁家西瓜不用嘴吃呀？"

老太说："那你还兴许用鼻子吃呢！"

女儿又被母亲逗笑了，她又看了一眼孙子说："你奶奶太聪明了。"

孙子叹口气说："好心给你买个西瓜吧，这家伙使劲儿跟我抬杠。"

老太说："你买的呀？"

孙子说："我不买哪来的？"

老太说："我寻思你帮人卸车人家送你的呢。"

女儿又乐了，一边乐一边拍着母亲的肩膀头儿。

孙子说："干啥呀？我为吃一个西瓜还得给人卸车去？"

老太说："你小时候……"

孙子说："行了，奶，咱别说小时候的事了行不？"

女儿也说："给孙子留点儿面子吧。"

老太乐："给他留啥面子呀？"

孙子说："二姑你把这西瓜切了我奶就知道了。"

二姑说："这西瓜能切呀？"

孙子说:"二姑你咋也跟着抬杠呢?"

二姑说:"你这西瓜挺特别的,咱得问个明白呀!"

"能切能切。"孙子说。

二姑说:"那行,我给你们切去。"

一会儿工夫,二姑把切好的西瓜用托盘端了上来,满满一托盘,竟然都是黄瓤儿的,金灿灿的。

老太说:"这西瓜真不一样,咋这色儿的呢?"

孙子说:"那人家就这色儿的呀!"

老太说:"外国西瓜呀?"

女儿又乐了,说:"妈呀这不是外国西瓜,头些日子我在市场上还看见过呢。"

老太看着女儿说:"那你咋没买呢?"

女儿说:"我头一次看着没敢买。"

老太说:"它还能咬你呀!"

女儿和孙子又互相看了一眼,乐了。女儿说:"妈我错了,你赶紧尝尝吧。"

老太拿起一块咬了一口,说:"还真挺好吃。"

孙子说:"是吧?好吃吧?"

老太说:"好吃好吃。"

孙子的鼻子有点儿堵,看着姑姑说:"看来这是好了。"

姑姑说:"好了好了,彻底好了,贼精八怪的。"说完就抹起了眼泪。

老太放下西瓜说:"这咋还哭了呢?"

孙子说:"奶你吃你的,别管她,她是馋的。"

老太说:"至于吗?想吃就一起吃呗,这么多呢。——不对,你们这是有啥事瞒着我吧?"

女儿搂着老太的胳膊哭着说:"妈呀,你终于明白了。"

老太有点儿蒙,看着孙子说:"到底咋回事儿?"

孙子说:"奶你一点儿也不记得了吗?开春的时候你在马路上摔了一跤,磕着脑袋了,肋骨也折了两根,你就不认识人了,住了一个月院后回家又躺了一个多月了。"

老太说:"是呀,我一点儿也不记得了,你说我连你都不认得了?"

"可不咋的!"孙子说,"我昨天来的时候还问你:'奶奶你认得我不?'你猜你咋说的?你说:'你是我大哥吧?'"

老太说:"那可是真糊涂了,我大哥都死多少年了。"

孙子说："前两天给你拍了胸部CT和头部磁共振，肋骨都愈合了、长好了，脑腔里的出血点也都吸收了，医生说'就慢慢养吧，也许会很快恢复，也许会慢一些，毕竟年龄大了'，没承想你这么快就好了。"

老太说："我啥时候好的？"

女儿说："就刚才呗，早起还不明白呢！"

孙子说："我一个黄瓤儿西瓜就给你整明白了。"

老太说："哎呀，那还得谢谢西瓜呢，那还能吃吗？"

孙子说："咋不能吃呢？给你买的。"

老太说："给我买的是给我买的，那人家有恩于我呀！"

"不管了，啥有你的健康重要啊！"孙子说。

"也是，"老太说，"那就对不住西瓜了，大家一起吃吧。"

老太给女儿一块，又给孙子一块，自己也拿了一块啃了起来。

老太说："还有这事儿，好好的谁都不认识了。不是逗我吧？"

"不是。"女儿说，"看看你俩手背上的针眼儿，看看这一炕的药。"

老太四下瞅瞅："还真是。俩月呀，把你们折腾坏了吧！"

"没事，"孙子说，"只要奶奶好了，咱们家就都好了。"

老太笑眯眯地看着孙子："和你爸一样，破瓶子长个好嘴儿。"

三人一起笑了起来，笑出了满眼泪花。

# 限时呼吸

王瑞琪

二十五分钟。

一串脚印。黑色的,七歪八扭,看不出行走路线,简直像是故意踩的。它们在刚刚拖过的地上张牙舞爪地铺开,以至于让她产生了一群人纷至沓来的错觉。

当然不可能,毕竟这里是她家,而这串脚印的主人显然是她的外公。

外公的腿脚不大灵便,像是长期不用的工具生锈了,不好使。有时候,走着走着,他就腿一软,坐下去。但这脚印看上去那么有力,就像外公每一次路过她房门口——咚!砰!咚!砰!——那拐杖和脚步的声音交错着,一下追着一下,每一下都铿锵有力。

二十分钟。

时间有限,她强迫自己不再盯着那串脚印,以免钻进牛角尖不可自拔。

当年,外婆还在的时候,总爱坐在餐桌旁边,直勾勾地盯着钟点工在厨房忙碌的背影,盯走了一茬又一茬的钟点工。这样的情况,在她这儿掉了个个儿。半年前,由于外公腿脚不好,阿玉从钟点工升级成了保姆,而疫情之后,她失业了,成了家庭常住成员,也开始了这半年来与外公和阿玉朝夕相处的日子。

就在五分钟前,随着家里大门"砰"的一声响,她卧室的木门也随之打开了。阿玉推着外公去花园散步,也就意味着她暂时接手了客厅与阳台的使用权。——无缝衔接。

此刻,后门与窗户都大开,空气跳动着,这个家终于短暂地鲜活起来了。她大踏步地绕着客厅走,趿着拖鞋,贪婪地呼吸,简直"无法无天"了——她嘲笑自己。

十五分钟。

墙上挂钟的分针又走了一小格,她该做正事了。啪嗒一声,是水壶的声音——

水烧开了。热水壶内的蒸汽变成白烟升起，一缕缕地环绕着茶台。

这时，她想道，外公的腿脚真的这么差吗？有一晚她睡不着，听到外公起夜上厕所，那脚步，轻盈得像羽毛一样。要不是听见卧室房门打开的声音，她简直要怀疑家里进了贼。

她想得入神，手上动作却没停。她喜欢茶，尤其喜欢泡茶的过程。今天泡的是凤凰单丛，没有异香，味道纯正。一口热茶咽下，顿时神清气爽。茶香飘进空气里，舒缓了她的呼吸。她又斟满一杯，端起走到了阳台上。

她抿了口茶，随后满足地长呼一口气。她突然意识到自己这样子倒像是外公。——夜晚她失眠，起来打开客厅的灯，外公便立刻发出一声隆重的叹息，以示自己也未入睡。那声音听起来中气十足，不比他的脚步声逊色。她开的灯仿佛一个暗号，灯亮声响，从无例外。


十分钟。

她低着头，以上帝视角看着小区里的人。小区的绿化做得非常好，前不久又栽了一排花树。唯一的缺点，就是人太多了。

她在家闷得慌。家就像一个鱼缸，这么大个鱼缸，才三条鱼，她怎么就呼吸困难了？她不明白。逃到了小区，情况并没有好转。——"鱼"更多了，他们有的成排坐在椅子上，有的挡住"交通要道"，有的就仿佛一个行走的喇叭……唯一相同的是，他们都喜欢瞪着眼珠子，朝她投来审视的目光。那天，她几乎是逃进了电梯。只有她自己知道，她的后背已经湿了。

从前散步时，她在每个岔路口都眼观六路，尽量在与人相遇前，出其不意地拐进另一条岔路。但如今小区的人越来越多，而多人夹击的时候，她这一招儿就不攻自破了。

在目光编织的网里，她无处可逃，能生还已是幸事。


五分钟。

虽然还有时间，但保险起见，她该回房了。她努力张大嘴巴，接连做了几次深呼吸，像是要把这些空气储存到自己体内，再带回卧室继续使用。

终于回到了她最熟悉也最有安全感的地方。她对着电脑浏览起网页，尽管一个字也没看进去。不知不觉地，她屏住了呼吸，像是在等待什么。

突然间，咔嗒一声，冰冷的金属碰撞声传进卧室，她竟然抖了一下。随后，整个家陡然热闹了起来。"阿叔，慢点儿走，别急，小心小心！"阿玉关切的声音响起。那声音尖得像把剑，强硬地划破她紧闭的房门，钻进她的耳朵里。

咚！砰！咚！砰！

从阳台到卫生间短短几米的距离，依然被外公走出了庄严恢宏的气势，整个家都为之颤动。

经过她房门口时，脚步似乎更重了一点儿。

# 母亲是一条鱼

胡 炎

吕方说:"晚上去我那里,我给你做鱼。"

他沉吟一下,说:"好,我买,你做。"

吕方说:"别客气,挑鱼,你不懂。"

他默然。来省城半年,吕方对他格外照顾。在这家杂志社里,他们对桌办公。吕方白皙,瘦削,个头不高,透着江南人特有的斯文。抛开编辑特有的职业特点,他们和其他打工者并无不同。背井离乡,人地生疏,又都是光杆一人,他们自然走得近些。但吕方无论工作还是生活上对他无微不至的关照,让他感激之余,总有些莫名的忐忑。

莫非吕方有求于他?可他又能为吕方做什么呢?思来想去,实在想不出什么。

下班,他头昏脑涨。吕方说:"菜市场,开拔。"

菜市场就在他们租住的城中村里,距杂志社不过几百米。他们住同一栋楼,他在二楼,吕方在五楼。

卖鱼的大嫂识得吕方:"小兄弟,还要花鲢吗?新鲜的。"

他知道,花鲢便宜。想来吕方爱吃鱼,却也节省着开支。

"不,今天要草鱼。"

一条大草鱼,在大嫂的手下拍击出巨大的水花。付钱时,他争着把钱递过去,硬被吕方推开了。

"下次你请我。"吕方说。

他心里过意不去。这样的情形有太多次了。

上楼,他心有疑惑:"也没见你怎么挑鱼呀!"

"都活蹦乱跳的,不用挑。"吕方笑笑,"今天给你露一手,一鱼三吃。"

开门。简陋的一室,厨卫狭小,居于门侧,各垂了一面布门帘。靠窗,有一床一桌。江南人爱干净,屋里一尘不染,不像他,居室活脱脱一个狗窝。

"你坐着。"吕方指指床。

他有心打下手，可笨手笨脚的，真不行。

洗鱼，吕方很讲究，将脏腑、两腮除尽，又将鱼腹中的黑膜细心刮净。垃圾入袋，他终于找到点儿活计，提了袋子起身。吕方说："不用，吃过饭捎下去就行。"他执意下楼，吕方便也不再坚持。

归来时，房间已飘满鱼香。

他无事可做，就来到书桌前，看桌面上那沓整齐的稿纸。稿纸上有一个题目：母亲是一条鱼。这题目倒别致，下面还空白着，应是吕方将要完成的新作。

暮色四合，灯火阑珊。他在窗玻璃上看到自己的影子，有些憔悴。

"开饭了。"

回身，吕方端了盘子，炸鱼块，橙黄悦目。又上一道，红烧鱼，汁浓香醇，诱人馋涎。最后一道，鱼汤，色泽乳白，鲜香袅袅。两碗米，两双筷，落座。

"尝尝。"吕方说。

他逐一尝了，长这么大，似乎第一次吃到这么丰美的鱼宴。那味道，不同于饭店，有种别样的魅力，叫人欲罢不能。

"真好，想不到你做鱼这么厉害！"他赞。

"我妈教的。"

"是吗？"他放下筷子，来了兴致。

"其实，我妈也没教。从小看她做鱼，不知不觉就会了。"吕方微笑，"不过，比起我妈的手艺，还差得远。"

"这么说，你妈是做鱼的行家。"他说。

"那当然，"吕方倒不谦虚，"我妈是做鱼的行家，我爸是捉鱼的高手。我就是吃着我妈做的鱼长大的。"

"她一定有不少秘诀吧？"他开玩笑，"说不定有独家配方呢！"

"那倒没有，"吕方也笑了，"其实，我妈做鱼很简单。只用些葱、姜、蒜和一些自然的香料。至于火候，全在感觉了。"

"这感觉除了经验，怕是要些天分的。"他突然联想到了文学。

"没那么玄。"吕方摇摇头，"你肯定想不到，这感觉全靠我们。"

"哦？"

"我妈起初做鱼的时候，总不停地让我们品尝。我们说淡了，她就加盐；我们说浓了，她就减料……"

他心里一热："你妈照顾的全是你们的口味啊，真是个好母亲！"

吕方没说话，表情有了细微的变化，好像有些严肃，有些庄重，又有些伤感。

"很多乡邻都吃过我妈做的鱼。"

他静听。

"她是个热心肠，爱帮衬人。"

他忽然有种醍醐灌顶的感觉。半年来吕方对他的呵护和帮助，似乎有了答案。他不由得自惭，是自己想得太多了。

"别客气，趁热吃，剩下不好。"吕方说。

他们把鱼吃得精光，一口汤也没剩。吕方饭量小，而他一个中原汉子，食量大，鱼多半都入了他的肚子。

"我看到你稿纸上的题目了。"他指指书桌。

吕方眼圈红了。

送他下楼的时候，吕方突然站住了，良久，像是自言自语似的说："其实，我妈做了一辈子鱼，却从来不知鱼是什么味道。"

他怔了："为什么？"

"身体原因。"吕方喉头发哽，"她不能吃鱼。"

# 海边之旅

小椿山

我俩的事因为一些难以言表的东西而不同于寻常男女。或许并没有什么不同寻常的，只是在多年之前我坚信其特殊，在多年之后则更加坚信。那时我去汽车站接他，我迟到的原因已经不记得了，害他大概在站外等了有半个小时。那段时间我们的关系已经有了冷漠的兆头，他厌烦我不断侵入他的生活，而我总是感到不断翻倍的孤独。我一路小跑，他站在梧桐树的阴凉下，并没有生气的样子，但恋人重逢的喜悦似乎已被消耗殆尽，或者他的喜悦一直是不表露的，我不清楚。总之，我们走过满是五金店小旅馆的汽车站，吃碗兰州拉面，去了我童年常去的动物园。

动物园在人民公园的一角，已经几乎荒废了，笼子里有白兔、异国鸡鸭、猴子、孔雀、梅花鹿。一些像是动物管理员的中年人在长椅上午睡或闲聊，人很少，动物也不多，但动物的气味非常强烈，动物园里格外闷热。我们都很久没逛过动物园，有点儿兴奋，少男少女的爱情重新发生，就靠着猴山的围栏接了一个长吻。我身体变得像面条一样，可他也不像筷子，我们是两根软面条挂在猴山的铁围栏上。我们看那寥寥的几只猴子互相捉虱子，它们有的像是一家子，有的又像另一家，我小时候看的那群猴子大概所剩无几了吧？印象里它们呼啦啦跳来跳去，时常扑到围网上，简直就像大鸟。我俩趴在栏杆上，小手指拉在一起，他轻轻揉捏我的指甲。

我们把动物们看了个遍，动物们也把我们看了个遍，与动物的互相观察里它们显得更加漫不经心，年轻人类真是没什么稀奇。

他要乘下午四点的汽车回去，我们三点半时还在餐馆喝啤酒吃五花肉。他问我最近在做些什么，我答不上来。他又问我有没有什么想写的东西。我想了一下说还是有的，可是看了看钟表，已经来不及说什么了。他的胳膊压在餐桌的玻璃面上，啤酒在玻璃杯上凝出小水珠，电风扇转得很慢，功能仅在于把热量均匀地抹开。他手指细长，筷子夹起五花肉时像白鹤，包括咀嚼之后的喉结起伏，都清爽且肉欲纷纷。我那时感觉十分爱他。我问他要不要住一晚明天再走，好不容易来一趟的。他说不行，回家还有事。我额头伏在手臂上，一滴泪水就掉到大腿上。我不能让他知道我在哭。

他一定还是知道了,他放下筷子,手几次想落在我头上,但是都停下来,手落回筷子上,摆弄碟子,摆弄餐巾纸,喝酒,不说话。

几分钟之后,他说:"你看,我肯定赶不上四点的车了。"

我觉得耳朵一激灵,不禁开心得像只在草地撒野的兔子。

他接着说:"那就讲讲你构思的小说吧。"

我装作擦眼屎地蹭了蹭眼睛,告诉他那是一个夏季旅行的故事,一对老朋友——他们都是老年人了,没结婚或者老伴儿去世了。总之,他俩非常孱弱并且孤独。夏天他俩约好去海边玩——他俩住在内陆,嗯,就像我们一样,已经很多年没见过海了。他俩就开了一小时车到火车站,又乘了四个小时的火车,挤出火车站又倒了两班公交,其间经历晕车、丢钱包、黑出租——

我边说边觉得他大概已经不耐烦了,或许还在抱怨我耽搁了他的返程。我不敢看他了,低头絮絮叨叨地说,每个字经过我的喉咙都变得又老又残,它们在桌子上越堆越多,令每个人都尴尬,简直就是我的罪行,我没法再说下去。

他说:"结束了吗?"

我摇头。他让我继续说下去,我说——

终于,他俩到了一处尚未开发、十分荒凉的海边,一个人也没有,沙滩上浮着冰一样的盐。他俩下水玩了一会儿,海水很冷,沙子里面夹着很尖锐的贝壳,他们都觉得不值得,失望极了,然后他们看见了落日,落日在海面热辣辣地铺开,一波一波朝他们推来。总之,特别美,他们从没见过那么美的夕阳……他俩脚没在海水里,对着落日,觉得非常孤独,非常满足,被强烈的感受充斥着。他们怀疑对方也有同样的感受,他们想,如果是同样一种感受,那么,那么……你知道我的意思对吧。

"大概吧。"他说。

我等着他的更多评论,但他不打算再说什么了。我觉得自己大概想了一个肤浅的蠢点子,不得不感到有些沮丧,还是问他:"你觉得怎么样?"他说:"写写看吧。"

过了一会儿,他问我:"你想去海边吗?"我说:"嗯。"

又过了一会儿,我问他:"你最近有想写的吗?"

他说:"没有,我的兴趣可能转移到别的东西上了吧。"

我问:"转移到什么上了?"

他说:"我说不清楚,也可能就是热情凭空消失了,这应该只是暂时的,是暂时的。"

我们吃完出来已经四点半了,我说:"你不住一晚吗?都来了。"他还是买了半小时之后的车票。我们拉着手,越到最后越说不出话来。他最后说:"要写出来看看啊。"我答应着,我们在候车室等了一会儿,他就走了。我并没有太多离愁别绪,只是十分消沉。他走之后我坐公交车回家,看茂盛的梧桐叶子扫过车窗,想他一定是暂时的。之后我俩各自疲于奔波,即使是住在只隔两小时车程的城市,最后也逐渐不见面了,小说到底是一篇也没有写出来。想起过去我们曾兴高采烈地告诉对方以后要写的故事,似乎描述各自不存在的小说已经成了乐趣本身,等这乐趣耗完,小说这种代谢品也就消失了作用,自顾消失了。我们几乎成为小说家呢。

# 桃花雪

张 青

  腊月二十三,过小年,下午没课的老师都早早溜回家了。

  办公室有上好的木炭——黝黑的钢炭。米晓真把火盆生了起来。今晚轮到她值班,谁让她是实习生呢?

  明天期末考试,今晚是本学期的最后一次晚自习。

  护校坐落在草帽山下,在校园里能看到草帽山圆圆的山顶。来护校实习半年,米晓真有点儿爱上这里了。这老古董一样的办公室,厚墙赭黄,琉璃瓦苍蓝,沉甸甸的木门吱呀作响,踩着油漆斑驳的木地板,好像走进了旧时光。

  这会儿,她已巡了堂,坐在暖烘烘的办公室里,为同学们准备寒假作业。她从一筒蜡纸里抽出一张,铺在钢板上,用一支废弃的圆珠笔刻钢版。相对于尖锐的铁笔,她更习惯圆珠笔的流利。圆珠笔好控制,不容易戳破蜡纸。历练了半年,她终于能横平竖直地在蜡纸上刻字了。她专心刻着字,握笔的中指都有些痛了。

  晚自习下课铃响了,校园里一阵喧哗。米晓真甩了甩酸痛的手,向宿舍楼走去。女生们叽叽喳喳,边洗漱边跟她打招呼。由于远离市区,学生们的声音很快被醇厚的黑暗吸收了,校园的夜,很快归于静谧。

  学生们都睡了,整个校园只剩下米晓真自己。她绕校园转了一圈,心如夜风轻拂的池塘,清波荡漾。

  米晓真回到办公室才发现,竟然停电了,小年夜学校也会停电!

  她坐到火盆边,添上几块木炭,用火钳拨一拨,火星子吱啦吱啦闪着,暖暖的红光映着办公室。

  "米晓真,你有没有蜡烛?"伴着敲门声,是常树的声音。常树是护士(3)班的班主任,外科大夫,也是她的实习带教老师。

  米晓真看到窗外的烛光,喜出望外:"师傅,你真是料事如神、雪中送炭啊!"

  常树在桌上滴上蜡油,固定好蜡烛,一眼扫到了刻好的蜡纸,说:"我来印吧。"

把蜡纸卡到油印机纱网上，用手掌轻轻抚平，又将滚筒均匀地蘸上油墨，常树对晓真说："你先推几张试试。"

晓真试了几张，常树说："你这样端着肩膀架着手臂，人受不了，蜡纸也会被你揉皱。你打过水漂没有？悠着点儿，手腕用巧力，很简单的。"

说话间，常树蘸了油墨，轻巧自如地推动滚筒。油墨的清香沁人心脾。晓真在旁帮着翻纸，竟有点儿手忙脚乱。也许是外科大夫手巧吧，常树干什么事都举重若轻，行云流水一般。

一眨眼，全年级的卷子都印好了。常树说："我跟你一起查夜吧，我班那帮'刁民'，你恐怕镇不住。"

深夜的校园幽静空旷，大部分学生已进入梦乡。上到宿舍三楼，果然还有人在讲话。常树做了个手势，两人蹑手蹑脚地走过去。

"哎，你们发现没有？我们家'大仓鼠'，对'珍珠米'虎视眈眈呢！"

还没等晓真反应过来，常树一声大吼："明天还要考试，睡觉！"

里面霎时噤声。

过了片刻，米晓真突然反应过来，学生们在议论他俩。她的耳朵仿佛被这句话点燃了，呼呼地烧了起来。她站在那里，一动不敢动，感觉两只耳朵像烧得通红的木炭。

不知过了多久，她正准备撤离，里面的人长呼一口气说："吓死我了！'大仓鼠'被戳中心事，恼羞成怒了！"

暗夜中一阵爆笑。

这次，连常树也顶不住了，二人慌不择路地逃跑。晓真跟在常树身后，完全跟不上。看着一向威风八面的班主任如此狼狈，想到"大仓鼠"这外号如此传神，晓真停下脚步，笑得直不起腰来。

像有心灵感应似的，常树猛然回头，两人像学生一样大笑起来。晓真知道自己的整个脸颊肯定都红透了。

笑够了，心肺通透，全身绵软。两人慢慢走回办公室，静静立在屋檐下，一时无话。

下雪了。

漫天飞舞的雪花像轻盈的花瓣。晓真伸出手，清凉的雪花融化在她的手心里。常树说："立春了，这是桃花雪，报春的。"他掏出几个核桃，用沉甸甸的木门一夹，递给晓真。核桃咔吧咔吧的爆裂声在寂静的雪夜里分外清亮。木门夹裂的核桃特别好剥，两个年轻人站在子夜的校园里，吃着核桃。纷纷扬扬的桃花雪，给草帽山撒上了一层毛茸茸的糖霜。

# 串女士的一次暗恋

雪之竹

串女士爱过、恨过、"撕"过，情史丰富。

串女士生命力旺盛，她有用不完的爱、使不完的劲，可以同时暗恋八个人。简直是天赋异禀！但串女士说，暗恋不费什么精力，也不花钱，极为环保，所以同时暗恋八个人并不算多。

串女士向我讲述了她的一次暗恋。

那是两年前的事了。这位暗恋对象是她的甲方单位的中层领导。因为某个工程项目，串女士在甲方单位待了很长一段时间，所以慢慢了解了他。

暗恋对象四十多岁，头发剪得短短的，衣着整洁。他不是超级肌肉男，但身材结实，看样子经常锻炼。串女士在去甲方单位之前曾在网上看过暗恋对象的照片，串女士形容道："照片里的他满脸正气，神情冷峻，看起来是个能扛事儿的人，要比现实的他沧桑一点儿。现实的他比较年轻有活力。"

串女士给我看过那张照片。照片中人正如串女士形容的那样，是个长相端正目光坚定的中年人。可我认为他并不比同龄人更沧桑，因为他没发胖，没秃。

在见到暗恋对象之前，串女士跟他打过几次电话。串女士："他的声音低沉有磁性，北方口音；分析问题有条有理，智商不低。他没有多余的话，不会在电话和微信里闲聊，话最多的一次是中秋节前谈完工作给我发了个'祝你中秋快乐'。"

暗恋对象比较严肃，话不多，很少笑。串女士说："也有笑的时候。有一次大家一起聊天，他笑了。那时我已经在暗恋他了。他的笑容，像你那次说的，真的给我一种云开雾散、阳光乍现的感觉，虽然他并不是对我笑。"

起初，串女士对暗恋对象有好感，是因为暗恋对象没把女性当生育工具。

"他跟他老婆没生孩子。有一次聊天，他说有没有孩子无所谓，两个人一起生活主要是彼此喜欢，说得来。他又说，生孩子和结婚都不是人生的必选项，各人随意，开心就好。"

串女士对暗恋对象好感加深是因为他是个做家务的男人。

那次过完春节假期回来上班，暗恋对象看起来特别疲惫，眉目之间有淡淡的倦意。大家聊天时，暗恋对象说，春节亲戚们到他家吃饭，他提前一天备菜，请客那天上午九点开始做菜，亲戚走后他又搞大扫除，足足忙了两天，累得不行。"家里请客吃饭，一般都是我做菜，我老婆打打下手，洗菜摆碗筷。唉，过节太累了，我不爱过春节。"

有同事说暗恋对象厨艺出众："程工做的菜真好吃！他能做好多硬菜！可惜他很少带人到他家里去吃饭。"

还有一次，某天上午十一点左右，串女士因为工作上的事去暗恋对象的办公室，暗恋对象不在。一位同事大姐告诉串女士："程工回家了，他老婆感冒发烧，他回家给老婆做饭。你要是急，就给他发微信或者打电话。"这同事大姐随后爆出了暗恋对象的久远往事："那时很多人给程工介绍结婚对象，他全拒绝了……他本来可以找那些家庭条件比较好的女人，这样更有利于他发展事业，但他没有，他还是跟他原来的女友结了婚。"

串女士对暗恋对象心动，是因为两件非常普通的事。

其一：某天上午，送水工把桶装水送来了，串女士准备自己把水放到饮水机上去。暗恋对象路过看到，说："我来。"暗恋对象把水桶上好，又说："以后粗活儿重活儿，叫我来做。"

串女士回忆起来，说："他不摆架子。有些人吧，当个屁大的官，立刻牛气冲天了，他不是那样的人。他也不像某些中老年人，以磨炼年轻人为借口去欺负压榨年轻人。他对谁都一样，不卑不亢，不牛气没'爹气'。"

其二：某天下午，有同事的电脑出问题了，在群里求助。暗恋对象刚从外面开会回到办公室，看到消息，马上下楼修电脑。

串女士："他到了我们办公室，把外套脱了扔沙发上就开始检修。他专注于工作的样子特别迷人。他脱衣服的样子特别性感，让我心跳加速。"

串女士的暗恋对象不抽烟不喝酒不泡吧，非常注重家庭，下班就回家。

暗恋对象能喝酒，但基本不喝。聚餐时，大家起哄，暗恋对象迫不得已喝了一杯老白干，喝完之后，说："唉，你们就是不放过我……我老婆最烦我喝酒。"

某天中午，大家坐在办公室闲聊，一个年轻男同事问暗恋对象："程工晚上在家都玩啥？"暗恋对象说："做家务，看看电影看看书，在网上跟人下象棋。夏天和老婆出去散散步，现在天冷了，基本上都窝在家里。哈哈，我比较乏味吧？"

串女士："我那时在旁边听着，觉得他真的不错。没有不良嗜好、勤劳顾家的男人才可爱。"

串女士的暗恋对象平时冷静温和，可他并不懦弱。

串女士说："他曾为工作上的事跟人吵架，他据理力争，寸步不让。他大发雷霆，差点儿把桌子掀了。战斗状态的他说了两句话，我忘不了，他跟对方说：'出了问题我负全责。'他还跟对方说：'你不讲道理是吗？你他妈给我滚！'他竟如此凶猛，有泼妇风采，我好喜欢。"

串女士默默关注暗恋对象，陶醉在他的一举一动里，但她的爱止步于此，不再前进。

串女士："我不是不敢追求男人，只是，我有原则。已婚男人、有女友的男人、同性恋男人，我不会多表示，看看就行了。喜欢一个人非得要发生点儿什么？一定要做伤害他人的事？一定要努力一下？没那个必要。世界大得很，地球人多得是，有意思的事多得是。再说了，不恋爱不结婚，逍遥自在，挺好的。"

时光如水，冲淡一切。串女士并没有痴心深情地默默关注守候，后来，串女士又暗恋了其他人。

串女士说："暗恋很难更深地了解一个人。了解一个人要长期相处，深度互动。我对他的了解不够全面。人性复杂，他应该也有糟糕的一面，就像你我一样，带着致命缺点。他可能也有黑暗残酷无情的一面，只是我跟他的交往不深，所以不知道。那次暗恋，比较难忘。那个人真的不错，他尊重女性，而且，他有担当。他是个有魅力的好人。"

串女士还说："暗恋可以解闷解乏。暗恋对我来说，是业余娱乐。我不求结果，也不执着于结果，我常常恋过就忘……我主要的精力都放在工作上了。看过那么多负心毒辣男，现在我觉得暗恋省事安全，没有太多麻烦，挺好的。"

# 白色球鞋

尹 睿

他不停地抬眼看时间，后来干脆仰在椅背上对着钟发起怔来，白色表盘上的黑色指针和数字很快就模糊起来，时间融化在苍白的墙里。搬了家就不坐这路车了，今天是最后的机会，他这样想着，起身迈入了闷热的夏夜里。

他第一次注意到她是在几个月前的一个雨天。

那天他照例坐在公交车最后一排右起第二个座位，漫无目的地打量着周遭的一切。车窗外灰霾的世界被玻璃上的雨滴打得支离破碎，人们带着几缕沾在脸上的湿发和鞋上的烂泥上车下车。在车门附近伞没撑开的那段时间，他们衣服上还没干透的水渍颜色又变得更深了一些。他有点儿透不过气。

她是在两站之后上车的，穿着一双白色球鞋。

那双鞋似乎是被雨水濯洗过的，看上去纤尘不染，就像阳光下的雪地在昏暗的车厢里发出炫目的光。他赶忙将视线从那片白色避开，转而看到她的脚踝、她的手指甲和她的齐肩发。他就一直看着她，雨滴在他那把合起的伞面上画下细细的长线，很快他的脚边就积起一摊水，随着公交车的启停慢慢向四周扩散。

他发现她在同一站下车。他发现她在对面的大厦里上班。

他后来总是坐这班车。

她下车后会走到站台的对街，在四岔路口的一角等红灯。他沿着站台同侧走，在另一角一起等着。绿灯亮了，他隔着几十米的马路和她并排走，不时转头去看，就像那次无意地看见她走进对面的写字楼一样。每隔几米她的身影就会消失在行道树的树干后面，然后再出现，那双白色球鞋间或走进透过枝叶照下来的阳光里，镜子似的反射出金色的光芒。他像好奇的孩童眯起眼睛看太阳一样，强撑着不把头转回来。终于眼睛有些累了，恍惚之中他想为什么那些树长得那样粗。

她转身后他顿几秒也转身，两个人的背影淹没在拥入各自办公楼的人潮中。

从办公楼到车站，身边没有行人的时候他就撒开腿跑，离人近了他便生怕引起注意似的立刻放缓步子。心脏好像有惯性一样，即便他的脚步慢下来，还是飞快地跳动着几乎冲出胸腔。站台上空无一人，他喘着粗气，抬头看了看满目荫翳，回想第一次看见那双白色球鞋的时候，距离现在好像比从冬天到夏天要久得多。

她远远地出现在他的视线里，越来越近。

他的心脏像被突然添了一大铲煤的老式蒸汽机，立刻重新咆哮着跳跃起来。路上的车却慢了下来，一辆辆身后拖着长长的光带。他疑心自己眼花了，用力闭上了双眼。然而他还是能看见，缓缓滑落的雨水、白色的球鞋、在光影之间闪现的身影、破土而出的青苗、凋落的花瓣、云朵、泥土，所有关于她和不关于她的一切，他都看见了，他不敢再看下去，又赶紧用力睁开眼。

就在他闭上再睁开眼睛的那个瞬间，她站上了站台的一侧。

他望着十步之外的她，就像被宣判的罪犯一样，认命般地叹了一口气，朝她的方向踏出了第一步。

突然一个陌生的男子跨上站台走近她，离他九步远，离她一步远，问她是不是在等1020路公交车。她把头发轻轻甩到耳后，偏过头取下右边的耳塞。"对啊！"她轻声回答。男子抱怨般地嘟囔着，车怎么还不来。她浅浅地笑了，仿佛因为无法提供答案而抱歉，便又把耳机戴回去。

他的脚步就停在了那里。

车终于来了，她穿着白色球鞋上了车，走到最后一排，坐在右起第二个座位上。

他留在站台上，仰头隔着车窗由目光追随她，直到公交车的尾灯从他和她一起等过许多个红灯的街角消失，他也没移动步子。

下一辆车来了，他走到最后一排，瘫软在右起第二个座位上。

一阵雷，雨倾盆而下。

# 桃花散

拓 葳

研讨会上的自助餐，来用餐的人都面熟，目光对上了就微笑一下。

有一个人不光微笑，还迎上来寒暄。寒暄就寒暄，还点破苏璃的底牌："我猜，你是电台的，是主持人。对吗？"

这是一张亲切的年轻的脸，教苏璃和他一搭腔感觉自己也亲切起来、年轻起来。

亲切，自己是亲切惯了的；年轻，却已经是昨日的胜景。苏璃今年36岁，已经有16年的光阴交给了电波。通过电波传递的美丽声音，使得这个城市里有好多人知道苏璃的名字，所以苏璃有了出席这个研讨会的资格。

苏璃拿出了几分顽皮，和自己的端庄不相符。苏璃故意歪着脑袋问他为什么感觉她是电台的主持人，捏拿了腔调，声音甜腻了许多。

这些年来，她习惯了别人赞美她的声音，可是今天依旧沾沾自喜，因为对眼前这个男子充满了好感。

他的盘子里整齐地堆着几块蘑菇，苏璃对他的蘑菇也充满了好感。苏璃是吃素食的。

苏璃笑着承认了自己在电台工作，并询问他的情况。

这个男子牙齿整齐，也笑一笑，自我介绍说他是某大学的老师，叫仇树森。今天这个研讨会就是该大学主办的。

苏璃想，哦，他是主人我是客了。听他说他刚留校任教，苏璃说客气话："年轻有为！"

说完并不感觉自己老气横秋，因为他看上去要比自己小上十来岁，可以叫自己"阿姨"，也可以叫自己"姐姐"。

苏璃咳嗽了一声，一手轻轻地按住鼻尖，一手在包里摸出了自己的名片："有兴趣可以听听我的节目。"

认识苏璃的当天，仇树森给自己买了一台收音机。在此之前，他已经好多年没有听广播了。

转眼过了一天。

下了节目，苏璃就接到了仇树森的电话。苏璃没料到，原本以为和仇树森就是一面之缘。

握着电话，苏璃有点儿小心翼翼，仿佛第一次进录音棚，不知道为什么。

和仇树森聊天其实很惬意、很轻松，起承转合得好自然。他们说起了彼此都不美满的人生。苏璃说了她失败的婚姻，仇树森说了他夭折的爱情。

其实，苏璃都忘记他的模样了，但这又算什么？她照样把他当成一个亲近的人，小弟弟或者好朋友。

苏璃挂上电话时既不安又满足，心里纷乱热闹，成了桃花盛开的地方。

第二天，苏璃下了节目，突然感到了心里有一个看不见的黑洞，深而且教人目眩。从此她知道了自己其实是一个寂寞的小女人。

这时候电话响了。

电话一响苏璃就马上去接，一接又万分抱歉："我在等一个电话，我明天给你打过去，好不好？"

终于，要等的电话来了。苏璃接了，这时候反而没什么话了，听他慢悠悠地说，他不说了自己也不说。

沉默的时候也不感觉沉默。苏璃过了好半天才问他为什么不说话了。仇树森说："感觉挺奇怪的，没想到我们会像今天这么熟。"

苏璃握紧话筒，轻轻一笑。这笑没人看得到。

仇树森又说："电话里你的声音其实和广播里不一样。"

苏璃想说："上节目的时候用的是假声，和你说话用的是真声。"说出来的却是："是吗？哪个好听呢？"

仇树森说："现在，最温暖，最好听。"

苏璃在电话那头咳嗽了一声，眼睛里闪出泪花。

第三天后，仇树森给苏璃送来了开会时的合影。不邮寄，亲自跑来亲手送。仇树森说他在苏璃单位楼下，苏璃一点儿都不相信，可还是下楼来了。

苏璃下楼后一眼就瞧见了他。

苏璃见了他，心里无比欢喜，也不多想会不会有风言风语，也不想到底会有什么样的结局。

当时正好是吃晚饭的时候，街上很冷，两人裹紧大衣就去了附近一个清静的馆子。苏璃点了一个蘑菇，让仇树森点，仇树森不点，问了一句："我想知道你喜欢吃什么。"

结果，苏璃又点了一个青笋汤。

就这么简简单单地吃，简简单单地聊。吃了东西，身上暖了。没喝酒，脸颊上也红红的。

苏璃说："好久没有这么舒服地吃东西了。"

仇树森看看表，七点过半了，便催苏璃回单位做节目。仇树森说："你去，我在这里等你，下班了我送你回家。"

苏璃说："不要催我走。我们多说一会儿话不好吗？我今天不上节目，嗓子不舒服，刚才请了假了。"

苏璃皱了柳叶的眉，眯了桃花的眼，清清脆脆地描述她的病情，把自己当成小可怜，娇弱兮兮的。

仇树森心疼了："嗓子不舒服就不要说话了。"

仇树森一定要带她去看医生。苏璃说她最讨厌医院里的来苏水味儿，不去。苏璃知道不是大病，就试着撒一回娇。

无奈，仇树森带了她去自选药房的中成药柜上找药。苏璃幸福着，一眼看到了药架上摆着的"桃花散"，成分是半夏、朱砂、石膏和川贝，是清肺止咳的药。

苏璃嚷嚷着就要拿这个，仇树森走过来瞧了一眼"桃花散"的说明书后，用玩笑话逗她："这是儿科药，你吃不得的。嘿嘿，你早生了好多年哦！"

苏璃解嘲说："我是喜欢这药的名字嘛。"

仇树森将"桃花散"自己做主换成了"铁笛丸"，替她在手里拿着。

苏璃却站着不动，体味着那句"你早生了好多年"，心生伤感。看着仇树森那么年轻的人，她第一次有了不自信，想逃走，心里的桃花散了，自己对自己说："再美的桃花也是一开就散啊！"

仇树森没听清楚她在感叹什么，那是苏璃在心底说了一句："流年是留不住的，树森，我们的桃花是没有果实的。"

# 双城记

蟠桃叔

最开始,张夕颜是高速公路管理站的收费员。

她在两个城市之间的路段守着小小的收费亭,迎送车水马龙。

这两个城市,一个是属于她自己的,有她的童年和初恋;另一个是陌生的,一个认识的人都没有,只是知道盛产杨梅。

在两个城市之间尴尬地守着,来往的车辆都和光阴一般如织如梭,张夕颜感觉这样下去自己会匆匆老去。

她不喜欢这样的工作,辞了,回到了自己的城市找新工作。在快餐店、广告公司,还有一个三流剧组轮着做了一番,挣了点儿零花钱,但都不够用。

有一天,张夕颜穿了件白色的裙子路过一家花店,看见花儿很美,就稀里糊涂去应聘,说话时斯文且甜美。店主马上喜欢上了她,录用了她。

张夕颜窃喜而不忘形,很快就学会了插花和揽客。也会给客人送花,穿过几条街,捧着玫瑰或百合。街上就有许多人看她和她怀抱的花朵。

怀抱花朵的时候感觉自己被花朵怀抱着,张夕颜欣欣然地长出了翅膀,自觉成了这个城市的天使。

张夕颜的朋友也有许多,旧的,新的,都信赖她、爱戴她、拥护她,也都是这个城市的天使。他们的翅膀是塑料和金属的质地。他们都是被娇宠的城市孩子。

第一个月发工资,张夕颜买了新手机、新裤子,剩下的五块钱她买了冰淇淋。

冰淇淋化了,污了她的新裤子,她把这件事情当悲剧发短信告诉所有的朋友。晚上,他们为此就聚在一个酒吧替张夕颜换心情。

当朋友一个个都散去,当酒醒,当夜深人静,当城市上空出现星星,她开始憧憬爱情。

不久,张夕颜爱上了一个清朗而且闪闪发光的男子。是暗恋。

这个男子在花店附近一家外资企业做事,新近升了职,同事订了花贺喜,恰好是张夕颜给他送花。

见了他,如露水见了阳光,如船落了风帆,如断线的佛珠散落一地,她的嗓子干干的,想照例说贺喜的话,却突然没了底气。一瞬间她只感觉自己装束可笑,人生无味,第一次没有了穿拖鞋上街的自信。

他和同事用英语谈笑,见了她递来的花,换了汉语,说"谢谢"。张夕颜红着脸离开,出了门,大口地喘气,像缺氧的鱼。

几天后,他出现在花店,她的脑子里除了一句"大驾光临"外什么都没有了。

他显然认出了她。他对她微笑,让她帮他挑几朵花。

她鼓起勇气,仰起脸给他背从老板那里学来的花语,说各色花卉的品相和寓意,朗朗而谈,竟有破釜沉舟的意思。

他的耳朵没听进去她的"花经",只是吃惊这个女孩子唇下有痣,耳上有孔,但眼睛里有森林的沉郁。这,就不寻常了。

他从此时常来转转,买一束波斯菊或者马蹄莲。都是简单端庄的花。

他每来一次,张夕颜就悄然盛开一次,一个花季接一个花季地绽放。

相思是那么蹂躏人心。终究是暗恋,张夕颜没有勇气和韬略开一朵花,露一次蕊。

他和她熟悉了,有时候就闲聊几句。一次他问她:"以后有什么打算?不会一直都在这里卖花吧?"

张夕颜没想过那么久远的事情。她,只是一个普普通通的花店姑娘,见了那么多的花朵,可她的确没有看见过一朵花如何含苞、如何怒放、如何枯萎啊!

张夕颜的确开始想一些事情,她想自己应该趁年轻多学点儿本事啊,将来像他一样,也做个光鲜人物不好吗?

有了这样朦胧的想法后,呼地一下子,自己的翅膀不见了,那群漂亮朋友也消失了。

她的心里只有他了。他是她心里的王。

可是,有一天,他告诉她,他要到另一个城市的分公司去工作。那个城市紧挨着这个城市,这两个城市就是当初张夕颜曾经一脚跨两地的那两个城市。

说走就走了。他走的那天,张夕颜其实也去了他去的那座城市,并在市中心找到了他所在的办公大楼。那楼有尖尖的顶,刺破天空。

他在哪一层?他的桌上是什么花?谁送的?他已经忘了她是谁了吧?

诸多问题,难有答案。

在他的城,她始终没有见过他。她知道他在那栋楼,可是她已经失去接近他的理由了。他所在的楼那么高,接近了云层,真的送不上去一朵卑微的接近泥土的花啊！

回到自己的城市，张夕颜辞掉了花店的工作，向家里人声称要去隔壁那个城市上一个培训课，就像个钟摆日日在两个城市之间晃荡。

课上得不专心，她倒是仔细地在这个城市的街巷闲游，晚上，坐最后一趟车回自己的城市。路过那个收费亭的时候，她就努力地在收费员脸上寻找自己当年的影子。每每如此。

在两个城市之间焦躁地奔波着，来往的车辆和光阴一般如织如梭，张夕颜有点儿恐惧。她感觉两个城都不是她的城，她不知道该去哪里。

几天后，张夕颜回到乡下外婆家，两个城市从此都远离了她。

在那个满是向日葵的村庄里，她关了手机，专心地看带去的几本书；累了，让外婆教她刺绣，绣鱼啊、鸟啊、云啊、花啊之类的。

不小心将食指扎破，张夕颜含着流血的食指，很平静地想着以后长长的日子。

外婆说村子附近白云山上的白云寺很灵验，可保佑人一生安乐。

张夕颜抬头望望，看不到山外的任何一座城市，只看到远处山坡上吃草的羊。

张夕颜就想：心无杂念，一生即可安乐。你的城，我的城，各自坚固。即使不在一起，也要一起成为山上的牧者，各自有各自的羊群，各自有各自的草坡。

# 鬼针花

刘国芳

高二那年,我喜欢上了教语文的李老师。李老师帅帅的,课又讲得好,上他的课,我总是很兴奋。李老师住在李家村,这个村离我们学校不远。周日,我们一有空儿就会去李家村找李老师。通常,我们几个女生会一起去。我们一般会找一个借口,去问一些我们不懂的问题,但实际上,我们是去找李老师玩儿。那村靠河,河边高高矮矮长着许多柿子树。秋天的时候,柿子熟了,红红的柿子把一条河都映红了。李老师常常拿一根竹竿往树上打,柿子就一个一个落了下来。其实,这时候的柿子还不能吃,太涩,要放好久才能吃。但有时候树上也有些熟透了的,这种柿子软软的,不能用竹竿打,要爬上树去摘。李老师就三下两下爬上去,把一个一个熟透了的柿子摘下来。吃着那甜甜的柿子,再看李老师,更有一种喜欢的感觉。

有一次,我一个人去了。这天,我忽然想告诉李老师,说我喜欢他,于是我说:"李老师,我想做你的好朋友。"

李老师回答:"我们就是好朋友呀!"

我说:"我的意思是做你相好。"

李老师说:"不行。"

我说:"为什么不行,你又没有女朋友。"

李老师说:"你还是学生,读书才是你唯一要做的。"

我有些沮丧,好久都不理他。但有一天,我还是没忍住,又去找了他。这天,我又说:"我还是想做你的好朋友。"

李老师明白这话的意思,他说:"不行。"

我说:"有什么不行?"

李老师说:"别把心思放在这些歪门邪道上,要把心思放在读书上。"

我忽然觉得我失恋了,虽然我们并没有开始。

然后我看到河边那些柿子树了。深秋了,柿子树下一片荒草,我们走进荒草丛里,摘柿子。摘好,我们走出那片草丛。忽然,我发现衣服上沾满了一种东西,丑丑的，尾端有刺扎进衣服里。

我问李老师："这是什么呀？"

李老师说："这是你呀！"

我傻傻地问："怎么是我？"

李老师说："这叫鬼针草，又叫黏人草，你不觉得你像这黏人的草吗？"

李老师没说错，我或许真是这样丑丑的惹人嫌的鬼针草。

我用手机把粘满鬼针草的衣服拍下来，然后发了朋友圈。因为伤感，我还写了这样一段话：

  路边的鬼针草

  它默默地生长

  又默默地枯黄

  正如它悄悄地来

  又悄悄地走

  没人知道它的快乐

  也没人知道它的忧伤

  有一天，我从它跟前走过

  它扯了我一下

  然后，赖在我衣服上不走

  它是不甘寂寞吗

  还是要让我记住它

  我当然会记住它

  因为，我也是鬼针草

很多人在下面留言评论。

一个人说："我一直不知道这草叫什么，原来叫鬼针草呀！"

又有人评："好讨厌这种鬼针草，有一次弄得一身，害得我把一件衣服都扔了。"

李老师也在下面评："好好读书，你就不是鬼针草。"

我回复："知道。"

后来我再没去李家村，我真的把心思放在了学习上。一年之后，我考上了大学。

后来的一天，李老师发了一条朋友圈——几张柿子树的图片，就是我见过的那些柿子树，树下是一片花海；他也给图片配了几句话：

  这是菊花吧？
  不是。
  是格桑花吧？
  也不是。
  它是什么花呢？
  我告诉你，这是鬼针花。

我在下面评："鬼针花原来这么美呀！"
李老师回复："如你！"

# 吃　蟹

阡麻香

周三下午，开会开到一半，鹿鹿接到妈妈的电话。伴着菜场的噪音，妈妈叫嚷着要她早点儿下班，好回家吃蟹。

从前一个月都不轻易打一次电话、随鹿鹿在外过夜也不会管的妈妈，这一周突然对她热络起来，大概是因为女儿的婚期越来越近的缘故。

待到下班时，已经是下着雨的深夜。秋雨不大，小伞够用；也不算小，刚好湿鞋。鹿鹿带着一身潮气回到家，包一扔开始洗澡。妈妈算准时间，卡着点开始蒸蟹切姜。等鹿鹿顶着半干的头发坐到电视机前，两只螃蟹、一碗姜丝醋汁、一杯温热的黄酒都刚好落定。

秋天是鹿鹿最喜欢的季节，凉意起，薄风衣，螃蟹肥，桂花香，橘柿黄，还有糖炒栗子，一个没有缺点的季节。

从前读书的时候，每到秋天，一周至少有两三个晚上，鹿鹿一家人会坐到电视前，边吃蟹边闲聊。

吃蟹和吃饭是不同的。吃蟹不求饱腹感，图的是对时间的认真打发。鹿鹿第一次被发现逃课、第一次拿工资、第一次宣布有男朋友，以及她的许多里程碑事件，好像都是边吃蟹边谈掉的。一家人一边认真地挖着螃蟹的角角落落，一边讲大大小小的事情——凝重的事情就变得随意了，随意的事情反会被咀嚼出余味来。末了再来一杯黄酒，三人各自暖暖地散去，万事妥当。

其实早就过了特意把好东西都留给女儿吃的岁月，但临近婚礼的这两周，爸妈突然对鹿鹿无限宠溺起来。

眼前的爸爸妈妈，又双双捧着脸蛋儿，身子俯向鹿鹿这边，期待着她开始吃蟹。起初几次，鹿鹿被这个阵仗吓了一跳，后来也就见怪不怪了。

爸妈一边笑盈盈地盯着鹿鹿吃蟹，一边关切地问中午吃了什么、晚上吃了什么、工作忙不忙、婚假请好没有、誓词有没有写好……鹿鹿慢慢被问得毛躁起来，应付了两声，端起盘子酒杯就钻进卧室，打开电脑独自看起视频来。

妈妈轻手轻脚地打开鹿鹿的房门，竟然丝毫没有被惹恼的样子，温柔地嘱咐说："那我们去睡觉了哦，你吃好了也早点儿睡。"说完轻轻地关上房门，回屋去了。

鹿鹿的卧室，还是按十多年前的审美装修的，水晶顶灯，淡色竖纹墙纸，线条木贴半墙，红木家具老气到说不出它过没过时。

如同大多数那个年代的小姑娘，随着家里条件渐好，搬进宽敞独立的楼房，"鹿鹿们"会被分配到一间小卧室，但并没有人征询她们的喜好，她们于是半嫌弃半依恋地，伴着匆匆流逝的岁月和停滞在当年审美水平的房间里，折腾着物件的添添减减，度过了自己的少女时代和成年后的时光。

面前的桌子，曾经摆过一台硕大的联想牌电脑。鹿鹿曾经在这里，靠着嘀嘀作响的拨号网络，耗掉了整个暑假，和一位"阳光男孩"建立了网络情谊。两人一直按捺到秋天，终于相约在一个周六见面。

"阳光男孩"当然没有出现。逃了补习课的鹿鹿，失望而瑟瑟地缩在卫衣里，一路顶着夜晚的秋风回到家。果然进门就看到爸妈双双坐在沙发上，一言不发。——逃课的事情败露了。

待问清缘由，爸妈气得跺脚，一人一句，软硬兼施，苦口婆心。看到鹿鹿终于被说得羞愧难当，妈妈叹着气，去厨房取来了半冷的螃蟹。

鹿鹿把螃蟹拆了，蟹黄挖好放进蟹壳，倒入一小勺醋，却不是自己吃，而是乖乖地送到爸妈面前。爸爸妈妈愣住了，这是第一次接到女儿打点好了的蟹，于是接下吃进，算是与年少轻狂的鹿鹿和解。

身后落满灰的钢琴，是又一个秋天的记录。

那是电影散场的一个夜晚。鹿鹿照例买来一袋栗子，专心剥着，闲聊着问男孩子："你觉不觉得，好吃的栗子有一股屁的味道？"男生没有接下话题，而是开了个新话题，吞吞吐吐讲了半天。好久鹿鹿才算弄明白，眼前这个相处了许久的人，原来早就心生了分手的念头，理由是，要找个更优秀的人一起进步。

分手的姿态还算潇洒。鹿鹿半敞着风衣，双手揣在兜里，酷酷地和男生点头说再见。对方走后，她掏出自己黏糊糊的双手和口袋里的"屁味栗子"，嫌弃起自己来。

钢琴就是在那之后的一个周末送来的。爸妈见到突然送来一架钢琴，都惊掉了下巴。鹿鹿轻描淡写，说要提升修养。此后一个月，她果然每天下了班就早早回家，对栗子、橘子、螃蟹一律不再感兴趣，天天练习汤普森的成人钢琴教程。

如同大多数故事里的情节，还在偷偷关注前男友的鹿鹿，终于在不久之后的一天，发现对方晒了新女友——一个活泼开朗、年轻爱打扮的小姑娘。

那天鹿鹿回到家，并没有打开钢琴。前几日听惯了琴声的妈妈，敏锐地察觉到了这个变化，颇识时务地端上螃蟹、黄酒，叫鹿鹿到客厅来吃。吃到一半，妈妈又瞅准时机问道："怎么不弹琴了？"鹿鹿沉默几秒，哇的一声哭了出来，嘴边的蟹黄混着鼻涕眼泪，全都蹭到妈妈的衣服上。

吃蟹到底是比弹钢琴更治愈的。从来都是靠吃蟹来消解一天喜怒的鹿鹿，靠弹钢琴，当然是没有办法想通那些事情的。

是要想通怎样的一些事情呢？比如，为什么相爱越来越难？为什么离别越来越容易？为什么有人可以相爱到白头，有人却不停地分手？……鹿鹿咀嚼着螃蟹，对这些灵魂拷问，当然是没有答案，却一边用沾着蟹黄的双手刷着那个姑娘的微博日常，一边想通了一件事——新女友也是个普通人，其实男孩子所谓"要找个更优秀的人"，不过是信手拈来的一个借口，急于告别她罢了。

所以，也不用刻意学钢琴吧。随着自己的性子，从风衣口袋里掏出"屁味栗子"边走边吃，然后回到家吃上两只螃蟹的夜晚，不是更好吗？

眼前播放的，是多年来吃蟹必备的佐食视频——《老友记》。

对于鹿鹿来说，《老友记》让她看到了别样的生活可能性。人可以未婚怀孕，可以永远不结婚但不停地谈恋爱，可以放弃丰衣足食但一眼望到未来的生活，可以有掌控欲、迂腐、任性、大胆爱和被伤害。怎样都没关系，反正一定会有人爱你的。

鹿鹿在大学里反反复复地看这部剧，迷恋上那样自由而坦率的生活，于是在毕业之后接了个外地的offer，如愿以偿地过上了可以称之为挥洒青春的日子。

那几年的秋天，妈妈为了慰藉她在远方的胃，每年都给她寄螃蟹、寄蒸锅、寄香醋。三五好友坐在馆子里，吃些烧烤、麻小、涮羊肉，是洒脱而热情的异乡青春；独自一人窝在电脑前，吃螃蟹配黄酒，则是实惠而温柔的家乡岁月。妈妈每年就靠秋天的螃蟹，牵一牵鹿鹿的那点儿乡愁。

如果说从上海出发去那座城市，是对青春的第一次告别，而从那座城市回到上海，是跟青春的第二次告别，那周六的婚礼，就将是和青春第三次的彻底道别了。

鹿鹿洗好碗筷回到卧室，斜躺在床上。她看着积灰的水晶顶灯，看着墙上的胡乱涂抹和贴画，看着书柜里的课本和青春小说，想起那些逃课乱交网友、任性买钢琴、去其他城市挥霍青春的日子。那些胡闹任性的自己，爸爸妈妈竟然都无限包容地接受了。

尤其他们最近对自己的态度，宠溺到近乎依恋。而鹿鹿在这个秋天的雨夜里，对这间卧室的每一个物件，也都体会到了一样的依恋。

周六，婚礼。

鹿鹿和爸爸妈妈道完"再见"，车子缓缓穿过小区长长的主道，像从前无数次上学、约会、启程一样，穿过花坛，路过坐在椅子上晒太阳的阿婆爷叔，路过叼着香烟的门卫。鹿鹿在车里，哭得稀里哗啦。

终于，这次是真的，要跟小女孩的生活说再见了。

# 山中有千莲

应 帆

进了大雄宝殿的门,看到那巨大的、高达十多米的毗卢遮那佛像,还有佛座外半圆形莲花台上供着的万尊小佛像,黛珊不由起了敬畏之心。她原本抱着到此一游、看看就走的态度,如今站站走走绕了一圈,到底不能继续矜持下去。她跟着身前的男女们跪在蒲团上,闭上眼睛,双手合十,装模作样地拜了一回佛。

黛珊早就听说这是北美最大的寺庙。真到此地看了,才有"果不其然"的感慨。黛珊转出大雄宝殿,发现它的右侧还另有一座观音殿,建得更早,是贝聿铭设计的仿唐风格建筑,颇有一些看头。她进去转了半个钟头,看到两三个女僧和六七个女香客,又莫名地生出些意料之外的念头来。

她来这里,其实只是想看看久违的荷花。从观音殿再往山里走,确有个千莲台,立在千莲池之畔。盛夏时节,那池中果然摇曳着红莲白荷,几乎不止千朵。自来美国后,这莲便是少见的花种。如今一偿夙愿,黛珊觉得也算是不虚此行了。

后来,黛珊顺着大雄宝殿前的菩提大道慢慢下山去,不时停下来看看大道两边立着的十八尊尊者的石像。每尊像都有中英文说明,简述尊者的故事。难得的是他们的脸部表情雕刻得栩栩如生,有低眉欢喜的,有张目嗔怒的,有仰头思考的,也有掩口顿悟的。黛珊看得欢喜,不时用手机拍照,回味每尊佛像的表情和故事。这些日子她很容易觉得累,看时间还早,就索性走走停停。

黛珊一边观摩那些尊者的像,一边不觉泛泛地想,人生的确就是一场修行,不过大多数人终其一生也不会有顿悟的那一刻、修得正果的那一刻吧?她一时想及千莲池的千朵莲花,在这树木环绕的深山佛地,不知每一朵都有什么样的心情。可是自己呢?可不可以自比作一朵莲,还是连一朵莲亦不如?她想着这个"莲"和"连",一时脑子里如电如露的,寻思这"千莲"莫非是"牵连"的谐音?倒要笑话自己人在佛地、心还是放不下的窘境了。

黛珊从不曾想到自己会落到这步田地。马上就是奔三十三的人了,但是没有很快结婚的可能。刚过了三十岁时,她还会焦虑,还会"雌"心勃勃地发誓要把自己这个"齐天大剩"在本年度里嫁掉。如今她倒有些看开了,日子就这样往前过着,不怠慢自己,也不逼急了自己,更不想逼急了献科。

然而,也总是有意外。本来,今天是约了献科一起来看看这寺庙和莲花的。不想,一早打电话给他,他却变了卦,种种借口:已经约了球友下午打网球;佛是要带着虔敬之心去拜的,不能不尊不重地、以旅游的心思去寺庙;开车过去也要两个小时;别的地方也有荷花看的……于是,黛珊一咬牙,就自己开车来了。

说起来,对于宗教,就像对爱情,黛珊觉得自己总归是怀疑的。而这一点上,献科大约是和她"臭味相投"的。两个不彻底的人,两个太聪明的男女,在人口有八百多万的纽约遇见了,苟且着眼前的苟且,心又不能往更深更远的地方去。黛珊不知道算是幸还是不幸。

不过是几十米的下山路,黛珊却疲累得几乎想坐下来,终是捶了捶腰,勉强往前走。这时,两个女子有说有笑地从她身边走过去。一个大约是本寺的女僧,光头,戴眼镜,穿着褐黄色的袍子,脚上却是一双淡粉的、鳄鱼牌的拖鞋。另一个就是普通的女孩子,背了个双肩包,穿了一双球鞋,走起路来,两条腿里仿佛装了弹簧一般充满活力。看样子,她们是好朋友,女孩子来山里看女僧。她叽叽喳喳地说,女僧安静地听,偶尔轻笑着应和。黛珊跟着她们走了几步,到头却茫然了:女僧的淡泊她达不到,女孩的青春她也是回不去了。

这么小心翼翼走了一程,也就快到山脚的停车场了。那女僧和她的女友,还在停车场那边徘徊复徘徊的样子。菩提大道的尽头,或者说起点,放了一对小石狮子,照例是一脚提起、像是要踢人又像是要玩球的造型。因为是狮子,脱不了威严的姿态,可是因为体积上的小,又或者雕刻者的用心,它们竟又有些憨态可掬的样子。黛珊看着小石狮子发呆,想它们到底是在保卫什么呢,还是在戏耍什么呢?

不想,这时却有个细细的、女孩子的声音,脆脆地喊了她一声:"妈妈!"

黛珊吃了一惊,扭头一看,却是个不足三岁的孩子,扎了两根麻花辫,粉雕玉琢般可爱。

那小女孩和黛珊打了照面,意识到自己认错了人,慌忙之间以手掩口,腼腆地笑起来。那份童真竟让黛珊呆了,不知如何应对。

女孩转头向停车场方向,大喊了起来:"妈妈!妈妈!"有对年轻的夫妇正在那里忙着把一辆童车从车上取出来,童车里还睡着一个婴儿。那年轻的母亲回应道:"珊珊,你不要乱跑呀!等着爸爸妈妈和弟弟!"远远看去,留着长发、穿着素色裙子的少妇,和黛珊倒是有几分神似的。

黛珊坐到自己的车子里,却是闷热得要命,仿佛片刻就满身是汗了。树上的蝉这时也分外刺耳地叫起来。她忙着打了火,开了空调,冷气就慢慢散满了车里的空间。黛珊调好导航仪,导航仪就兴致勃勃地通知她:让我们回家吧。

临踩油门之前,黛珊又摸了摸自己的腹部,幻想着里面那个还不到花生米大小的生命,正如何每分每秒地裂变着、成长着。她一时想微笑,抬起手来,却不防抹了一脸的泪。

# 互道晚安的橘色清晨

宋 锐

那一天拂晓，铁子趴在 E205 自习室的桌子上，仍在努力尝试入梦。

铁子已经醒了很久了。刚醒时，天空还是黑蒙蒙的，昨晚他不自觉地趴在桌子上睡着了，自习室的九盏灯依然亮着。他关了灯想再睡一会儿，但空荡荡的教室黑洞洞的，他便又把灯打开，趴回桌子上。当窗外泛起一抹白，他知道自己再也睡不着了。

自习室离宿舍很远。回去的路上，空气湿润得异乎寻常，铁子摸了摸自己的头发，手上一下子沾满了露水。太阳藏在乌云后面，看样子这是个潮湿的阴天。

走了一小段路，铁子想听听音乐，就站在路边找耳机。他翻了半天也没有找到，反倒发现书包已经湿成一片。铁子皱了皱眉头，想着把音乐外放。清晨校园里的马路上空无一人，橘黄色的路灯还没有关。铁子点开音乐，第一首是他喜欢的日语歌，他经常哼唱，希望能遇见兴趣相投的歌友。但实际上，铁子觉得从来没有人注意过他在做什么。他就像影子一样，孤独地徘徊在别人的生活里。

吉他声在空旷的校园里爆裂开来，铁子感到自己像是突然被抛掷到这个世界上。前奏还没有结束，他就把音乐关掉了，心中渗出寂寞的回音。

天气愈发异常，铁子觉得越来越冷了，逐渐加快脚步。突然间，他的头像是磕到了什么。铁子痛得蹲了下来，眼角甚至滚出了眼泪。他的泪眼看不清，便用手向前摸索着，摸到了一块冰冷、凹凸不平的墙壁。

他睁眼之后，发现面前什么也没有。而当他看向右边，他看到一块伫立于天地之间的白色墙壁。那是浓厚的雾气组成的墙壁，它像是滔天的海啸一样，覆盖了目力所及之处，整齐地朝着铁子推进。橘黄的路灯光将铁子的影子映在那片雾气上，就像是在白板上投影。这时候，这片巨大的影子正在摸着教学楼那凹凸不平的墙面。

没过多久，雾气便将铁子吞噬。被楼房阻挡去路的影子，也随着身体被吞噬而消失了。刺骨的寒冷向铁子袭来，铁子面前已经没有了障碍，但他一步也不想再走了。面对这不可思议的奇迹,他的心中没有恐惧,也没有惊喜,而是仍处在与影子共鸣时的彷徨中。影子阴冷的黑暗仿佛熔铸在铁子的身体里,最后像铁一样凝结了。他抱头蹲在地上,吸入的每一口魔幻的雾气,都仿佛是与他凝固的身体发生了反应。最终,像是迸发出一股酸楚的气体冲击着他的鼻翼,他被名为寂寞的感情气流冲昏了头脑,眼泪又流了下来。

当校园被雾气整个笼罩的时候,铁子心中喷薄而出的寂寞已经填满了他身体中的每一个角落。他的身体仿佛变得轻飘飘的。他紧紧抓住书包,希望留在地面上,但最终还是被这浓厚的雾气狠狠地托举了起来。他无力抵抗,而这种在空中漂泊的情境,正与他这几个月的大学生活的心境相印。他内心的孤独愈发膨胀,最后只能在这苍白的清晨中随波逐流。

突然间,一股暖意从铁子的下方升起。他睁开眼睛,发现自己被一片橘色的灯光包围了。他的舍长举着手电,飘浮在空中,一只手腕儿钩住他的臂弯。他向下方看去,白茫茫的雾气里,一团团橙色的光,像热气球一样飘在空中。人们借着光团飘起,或是用手电打出橙光,或将手机调出橙光,牵手或用绳子连成一串,一端牵着铁子,一端系在路灯柱上。

就这样,铁子被大家顺着温暖的光串传递,一点点地送到路灯下,橘黄色的灯光庇护着他。他差点儿成为历史上第一个因为寂寞飘走迷失的人。

在舍长的陪伴下,铁子吸进的不再是冰冷的雾气,内心中凝结的东西、刚刚还喷涌难耐的东西,渐渐地从毛孔蒸发了。

舍长不放心地牵着还有些轻飘飘的铁子,打趣说他闷骚,没打个招呼便一夜未归。铁子没解释什么,笑了笑。疲倦席卷了他,他安心地闭上眼睛,仍然想着再次入梦。舍长害怕他睡着,突然想起什么似的,将铁子的蓝牙耳机插进铁子的耳朵,连上自己的手机放了首音乐。

然而舍长并未如愿。当铁子熟悉的日语歌吉他声热闹地响起,他毫不客气地安然睡着了。

对于在这个秋天发生的校园奇景,A612宿舍的阿南是这样在日记里记述的:

今天早上的气温很低,我被冻醒了。室友们居然都起床了,还吵得要死,叫我看外面。我抬眼看去,窗外白茫茫的一片。阳台外面也很热闹,昨晚窗户外的盆栽突然疯狂生长,顶倒了衣架。大家把落在地上的衣服捡了起来,挂在了盆栽的枝丫上。

在宿舍楼之间,我看到很多橘色的光团在空中飘浮,我也想去凑凑热闹。在楼道里碰见铁子和他的舍长,铁子像是睡着了,轻飘飘地浮着,被舍长扶回宿舍。真是个奇怪的家伙啊！我们在他身上盖了三层被子，终于让他安定地睡下，没有浮到天花板上。

宿舍下，那些小灌木也长了不少，变成了一个拥挤的小树林。小树林中有着各种颜色的光团，它们挤在树丛的角落里，像一个个秘密基地。蓝色和红色的光像是一个个有情调的小帐篷，黄色的光团则像皮球一样跳动。我被邀请到一个紫色光团中吃了早餐。他们告诉我，只有橘色的光能够在空中膨胀飞翔。

正在这时，学生会来了人，希望多去些人搜寻迷失在学校里的人。我报了名，跟着他们打着橘色手电，沿着橘色路灯小心地飞翔。

半个小时后，我们跟之前出发的搜索小队在操场会合，他们告诉我们不用找了。我们看着宿舍楼那边一团团升起的橘色灯光，也觉得很放心。这时候，雾气完全没有散去的意思，也看不到太阳的影子。在苍白天地间，我们仿佛突然找到了如同身处夜色中的宁静。

我们把手电固定在地上，在只有假草的宽阔操场上，相互依偎着，感到了一丝困意。

"晚安。"有人先说道。我们笑了笑，便互道晚安。

"晚安。"我们相互靠着睡着了，围着橘黄色的灯光，在苍白的"夜空"下睡着了。

# 一个十三岁少年的秋天

原上秋

"你不是想上学吗？跟我往城里运砖吧。"

爹说这话的时候是微笑着的，让我看到了一丝希望。那时候，我们家正面临吃不饱饭的危机，五个孩子上学是个不小的负担。尽管学费政府有照顾，但吃喝穿用仍是个不小的数目。之前，他曾说过，该剔苗了。我们兄妹都怕被当作不打粮食的杂草剔掉，失去上学机会。

那一年我十三岁。小学刚毕业那天，考试成绩贴在大队部门口。名单上第二个就是我，我在一人之下，六十多人之上。听着好多人念我的名字，说我如何了不起，幸福的泪水在眼眶里打转儿。我混在人群后面，一声不响地享受着这一时刻。

我第二名的成绩没有让爹娘特别高兴，他们心里一直想着往后如何负担得起。弟弟妹妹都在上小学。按爹的想法，农村孩子上个小学就够了，有这些知识，足够应付锄头和镰刀。

考试过后我们就放假了。我们的假期和种地有密切联系，啥时候放，放多少天，都由农事决定。地里忙了，就放假；活儿多了，就放长一点儿。校长和老师们家里都种着地，他们是家里头耕种和收割的主力，种地和教学只能选择一样。我喜欢这样的安排。我想趁着假期打工挣点儿钱，去县里上初中。不这样的话，将面临辍学。

"你真的想挣钱？"爹问我。

"我想上学。"我说。

爹在我的头上不轻不重地拍了一巴掌，然后说："你挣钱还得等几年。"

秋收后的田野辽阔无比，就等种麦子了。

"走，拉砖去。"爹拉起架子车，吹着口哨出发了。我坐在车上，怀里抱着一个酱紫色的瓦罐和一个白瓷碗。瓦罐里是从三十多米深的水井里打上来的清水。远行的人别的可以不带，但不能忘记带水。

路两边钻天的杨树落叶纷纷，像给我们庄重地送行。

从窑厂到县城有二十八里，都是土路。窑厂的负责人问我爹："送一车挣八块，干不干？"

　　爹看看我，我看着远处大杨树上的一群麻雀。爹吆喝我："下车吧。"

　　一趟八块钱，拉两趟就够我全年的学费了。这样的诱惑激发起我对劳动的渴望。爹没有文化，但不影响他对于"重在参与"这句口号的实践。他从不安排我干这干那。

　　我们村口有一条小河，弯弯曲曲直通县城。小河边上，就是去县城的路。如果晴天，一辆马车就弄得尘土飞扬，雨天就更难走了，但它是去县城唯一能走车的路。爹把一条绳子套在肩膀上，朝两只手里吐口唾沫，朝我一笑，大喊一声："走！"车轮碾在凹凸不平的土路上，发出嘎吱嘎吱的声响。

　　我在生产队见过马车往地里送粪，是牲口拉套，一共有三头，车辕里一头，长套两头。赶马车的人手拿一根长鞭，用鞭梢指挥长套里的牲口用力或者转向，驾辕的牲口用缰绳控制着。爹撅着屁股用力的样子，让我想起驾辕的骡子。和生产队的拉粪车相比，他显得势单力薄。

　　车是不能坐了，我挑着瓦罐和瓷碗，跟在后面。

　　二十八里路太过遥远，感觉两条腿怎么也走不到头。我身上的褂子湿了，风一吹，透心凉。实际上，爹身上的衣物早就湿透了，由于汗水源源不断，凭体温是暖不干的。

　　"歇会儿吧。"爹直起腰身，车子很听话地停下。我们就坐在路边的田埂上，捧着大碗喝水。爹擦着汗水问我，"累不累？"

　　我没说累，也没说不累。我问："这些砖是不是给我们盖学校？"

　　爹点头："估计是吧。"

　　一群麻雀飞过头顶，落在身后的几棵大树上，叽叽喳喳，很是热闹。爹点上一支烟，笑着冲麻雀喊："是不是来找小虎玩儿？小虎今天没空儿，他要去给学校送砖，快点儿盖学校，还等着开学上学呢！"

　　我被爹的话逗笑了，但我没和麻雀搭话。麻雀叽叽喳喳，无忧无虑的样子。我现在没有心情，等我有学上了，也可以像麻雀一样，飞来飞去，大喊大叫。

　　那天，我们赶到县城，太阳已经落山了。回来的时候，天空飘起了细雨。这是我第一次走到县城，雨雾中的城市灰蒙蒙的，既冷又乱。爹将八块钱装进衣兜，一路上按了又按。

　　出县城的时候，爹停下来，在路边买了两个烤红薯。爹说："外面的东西真贵，就这，五毛钱。"他递给我一个大的，笑着说，"垫垫饥，咱们抓紧往回赶，你娘说不定在村口迎咱们呢!"

  我的脚似乎有了泡,钻心地疼。爹让我上车,护好空空的瓦罐和瓷碗。回去的速度明显加快,一路上他没有吹口哨,也不说话,但呼呼的风在四周响起,像有风助他。

  回到家,村庄已经沉睡。爹把湿漉漉的衣裳脱下来,从口袋中摸出七块五毛钱。可能是贴身的原因,那钱干干的,没沾一点儿湿气。

  那卷纸票,在娘点起的油灯下,炫耀似的晃动。

# 约 定

女 真

座机已经很久没人打过了。突然响起的铃声，似旱天响雷，吓她一跳。电话里的声音，既陌生又熟悉。通话结束，她还在回味他的语调。曾经迷恋他的男中音、他颀长的身材、大步流星走路的姿势、酒桌上举杯的豪爽，给他生个儿子是她的梦想，但他有老婆了，听说还是美女，儿子也上小学了。所以，就是个梦，未婚女人年轻时做过的那种，春梦。而已。

在报社，她有个绰号：大姑娘。一开始个别人背后偷偷叫，渐渐发现当面叫她也不恼，就成了公开的称谓，后来的晚辈嫁不出去叫作剩女时，她还是大姑娘。专属名词。她跑体育栏目，爱运动装，采写篮球、排球新闻，都是长人运动，跑联赛、全运会、奥运会，绕地球飞。她愿意在长人圈子里混，跟体育圈儿老腊肉、小鲜肉们关系不错，能搞到独家采访，写稿子轻车熟路，专业，文笔泼辣生动，得奖无数。她却一直没找到另一半儿。也不是没机会，谈过七八个，总不满意。婚姻这事，不能凑合。

所以，听清楚他讲的时间、地点后，她开衣柜，找衣裳。适合约会的那些衣裳，多是陈年款式，套在身上，她自己看都别扭。去买新的？时间来不及。运动款式倒也还时尚，颜色大方。那就运动装。

他在电话里说："去北陵公园吧！有时间吗？"当然，必须有。多年以前，冬天，刚下过雪，北陵公园空气清冽，她记得他在公园门口给她买了一串糖葫芦。她年轻时，不反对街头小吃，但逛公园吃糖葫芦，那次唯一。他用尼康相机给她拍了三卷以雪为背景的照片。胶片的，至今她还保存着，单独成册。北陵公园的雪景，真美。他曾经说："以后咱们常来。"事实却是，后来，他们根本没再一起来过。

而现在是秋天。广场上，盛开的盆花摆出了造型。国庆节快到了。这个长假，她约了同样单身的女朋友，准备去本溪看红叶，爬山，住农家乐，吃乡下饭菜，抢秋膘。同龄人在减肥塑身时，她却需要增肉。一个人过日子，懒得下厨房，东一口西一口，忙起来常忘记吃饭，不可能胖。房子已经订好了。但他来了，还去不去爬山呢？或者约了他一起去？他回来做什么？长住还是路过？一个人独自行动还是带了什么人？想问的太多，还没来得及仔细问，他已经撂了电话。这性子，多少年没变。

  她站在售票处看工人摆花。坐地铁来的，早到了半个小时。这个时间，公园已经免票。售票处的廊檐下，只有她一个人。

  广场上仍旧没有他的身影。她向南走，站到一块石碑后面。石碑挡住了刺眼的夕阳。见了面，最想跟他说的一句话是："当年如果有个孩子，应该二十多岁了。"但她知道，这句话，她永远不会说出口，只会在心里默念。又站了一会儿，她忽然动念离开。这么多年过去，见与不见，说与不说，还有意义吗？临出门时，她在穿衣镜前停留了一会儿。鬓角的白发格外扎眼。女人到了这个年龄，头发白了，多正常啊。她做过那种手术，已经不能再生孩子。人生太快！有多少人敢回首！他们一起来北陵时，她年轻，头发油黑。他也不老。没有任何征兆，他工作调动，带全家去了西部。她哭过几次？那些可能与她谈婚论嫁的男人，她总是拿他跟他们去比较。世界上没有两片相同的树叶，也没有完全相同的两个人。为什么要让注定了错过的那个人影响你的一生？太傻了吧？可是，她拿自己没办法。认定了这个人，以他为标准。

  万一，他说"我现在可以娶你"，该怎么回答？告诉他自己已经是一个需要药物维持激素水平的女人？告诉他是一个女人的荷尔蒙曾经与一个男人的荷尔蒙相互吸引？

  重新向广场望去。走神了一瞬间，忽然涌上了很多人——吃过晚饭、锻炼的人来了。在他们约定的地方，她看见一个身材高大的男人。像他！是不是？不敢确定。他是否还记得她年轻时的模样？她突然想把手机关掉。不远处的过街地下通道吸引着她的腿脚，像时光黑洞的入口。

  走向地下通道的一瞬间，再次转身回望，高大男人竟然消失了。取而代之的，是一辆轮椅。轮椅上的人，戴米色中性户外帽。看不清年龄，也看不清性别。轮椅边，站着一个妇人。同样看不出年龄。那个高大的男人，那个轮椅上的男人，哪个是她的他？

  神思恍惚。脚步凝滞。也许，应该过去确认一下？

  毕竟，答应他了。

# 逃 离

安 宁

　　小武老师能进我们县城三中当语文老师，全靠了岳父帮忙。尽管小武老师跟老婆关系不怎么和谐，常常吵架吵得我们学生都来围观，但因了在县城某部门做副局长的岳父，脾气暴躁的小武老师还是每逢吵架就低声下气地主动将跑回娘家的老婆小姜接回来，重新过鸡飞狗跳的庸俗日子。

　　小武老师文笔不错，常常在省里的报刊上发表文章。他还怀揣着诗人的梦想。尽管他蹲在办公室门口的花坛边抽着烟欣赏一朵月季的姿势像个土气的农民，但他还是以诗人的骄傲，风卷残云般吃过晚饭后，在校园的小路上天马行空地胡思乱想一阵，而后才打开油漆剥落的办公室门，埋头批改作业。

　　那时小武老师还没有取得编制，所以不管他有怎样傲人的才华，即便发表的文章比全校老师发表的总和都多，可是在只认教学成绩不认个人才华的县城初中，也只能按照学校的要求，上课备课，批阅作业，加班加点，早出晚归。他还当班主任，在自己的情感问题尚未理顺的时候，每天帮学生解决日常琐事和早恋烦恼。所有这些，并非因为小武老师多么爱岗敬业。事实上，他早就想出去闯荡一番，无奈被岳父严加看管着，他所有的理想都奄奄一息——说不上完全破灭，但他也知道时日所剩不多。什么时候拿到了编制，一定立刻停薪留职，出去闯荡一番。小武老师时常这样想。

　　老婆小姜在学校里教的是英语。这原本很时髦的科目，在她为了改善家庭生活承包了学校食堂的一个摊位后，便多了一股子大蒜味。我们学生都知道小武老师的老婆在食堂的窗口卖热包子。冬天天冷，我们从小姜老师的手中接过包子，总会看到那双红肿皲裂的手。大家便在教室里议论说，怎么小姜老师不卖包子的时候，手指豆腐似的白白嫩嫩，一成了"包子西施"，就粗得跟个农妇一样呢？议论来议论去，我们便将矛头指向了小武老师，觉得他没有出息，干这么多年，还在教学一线辛苦谋生，没能混上个一官半职，所以不得不让漂亮的小姜老师出来"站柜台"，抛头露面，招人同情。

一次小武老师上完课后，不知是有意还是无意多说了一句："同学们上学很辛苦，得舍得吃点儿好的，别老是啃咸菜馒头。"我们便在下面心照不宣地捂嘴偷笑，有个大胆的男生嬉皮笑脸地回应道："吃'小姜牌'肉包，助你学习进步不长膘！"这下大家憋不住了，哄堂大笑起来。小武老师也红了脸，但坏脾气的他却不知道该冲谁发火，想了想，大概真正要打倒的，还是没用的自己，于是也就算了，一低头，夹着教案灰溜溜地快步走出了教室。

除了用抽烟喝酒麻醉自己，这些人生的苦闷无处排解。有时候，小武老师会在办公室待到很晚，等所有人走了，将灯熄掉，在香烟一明一灭的微弱光亮中，看着窗外漆黑的夜色发呆。有一次，办公室的门在黑暗中被人吱呀一声推开，灯光突兀地亮起，新分配来的年轻女老师小艾，一脸惊愕地站在小武老师的面前。不知这是人生的偶然，还是小艾老师擅长察言观色，早已洞穿了小武老师的苦闷与不甘，又因仰慕他的才华特意前来，又或小艾老师只是想要在办公室站稳脚跟，有意讨好前辈。总之，就在那一刻，故事发生了。小艾老师留下来，陪迷惘中的小武老师说了许久的话。那晚的月亮皎洁迷人，说到尽兴处，小艾还起身将灯关掉，倚靠在窗边，仰望着无尽的苍穹。沐浴在醉人月光里的小艾，像一尊洁白优雅的大理石雕塑。小武老师就在那一刻，忽然间动了心。

小艾的出现，让小武老师一时间忘了家里每日充斥的韭菜鸡蛋粉条或者猪肉大葱的味道，忘了小姜红肿的双手、浑圆的胳膊，以及一笼一笼热气腾腾的包子。从庸常生活中忽然飞离的小武老师，仿佛被缪斯附体，每日文思泉涌。他将熬夜写出的一首又一首诗，献给他心中的女神小艾。对于小武老师如此热烈的示爱，小艾既不拒绝，也不接纳，而是旁观者一样，笑嘻嘻地看着小武老师忙前忙后，为她做一些力所能及的小事，并将上课经验毫无保留地传授给新来的她。有时候，两个人在相邻的教室上课，小武老师讲到中途，会在安排学生做题的空当，蹲到教室后门的台阶上咳嗽一声，隔壁的教室很快便会探出小艾可爱的脑袋，并没有话，只冲他妩媚一笑。

这样的微笑，恍若流星划过夜幕，很快消失不见。小艾迅速攀上了一个家境优越的有为青年，并顺利调进了市属中学。而终于熬上了编制的小武老师，并没有如他所愿，立刻停薪留职，鸟儿一样振翅飞出县城，去大城市翱翔。儿子的出生，比小艾更长久地将他牵绊住。他像一头老牛，自此被拴在了家庭的树桩上，想要挣脱逃跑，却发现已经无能为力。

儿子读初中那年，小武老师在一次与小姜绝望的争吵后，终于愤怒地递交了停薪留职的报告，而后以壮士一去兮不复还的豪情，去了北京的一家报社。半年后，他又以同样的豪情，跳槽去了上海。随后是广东、成都，甚至西藏。直到有一天，小武老师累了，疲惫不堪中忽然间明白，他所历经的每一个地方，与他想要逃离的县城都是一样的。或许，一头被拴在树桩上闭目养神的老牛，比一只狂风暴雨中惊惶乱飞的小鸟更为幸福。

在儿子高考以前，无论如何，都要返回县城，继续过教书写作、相妻教子的生活。小武老师这样想。

# 老王的成功秘诀

高红亮

正上着班,老王就接了电话,电话那头儿说:"你爹又跑了。"

老王也算一表人才,可一直没结婚。那时老王和我们一个车间,还当着主任,管着十来号人,是他人生最辉煌的时候。他爹除了脑子有毛病外,吃啥啥香身体倍儿棒,动不动就追着街上的大人孩子跑,跑一段就站住,立在那里呵呵地傻笑。老王就把他爹锁在屋里,让他妈看着。他妈看不住,他爹经常把门啊窗的撬开,像孩子放学似的跑到街上,代替交警指挥交通,或者拎个录放机在街上放歌。便有人给他打电话:"你爹又跑啦!"

老王没办法,就放下工作找爹。有好几回是民警送回来的,很严肃地对他说:"你今后一定要看好,真出了事儿怎么办?"老王鸡啄米似的点头:"是是,我一定看好,谢谢警察同志。"之后他还送锦旗过去,上面镶八个金黄大字:为民办事,为我找爹。警察看看说:"你还是拿回去吧,把你爹看好就行了。"老王便悻悻然回家,眼睛愣愣地盯着他爹一会儿,说:"你能安生几天不?"

他爹也想安生,可是做不到,病拿的。也不是没去过医院,可看完了回来,还是轻一阵重一阵的,折腾了几回之后老王就放弃了。他家里没别人,母亲让他爹折腾得全身是病,老王挣的那点儿钱,全给了药店和医院。有时老王跟我们说:"我挣钱再多,也填不满啊!何况我还挣不到什么钱,唉。"我们就劝他:"想开点儿,总有见到彩虹的时候,歌儿都那么唱。"老王一摆手:"你们信吗?反正我不信。"

平时也就是我们几个同学常聚。一个炒了十几年股的大齐,把自己的房子和老婆全炒没了;一个开五金店的我,单位黄了之后过得不咸不淡;一个年薪百万的老赵。老赵混得最好,我们常用甜言蜜语贿赂他,好让他拿好酒好烟外加买单。酒桌上他经常给我们灌鸡汤:"人就得拼,不拼怎么赢?要持续不断地学习,你才能成为王者。要专一,一件事重复一万小时你就是专家。"我们都像看珠穆朗玛峰似的仰望着他,说:"深刻,太深刻了,老赵你是最成功的。"大齐补一句:"不对,是最牛逼的。"老王便请教他:"你看我现在做什么好呢?"老赵说:"你可以先做个小买卖。一步一个脚印走下去，一定能成功。"老王说："那你借我点儿钱吧，三五万就成。"老赵说："亲兄弟明算账。"老王说："回头我想想。"喝完酒，就没有再"回头"。

其实老王不是没努力过。单位黄了之后他自己开过机械加工厂，干了两三年，挣了点儿钱，全贴给父母了。后来给别人打工，四十多的人了，每天干十几个小时，完了晚上老板还开会，跟传销似的喊口号。老王雇了一个保姆，自己驴似的拉磨，挣的钱看着不少，一算账，除了保姆的，就剩不下多少钱了。老王干脆辞了工作，当起了夜班保安。

那天老王打电话，说他妈没了。我们都过去帮忙。老王前后招呼着，他爹坐在客厅里，肥头大耳，满脸带笑，跟弥勒佛似的。我记账，大齐收钱，账桌上放了一盒苏烟。他爹坐在那里，趁人不备，就抽出一支烟点上，很享受地看着满屋的人走来走去。大齐指着他老伴儿的相片问："那个人是谁呀？"老王他爹全神贯注地盯一会儿相片，说："那不是他二婶吗？"一会儿，猛然醒悟的样子："不对，是我二嫂子。"大齐说："看来老王说的是真的。"见有人上礼，老王他爹看着我们记账数钱，就幸福地笑笑："今天的人真不赖，还带钱来了，都是好人。"事儿忙完了，老王请我们吃饭。大齐说："王哥你真不容易。我们不常来，真想不到家里是这样的。"老王叹口气："多少年了，有什么办法。我妈的病，全是因为我爹得的。"我说："老人虽然没了，你也算是可以喘口气了。"老王嘴角抖动了几下，抽泣起来："没了老妈，家里再也没有人给我帮忙了。"

过了一阵子，老王跟我说："借我两千块钱吧，我想做个小买卖，做卤猪蹄儿。"接着便跟我讲材料成本售价什么的。我说："你应该找老赵。"老王说："他这人不地道，吃喝行，借钱，贼精贼精的。"我说："行，你去干吧。"我知道老王的心思，想趁着自己还能蹦跶，再干点儿事。他人实在，用料也好，第一锅做了二十个，香味儿传得老远。他爹闻见了，偷吃了一半，吃完了两天没吃饭。老王看着他爹，干生气，没辙，加上他卖得有点儿贵，干了没一个月就不干了。后来，老王还试着摊煎饼、烤串、炒小龙虾，一边干活儿一边看着他爹。他爹吧，越老吃的本领越大，老王挣的那点儿钱有时还不够他爹吃呢。老赵便又开始开导他："要做就做大做强，不然不会成功的。"老王说："谁不想成功呢？可我得看着我爹不是？"

最让人高兴的事，便是最近老王结婚了。女人原先跟老王是邻居。那女人我们见过，比老王小七八岁的样子，老王年轻时追过人家，发誓此生非她不娶。可那时甭说老王，就是英国王子来了，这女人也看不上。原因很简单：漂亮，她爹还是个什么高干。如今时隔多年，在离了六次婚成为蹚过男人河的女人后，她终于"从良"跟了老王。说是没见过老王这么孝顺的,跟着个孝顺的人过日子,踏实。我们都为老王高兴。酒桌上,大家对老王说:"你算是铁树开花了。"我说:"这回老王终于成功了。"老赵想了想,说:"最成功的是他爹,养了个孝顺儿子。"老王打开一大罐啤酒,开得猛了些,啤酒沫飞了老王一脸。

# 无尘之眼

陈 敏

诗人波德莱尔说过,从猫的眼睛里可以读取时间。换一个角度看世界,一般人真的做不到。

前段日子,我因背部受伤,去了一家朋友推荐的按摩店。

那是一家很小的按摩店,据说只有三个按摩师。帮我按摩的是位女士,她四十多岁,是个盲人,小个头儿,有点儿黑,眉毛中间有颗美人痣,五官轮廓清晰,人看起来很精神。我和她聊了起来。

她说她小时候生活在乡下,母亲生了八个孩子,其中七个都是女孩。九岁的时候,她发过一次高烧,没有得到及时治疗。乡下嘛,家里女孩子本来就多,父母忙于生计管不过来。也可能是用药不当导致的吧,好像是吃了一个兽医开的药后,眼睛就看不见了。她描述得那么轻松,好像在说着别人的一件往事,脸上还带着一丝微微的笑。我问她恨不恨那个给她用药的兽医,她说不恨。我问她有没有找那兽医索赔过。她说,没有!

沉默了片刻后,我又问她现在过得怎样,好不好。她说很好。她结婚了,有两个孩子,孩子也都很好,耳聪目明,很健康。说到孩子,她的脸上顿时浮现出骄傲的神情。她说她的孩子教会了她很多东西,给她讲电视里的动画片,给她读书,读他们在学校里学的课本。之后,她又补充了句:"虽然我的眼睛看不见了,但我的心是亮的。"

她的话引起了我的好奇,我问她能不能说给我听听,一个人的心是怎样亮的。她停了片刻,说:"你听,这是情绪的声音!"

还别说,这时候,恰好有一声巨大的摔门声,似乎带着强烈的不满情绪。她告诉我说:"你听,这是带着情绪在关门。"

我问:"你怎么知道的啊?"

她说:"按值班顺序,这会儿不应该是我给你按摩,而是另外一个人。你来的时候,她不在,就让我顶了上来。我们这里是不允许让客人等候的,哪个技师不在，就叫下一个来顶替，她来了就只有往后排。"

"可这事不怨你啊，她为什么有这么大的情绪？"我好奇地问。

她说："这情绪可能针对她自己，也可能针对我，这关门的声音确实比较大。"

我又沉默了一会儿，问："除了情绪的声音外，你一定还能听出别的更多的声音吧？"

她说："是啊，一个人说话的时候，是他在说话还是情绪在说话，是他的认知在说话还是他的习惯在说话，这些我都能听得出来。"

"哇，你好清明啊！你真是太棒了！"我好惊讶，感觉给我按摩的那双手是如此充满灵性，它们不再是一个盲人按摩女技师的手，而是一个大哲学家的手。

我说："那你的心一定很清净，永远停留在一个很安静的地方。"

她说："是啊，我一直都在一个清净的地方，我在那个清净的地方'看'着所有事情的发生。这些事不管与我有无关系，我都不会用我的认知去参与，我不让我的评判跟上，我只是站在我明白的地方就可以了。"

"你真是个高人！因为看不见，所以活得安逸。"我无限敬佩地给她竖了个大拇指。在我看来，虽然她是盲人，但绝对不是残疾人，她只是个惯于走夜路的"明眼人"。

"那你一定生活得很开心、很幸福，对吗？"我问。

她说："我真的很开心。我每天下班，老公都会准时来接我，我们俩一起回家。回家后，我做饭给他们吃。"

"做饭？这个你也能行吗？"我惊讶地问。

她说："可以，我都知道油盐酱醋放在哪个位置。"

"家里没人帮你吗？"我问。

她说："我婆婆总想着帮我。原先是婆婆帮着做，可她年纪大了，不可能陪我们一辈子，我还有两个孩子，我必须独立！"

"呀！你真是太厉害了！"我真不知道该说什么，只是不停地点头，给她竖大拇指，心里涌出无限感慨。

墙上的自鸣钟响了，提醒按摩时间已到，她正好打理完毕，然后站起，欠身，鞠躬，向我微笑道别。

门外，是来接她下班的老公。她老公一条腿残了，开着一辆小小的电三轮。

她缓缓地走向三轮，坐上去，熟练地环住丈夫的腰。丈夫将手伸进衣兜，掏出一副墨镜，罩住了她的眼。

电三轮开走了，缓缓地融入车水马龙之中。不知怎么了，我的双脚像扎了根似的立在原地，无法动弹。

那一刻，我看到了真正意义上的幸福。

# 董　工

齐川红

　　董工到我们这儿的时候，已经是我们请的第四个技术员了。

　　由于疫情的影响，公司承建的工程启动得很晚。劳务聘请的第一个技术员刚拿到图纸，还没细看，就告假说外省的丈人刚刚去世，得奔丧；他介绍的一个来了小半天就说几年没干生疏了，也走了；又来了一个，没几天就回了一个离家近的工地。工程还没开始就换了几个技术员，老板很不爽。当董工来的时候，老板有些疑惑——一则能否胜任，二则能否长久。董工来自淅川，口音自然不太一样，说着土语式的普通话。他身材略高，胖瘦适中，紫铜色皮肤，像秋天田野里的红高粱一样朴实；文质彬彬，没有多余的话，一来就研究图纸，做笔录。老板对他第一眼的印象就很好。因为他姓董，大家都叫他"董工"，感觉叫着有点儿怪怪的。叫他的时候，他不应答，只是抬头看着你，有啥盼咐就照做，有问题就解答。熟悉了，有人开玩笑，喊他"东宫娘娘"。他讪讪一笑。原来他担心的就是被这样的称谓引出绰号，终究还是被喊了出来。虽然不怎么愿意，他也没表示过不悦。

　　他住在工地的办公室里，一个人应该是舒适安静的。

　　闲聊时我问："你知道我们这个地方不？"

　　他说："不知道，第一次听说。"

　　我说："《三国演义》中'火烧新野'应该知道吧？汉桑城，世界上最小的城。"

　　他摇摇头，说不喜欢文学，也不喜欢文学作品。不过得知我时常写文章，他倒产生了一丝兴趣。看到我的一篇有关齐大人齐慎的传说，他觉得特有意思，一连几天重复着文章中的几句顺口溜："风吹棋子落，摸住娘娘脚。犯下欺君罪，我命难逃脱。""金头银头，不如我爹的肉头。"

　　董工是八〇后，才三十来岁，媳妇在家照看两个孩子。晚上他一个人难免寂寞，也不出去散心，唯一陪伴他的只有手机。有人问："想老婆不？"他坦诚地说："肯定想了。"有人开玩笑说："远水解不了近渴，不如找一个情人，到外面风流风流。"他认真地说："我要背着她找，她也背着我找，怎么办？"

一天早上我到工地，门卫神秘地说董工昨晚出去，刚刚回来。我愣了愣，这么说董工夜里不是在工地住，莫非晚上真在外面……那就真应了一句话："白天像教授，晚上是禽兽。"可是世上有多少正人君子、柳下惠，又有多少苦行僧、传教士？不过，如果真是这样，也不算十恶不赦。食色，性也，也能理解，谁也不能站着说话不腰疼，站在道德的制高点评说他人。我冲门卫点点头，意思说知道了。董工像没有什么事一样，不过精神很好，竟然哼了几句刀郎的《西海情歌》："自你离开以后，从此就丢了温柔……"一连几天，董工都是晚上出去，第二天早早回来。我也装作不知道似的。

一天深夜，我正在梦中，忽然被手机铃声惊醒，模糊中摸过手机，手指一划，问："谁呀？"听到一个熟悉的外地口音，吞吞吐吐："齐哥，是我……董工……"我心想，深更半夜，有什么事？那边说："你能不能来一下？我……我……我在派出所……"我说："怎么啦？"他说："一句两句说不清楚。"

我暗自觉得好笑，他真是年少气盛，血气方刚，耐不住寂寞。吃腥一次就可以了，或者十天半月一次，哪能一连几天留恋风尘？在派出所看到了紫着脸羞愧的董工，旁边真有一个女的，垂着头，披头散发，更是羞愧难当的样子。她穿着半旧的衣服，用袖子边遮掩边擦泪，看起来也不像风尘女子。一边有两个警察，似笑非笑，嘲讽的语气中含着鄙夷，有着不易觉察的幸灾乐祸。

董工不住地辩解："我们真的是夫妻。"

警察问："结婚证呢？"

"没带，她来看我，我们住在宾馆……"

"那怎么能证明不是卖淫嫖娼？"

"我们有身份证。"

"身份证上的住址怎么是两个地方？"

"她的身份证是出嫁前在娘家办的。"

"就算是一个村的，也不能证明你们是两口子，偷情私奔出来快活的也不算少。我们见得多了。"

警察们"扫黄打非"也真不容易，不能正常作息，好容易逮到两个，如获至宝。我解释说董工是我们劳务聘请的技术员，一直勤勤恳恳；至于他们的夫妻关系，就是没有带结婚证，也可通过别的方式证明，比如手机里存的照片、与子女的合影、聊天记录等等都可以；要理解在外务工人员的艰辛，不是一般人能体会的。果然从董工的微信语音中听到这样的对话：

"媳妇，我好孤独，好寂寞，我想你。"

"我也想你。"

"那你来几天。"

…………

当我们从派出所出来时已是黎明时分。董工垂头丧气，他媳妇一言不发，落后面很远。我安慰他们："都过去了，不算啥。也许他们也看出你们是两口子了，只是因为你们是外地的，想罚一笔钱而已。好了，天快亮了，你们休息一下，吃点儿早餐，还要上班呢。"

可是董工没来上班，他辞工了。后来他跟我联系说回老家了，以后再也不出去了，一辈子就和老婆孩子守在一起。

# 闯入者

穗 子

店门被撞开的一刻,我正在拾掇昨天下午收的衣服,用洗衣粉、洗洁精、面碱三合一混合液把衣服上的污渍先清理一遍。这个在学校旁边放了六年的活动房买时就是二手货,哪能扛得了这一撞啊?我跟房子一起哆嗦。

"妹子,咱俩换一下衣服。"闯进来的是个中年女人。她把一个咖啡色手包摔在台案上,正努力把自己从一件米白色风衣里挣脱出来。

"你要干什么?"

"来不及跟你说,快脱衣服。"女人两手不停地在身上撕扯着。那件考究的衣服大概是从来没遭遇过如此粗鲁的对待,很不配合,扣子跳了下来,啪的一声发出抗议。我还蒙着,本能地想帮她捡起掉在砖缝里的那枚亮晶晶的扣子,这才发现洗衣液和刷子还在手里。女人扑上来,一把按住我的两只手,用力往下剥橡胶手套:"妹子,我不是坏人。我把包押给你,包里面有钱,回头再跟你解释。现在,你的衣服借我一用。快!"

我身上是件毕业的学生扔的旧校服,松松垮垮的。三下两下,校服上了女人的身,女人像是很满意,刚想往外冲又回身从包里摸出手机带上,顺手摘下挂在墙上的一个大檐黑帽子扣在自己头上,这才推门冲出去。

"帽子是顾客的,你不能戴啊!"任我怎么喊,她头也不回。女人跑得太急,左边过来的农用三轮车差点儿撞到她。她倒是灵巧,跟个气充得很足的皮球样子,一下跳开,都没回头瞅一眼就奔向路对面的居民小区。司机直骂,骂完还狠狠地瞪我一眼,我赶紧心虚地关门。

关上门,我先找那枚扣子,踩坏就配不上了,那么好的衣服。捡起扣子后我的视线被风衣旁的包牢牢抓住,瞅一眼,精巧细致;摸一下,又软又滑;打开看,确实有钱包。女人不是骗子,我赶紧放下人家的包,戴上橡胶手套继续干活儿,让她这一闹时间有点儿紧了。

女人还算识时务,没在学生下课后这半小时里给我添乱。她回来时,我处理好的衣服已经进了洗衣机，新收的也缝完了罗马数字——用线缝上去的标记不怕水洗，顾客凭号码取衣服也不会弄错。

"皮球"泄了气，落在叠衣板前的凳子上，蔫儿在黑帽子下。蔫儿之前，她一定经历了一场剧烈的厮杀。我一把夺过帽子，舀了盆清水重新洗涮。看着那萎靡的"一堆"，我胸口憋闷。洗好帽子，看她还没有走的意思，我拿起线盒，一轴一轴跟她的风衣比对颜色。

"你就不好奇，我刚才干啥去了？"半天，女人开了腔，眼睛却一直盯着地上一块裂了的红砖，像是在用自己的视线努力将其缝合。"还用问？捉奸呗。"我已经选定了匹配得上的线，对着从窗子照射进来的阳光纫针。女人抻了好几下脖子才描述起来，声音沙哑。早上，她叫了出租车尾随丈夫来到对面小区，远远地看他进了三号楼二单元，就来我的店换装。她走过去逐层楼听门，锁定目标在三楼或四楼。她在两层楼之间的缓步台上拨了丈夫的电话，铃声响在三楼。她什么也没说就挂断电话，敲开门冲进去时那俩人都蒙了。

她的声音像是块粗砂纸，划得我心里头乱七八糟的。我把大搪瓷缸子刷了下，给她倒上水。她咕咚咚喝了半缸，声音才透亮些。"我进去后直接扑向那个小婊子，薅住她的头发往下摘金项链和金耳环，撸戒指时她的指甲都让我给掰断了。活该，疼死她，让她再勾引人家爷们儿！"

"你家爷们儿呢？"

"那个完犊子玩意儿扁屁没敢放一个，抱着脑袋在一边蹲着。就得叫他难受难受，下半身快活时他就该知道会有这一天！"女人一口气把剩下的半缸子水喝光了，抹了一下嘴。我没打算给她续杯，就把缀好扣子的风衣递过去，用眼角扫了她一眼："那你咋打算，离婚吗？"

"离婚？休想！我豁出去了，这辈子跟他死磕到底，大不了鱼死网破。"

女人往下脱校服，脱下来她才发现一只袖子已经撕裂了好大的口子。"多少钱？我赔你。"女人脸上讪讪的，语气也软了下来。"本来就是干活儿穿的旧衣服，我又是做缝补的，不是事儿。"我对她笑了一下。我晾衣服时，女人开始穿她的风衣，穿上风衣她的精气神儿也回来了，她又变成了鼓胀的皮球。她拎起包，看一眼我又坐下来："妹子，今天就这么闯进来，抱歉啊。你肯定得笑话我，生活弄得一团糟。"

"没啥，日子嘛，哪能都顺风顺水！"

"你这活儿不轻省啊，你家爷们儿是干啥的？"

"我家爷们儿呀，前年就跟别的娘儿们跑喽。"我笑着往旁边一指，"喏，就是拐弯那家肉店，有兴趣你去看看，帅着呢。"

女人站了起来，眼睛瞪成铜铃。

"强扭的瓜不甜。随缘吧！"我又笑了笑，"那俩人，是打麻将打到一起的。"

女人走了，还不断回头。我又把她喊了回来——校服兜里还有她拼命抢回来的金子呢。

# 一起晒太阳

雨　瑞

冬天突然就来了，很多人在心理上都还没有准备好。

小城市也没地暖啥的。电费涨价了，不少人家都舍不得开空调。

小婉是个怕冷的女孩子，为了抵御突如其来的寒冷，她添了件碎花布料的小棉背心。

她住的是公寓楼。这座设计独特的小楼朝南的一面有着一长排伸出去的阳台。天晴的时候，她会搬张椅子坐在阳台上，免费享受阳光带来的温暖。晒太阳，是世上最原始最简单最节省的取暖方式了。

今天出来晒太阳的已不止小婉一个了。整个阳台通道上有四个人，其中一位就住小婉隔壁，是一位四十岁上下的男士，戴着一副眼镜，很斯文的样子。晒太阳的时候，他手上总是捧着一本厚厚的外文书，做认真阅读状。

这样会伤眼的，小婉想。但她没有说出来，因为他们虽然同住在一层楼，但一向只是见面点个头，连对方姓什么都不知道。

这一阵子也怪，虽然一直都是晴天，却一直冷。于是这几位一有空便搬张椅子在各自门前的阳台上一直晒。

终于有一天，小婉忍无可忍，大声对那男人说："你不能这样看书！"

"为啥？"男人一脸蒙，看着她，心里在猜：这丫头小脸这么红，是冻的还是生气气的？

"眼睛会看瞎的！"

"哦。那我不看了。"男人微微一笑，将手中的书放下，又说："谢谢哈。"

过了一会儿，男人想，既然已经搭上话了，何不顺便聊聊？反正闲着也是闲着嘛。于是开始小心翼翼地问了几句"贵姓呀""在哪儿高就呀""老家在哪儿呀"等等。

小婉一一回答，又反问了相同的问题。

于是便聊上了，并相互留了电话，加了微信。

男人姓王，单身，住隔壁，真正的"隔壁老王"。

此后，但凡有太阳的日子，小婉便会用微信打招呼："出来一起晒太阳呀！"

老王便打开门，傻傻地冲她一笑，然后搬着椅子放在小婉的椅子一侧。对了，老王晒太阳时不再看书了，他有更值得看的要看。

现在他俩聊天已经非常自然随意，也惬意，几乎什么话题都聊，当然，少儿不宜的除外。前两天天阴，无太阳可晒，两人都突然觉得日子过得好没意思，彼此只好隔着墙在微信上聊，但感觉完全不是那么回事——看不到对方的眼神，感受不到对方的气息，跟坐在一起聊天差远了！

终于天晴了，太阳出来了！小婉以前跟别人学过一段京剧唱段，有一句唱词是"盼星星，盼月亮，只盼着深山出太阳"。现在，她领悟了这句唱词的深刻和厚重。

又能一起晒太阳了！多好，多好啊！小婉是个对生活没有多高要求的女孩子，她很容易满足。

时间真快，转眼快过年了。

奇怪的是，一连好几天，老王的门都没开。小婉给他发微信："在吗？""在不在？""人呢？！"又发了好几个表情包，有微笑的，有惊讶的，有生气的，有愤怒的。统统石沉大海，没有回音。

小婉躲在房里哭了，很伤心的那种。

她做过很多种猜想：出差了？犯什么错误了？出车祸了？生病了？结婚了？

都无从证实。只好等，一直等。

从此，小婉不再去阳台上晒太阳了，因为她觉得太阳不再温暖。

半年过去了，小婉终于走出了阴影：随他去哪儿了，关你什么事？他是你什么人呀！小婉甚至自言自语地爆了一句粗口。

日子就这么流逝着、流逝着，转眼便到了又一个冬天。

小婉受了风寒，感冒了，一上午都没起床，捂在被窝里苦熬。忽然，手机提示音响了一下，小婉偏头瞅了一眼，浑身一颤：是老王！

点开一看，只有五个字："一起晒太阳？"

两股热泪便夺眶而出，小婉感觉心都要化了！

小婉一边手脚忙乱地穿衣服，一边在想：我看他到底怎么解释！我看他怎么跟我胡编！我看他的脸红不红！

糟，拉链卡住了！上不能上，下不能下，急死人啦！

一急，眼泪便又出来了。

# 汉山寺的井

赵长春

烟酒不分家在温子骞这里是行不通的。

温子骞不抽烟,喝酒。酒限量,适可而止。用他的话来说,想喝时不需劝,不想喝时劝也没用;不过,茶水可以多添。

温子骞是酒水不分家。一杯小酒,吱——,再喝水一大口。他说:"酒水,酒水,酒要配水。"后来,人们明白,如此饮酒,算是他的一个养生之道。毕竟,水,稀释了酒,少伤身体。

对于水,温子骞有着一种虔诚的敬。他说:"水是万物之源。血水。汤水。口水。汁水。水灵灵。水气。水汽。水华。"他说出的每个词,都有讲究。

譬如水华,就是早晨起来,从井中打出来的第一桶水。水桶缓缓入水,盛起水面之下的水,不能太深,也不能太浅。这样的水,泡茶,出味,香,甜,滑。温子骞这样说,也这样做。他是村里第一个早起的人,就为着这水华。冬日,下大雪的话,他会挑完水后,扫雪,把井台周围扫得干干净净。

也是为着水华,在他的坚持下,村口老井被保留下来,就为着他能泡茶。这口唯一被保留下来的井,后来成了一景,成为出外的人们合影留念的地方,说是能记住老家,想起乡愁。

这口井,是温子骞找出来的。温家世代找井,传承了不少诀窍:山接头,下泉流;山摞山,水里边;山夹沟,岩水流;凸对凹,中间好。句句都有讲究。按照诀窍去找,也不是都能找准。温子骞说,还得闻出水气——水的气味;隔着土层、崖壁,几十米上百米厚,得能"看"出来水脉、走势。望着高山,看着地下,他脚一跺:"就这里!"

汉山寺的那口井也是如此找出来的。寺内无酒,温子骞自带,就着白菜烩豆腐,就着竹叶子茶,吃了,喝了,围着寺院找,亦步亦趋。闭目,嗅闻,谛听,有些时间他跪趴在地,好像与谁对话,念念有词。汉山寺的住持对于能在寺院找出水来,已经不抱幻想。此前,历代住持都没有办成。温子骞说:"咱再试一试。"山高水也高,山下就是袁店河,应该有泉眼,有水线。果然,他在昏黄的月光下,突然身子一定："就这里！"跺了一脚。

人们围上来看，比较十几年前的打井位置，无非几米远。温子骞说："老井打在岩脉上了，想省事的话，沿着老井底往左，打四米，再下挖五米，保准出水，好水！那泉眼就在这里！"

温子骞又跺跺脚，很有力，望着月亮，喝了一口酒，吱——，又咕嘟一口竹叶子茶。老住持点头，让小和尚压下一块石头，陪他进了寮房。夜半，小和尚出来，挪了石头好几米，在原位置插了一根柏枝。柏枝随手从树上折下，很新鲜。

小和尚如此，在于心里的一个纠结：老井的位置是他爹当年找的，费工费时，遇到了岩底，没有出水。从此，他爹不再找井。正在公社读书的他，断了书费，就出家当了和尚……

不过，第二天，刚过午，县打井队就要定位下钻，温子骞叫停了，左看右看，踱到柏枝前："这里！"

不远处，小和尚一脸的白……

温子骞病了。我去医院看他，他刚输液完毕。小护士擦拭完针眼，温子骞又要了一个酒精棉。小护士一笑，他一笑。

小护士出了病房门，温子骞舔一舔酒精棉，轻轻地，咂巴一下嘴唇。我带来的酒，他不喝。他说："现在没有啥好酒，都是勾兑的；不如这，解瘾。"说着，又喝了一大口水，看向窗外。

窗外，一片小广场，一群男女跳秧歌。温子骞的目光流露出羡慕、渴望。他问我："知道啥叫秧歌不？"

我一愣："不就是唱唱、跳跳？东北、陕北的最出名。"

温子骞摇摇头。他说："秧歌，原为阳歌，'言时较阳，春歌以乐'。"接着，他问我："知道为啥阳春时节要唱要跳不？"

我摇摇头："不知道。"

温子骞不再说话，继续看着窗外。

一阵沉寂后，温子骞告诉我，当年，小和尚的爹找到的井的位置，就是后来他找的位置。不过，也是当天晚上，他给动了手脚。温子骞说："这是我一辈子翻不过去的一个坎儿。"

温子骞说着，泪水慢慢地流了出来，满脸的湿润。

温子骞给我一本他手写的书：《袁店河素食宴》。一百零八道菜。每道菜，他一笔笔画出图，简洁，精致，很诱人。他托我给汉山寺现任住持送去。

住持接了书，双手举起，住持也是一脸的泪。

# 紫金石

金 光

到金矿上班的第二年,矿上成立地质队,我和九西区的小王被选进队里当描图员。按照刘队长的要求,我们将小秦岭矿区的地质图和地貌图进行分解和描绘,然后按比例移入矿里所需的图纸上,交给采矿队按图采矿。一天,我正在解图,刘队长进来说:"小孟,今天我们上山做地质调查,手头的活儿先放一放。"我丢下手中的描图笔便跟了出去。

我们乘吉普车顺着枣香峪的盘山公路往上爬,大约过了一个多小时才到50号脉的巷道口。我和刘队长进到采场,用地质锤敲了一袋矿石,又到31号脉的采场敲了一袋矿石,分别做了标记后放进车里。刘队长望着远处的长安岔,抬起手腕看了看表,对我说:"才十点多点儿,还早,我带你去个地方看看。"

刘队长让司机顺着长安岔往上爬。到了红土岭时,我已经知道他的目的了:他要带我去看明代采金洞。进地质队的时候,我做了一段时间的功课,基本上对小秦岭矿区方圆百公里的矿脉分布情况了解得八九不离十了。小秦岭矿区早在明代就已经有皇家在此开采黄金了,只不过那时候没有像现在用风钻机打眼放炮,而是架火烧矿石,然后再将冷水泼上去,热冷一激,使矿石剥离掌子面。早听说在海拔1904米的地方有个明代矿洞,每吨矿石的黄金含量高达一千五百多克,每当矿上完不成任务时,就去放两炮拉到选厂直接磨成金精粉提纯。因为怕泄密,一般人不知道具体位置。

我们绕了几座山,刘队长让司机将车停在一棵青冈树下等着,随手从车里拿了一根钢钎,带我顺着一条羊肠小道往东边的隘口爬去。到了隘口,一个黑乎乎的山洞便呈现在我们的眼前。走进矿洞,我看到确实像传说的那样,四壁全是被火烧过的痕迹,洞壁上嵌着凸凹不平的矿石茬子。我们往里大约走了二十多米,刘队长在壁面上敲了一些碎矿让我装进地质袋。正要离开,发现旁边有个凸出的矿茬,像树木疙瘩长在洞壁上。他观察了片刻,将钢钎插进崖缝慢慢往外别。不一会儿这块像树木疙瘩的矿石便与石壁分离开来。

这是一块山形矿石,足足有四五十斤。我拿着沉甸甸的矿石,爱不释手地看着刘队长。他端详了片刻，说："走吧。"

走出矿洞我才看清楚，这块矿石因与石英和铅伴生，又在几百年前被火烧过，在阳光下呈现出紫青色，对着太阳的一面，可以辨认出细微的金星。刘队长脱了劳动布上衣，把矿石包裹起来，递给我说："前年与梁矿长来这儿撬过一块，被上面的人拿走了，今天是我们的意外收获。"

回到队里，刘队长让人做了一个木制底座，把紫金石放在他办公桌上。每当有人来欣赏，他总会兴致勃勃地给人讲解。

几年后，我调离了矿山，到一家新单位上班。周末几个同事一起侃大山，有人炫耀说他见过一块好几十克的金矿石，能看到金子的颗粒。我纠正他说："金元素含在矿石里，肉眼根本看不见，除非有上千克的品位。"同事忽然来劲了，问我见过多高品位的金矿石。我随口回答："一千五百多克。"

"牛皮吹破了！"同事顺口跟我杠上了。

于是，我就讲了与刘队长撬掉的那块矿石。同事听了惋惜地说："你咋不要呢？现在至少值几十万。"

"那可不能要，是公家的，连我们队长都不敢往家里拿。"

"哪有见便宜不占的？人家在办公室放一放，时间长了自然就成他自己的了。"

"肯定不会，我们队长这个人最大公无私了。"

同事较真说："许多人表面大公无私，其实骨子里不是的，你不知道罢了。"

随着时间的流逝，这事也被我渐渐淡忘了。前年秋天，我去省城出差，遇见了当年同在地质队工作的小王，十多年前他调到了省黄金公司。小王拉我去他办公室喝茶，说公司开了一个黄金文化陈列馆，问我看不看。我很感兴趣，便跟着他去陈列馆参观，一进门就看到陈列台正中央玻璃罩下放着那块金矿石，下面卡纸上印着一行醒目的文字：

紫金矿石，含量1573克。产地：秦岭金矿。

我问小王："这块矿石是谁送来的？"

小王说："咱们刘队长送的，他珍藏了三十多年。现在矿区的黄金资源差不多全采完了，就连那个明代采金矿洞也被采空了。中间好多人要掏大价钱买这块样石他都没有卖，也有领导通过关系向他要，他也没给，去世前他把矿石送给了陈列馆。"

我的脑袋嗡的一声："刘队长去世了？"

"前年走了。"

我突然不知道说什么好，望着眼前的紫金石，恍惚中看到刘队长正在那个明代采金的矿洞中聚精会神地采样品……

# 老吴的笔记本

潘宗旭

老吴第一次来交巡山笔记本的时候，我正在电脑前浏览全镇的生态护林员信息，没有注意到办公室里多了一个人。直到身后传来一声咳嗽，我才注意到他。

"请问这里是林业站吗？"进来的人个子很矮，与坐在办公椅上的我几乎同样高。我赶紧回应："是的。"他就从迷彩服的口袋里拿出一个笔记本来递给我。我接过来看，已经有些卷曲的笔记本扉页上歪歪扭扭地写着"吴礼学"三个字。

三年前，我到镇林业站上班也才一个多月，做的工作是防贫监测，监测对象是镇里聘用的78名生态护林员。我要确保他们能通过务工增加家庭收入，防止规模性返贫。那时候，正是脱贫攻坚拔穷根的关键时期，生态扶贫让一部分贫困人口获得了实实在在的收益。

"你叫吴礼学？来盖章？"我结合从电子台账里看到的信息，知道眼前这个五十多岁的汉子没有读过书，是个文盲；他的妻子是个残疾人，两个子女分别在读小学和初中，一家人就靠他当护林员的这点儿工资和卖农产品的收入。这是典型的建档立卡贫困户。

他有点儿局促和忐忑，对我的问话回答得很谨慎。看到他这个样子，我心里很不是滋味。——很多生活困难的人都是这样，来镇里办事的时候生怕说错了话，显得非常小心。

为了打消他的顾虑，我给他拿了一把椅子，请他坐下来。我说："吴哥，你比我大，以后就叫你老吴吧。"他有些意外，眼里闪过一丝感激，说人家都叫他"老乡"，我也可以这样叫他。我坚决不同意，还是叫他老吴。我拿着老吴的巡山笔记本翻看，问他："是来审核的吧？"他说："是。"说真的，老吴扉页的名字写得不好看，就像印上去的鸡爪，但是里面的工作笔记却一笔一画写得很规整，我感到很奇怪。

"老吴，这是你写的？"我指着笔记本里的内容问他。

"是我姑娘写的。我不识字，写不来，就只会写名字。"老吴怪不好意思地说。

"这样子不行哦！如果哪天你姑娘不在身边了，你还得自己写。"我决定从笔记本上找突破口，拉近我与老吴的距离。于是我就教他简单的方法——简化每天的森林防火工作笔记，只保留人、时间、地点、做了什么、有什么结果等五大要素，要他按模板自己完成每天在管护区内的工作笔记。当然，开始他是写不来小地名的，我就建议让他姑娘把他巡山的小地名按顺序写下来，然后他照着顺序巡视、记笔记。

老吴离开办公室的时候我正忙着接待下一个护林员。因为刚开始实行森林防火日志制度，许多护林员的笔记本都记得不规范，我一边审核一边纠正，根本没有注意到老吴是什么时候走的。

为了助力脱贫攻坚，林业部门也做了最大的努力，发放退耕还林补助、生态公益林补偿、建设油茶基地、发展林下经济等项目的工作纷繁复杂，我的工作也更加繁忙。一次到老吴的管护区调查一起林业纠纷，我打电话给他，说明了我们的来意，要他在山脚给我们带个路。我们下车时，老吴已挎着砍刀等候在那里了。烈日下的老吴没有了之前在办公室里的局促样子，身为向导的他显得自信满满。他走在前面，矮小的身体里却蕴藏着巨大的能量，挡路的荆棘杂草全部被他踩到脚下。他一边前行一边讲解地方风物，时而介绍这块儿地是哪家的、那个山头的树木是谁栽的、哪丛竹林里冒出来过一窝竹鼠……从山脚爬到山巅，老吴侃侃而谈，脚步不停。我想，这就是身为护林人的坚守和快乐吧——他们在清晨的第一缕阳光中蹚着露珠出发，在傍晚的田园牧歌中踩着晚霞回家，守护着莽莽林海。

休息的时候，我问老吴："你的笔记本写得怎么样了？"老吴有点儿不好意思，说我教的方法可以，就是他的字写得不好看。我说没关系，能看得懂就行。"那下山去吧，回家我拿给你看，实在不行我就重写。"老吴的话里透着坚定。

我想，哪里还需要笔记本来记录这些绿色森林卫士的行动轨迹啊？这一座座绿色大山、那喷薄而出的林业产业，都是他们用心书写的"绿色笔记本"。

# 理发师

刘　夏

　　头发不仅关乎每个人的生活幸福指数，也为拉动国民经济做出了贡献。头发浓密的，可染可烫可卷可拉直；头发稀少的，可巩固可补种；头发消失的，可戴假发可重新改良头皮争取再生……正如草木茂盛体现了大地的生机，发须茂密也是人生命力旺盛的表征，难怪头发在人类精神和物质领域一直都占有重要的分量。

　　在我小时候，除了逢年过节或者结婚等重要时刻，村里的理发师平常并不是很重要的角色，因为妈妈们和妻子们很自然地承担了这一任务——一把大剪刀基本就能胜任，咔嚓咔嚓几下子就能剪好。女孩子通常都扎辫子，每年剪一两次就行，剪下来的辫子还能卖给收头发的小贩。男孩子和男人们的头发一两个月就要剪一次，讲究点儿的家庭主妇会买个电推子，无师自通地剪剪推推，省却了去理发店的一笔钱。我同桌张玉米家男孩子多，很不讲究，经常好几个月不理发，头发像荒草一样。大家编派他："玉米的妈水平高，不用剪子不用刀，一把一把往下薅！"班主任李老师看不下去的时候，某天会从家里带个电推子，下课时揪着张玉米的头发，像推土机推土一样几下子就把他剃成了光头。"荒草"不见了，只留下一个光秃秃的脑壳，张玉米瞬间缩小了一号，模样也改变了，连平日的嚣张气也被抽掉了，显得傻里傻气的。后来我读到悲情英雄参孙和美女大利拉的故事，便想到了被李老师剃头的张玉米。

　　我邻桌春花的妈妈是理发师，据说曾专门到镇上培训过。逢年过节的时候，我会陪着弟弟去春花家理发，赶上人多还要在那儿排队等着。她家正屋的墙上有一面大镜子，镜子前摆着一些理发或染发用的瓶瓶罐罐；一个黑色的大皮椅子会转动，理发的人坐上去，感觉像个土皇帝。每年临近春节她家都要忙一阵子，平时有结婚的也会去做头发。春花妈妈作为村里多年唯一的理发师，始终保持着一头利落的短发，丝毫没有受到各种发型潮流的影响，简直像个万花丛中过、片叶不沾身的世外高人。正如某种理论所说，厉害的人往往是雌雄同体的，春花妈妈大概也是其中之一。她身材高大粗壮，说话大嗓门儿，直来直去。只要你坐上那把会转动的大黑椅子，大黑单子往你身上一罩，一根短绳圈往你脖子上一套，你的头就成了她的掌中之物，你整个人就只能听她摆布了。她拿着大剪刀和电推子在你眼前很快地晃动，一点儿顾忌也没有，仿佛那不是什么利器，而是柔弱无害的棉花套子。如果觉得你的头需要抬一下或者转动一下，她绝不事先跟你商量，只是猛地向上一扳或者向左向右一扳，丝毫不担心会拧伤你的脖子。如果你冷不防被这么一扳，发出了"哎哟"声，她则表示很不理解："怎么啦？你怎么啦？你又不是纸糊的，坐好，坐好！马上就好！这么多人都等着呢！"

春花妈妈的理发店保持多年不涨价，所以大家也一直去她那儿理发。虽然春花妈妈理发时很不温柔，但不得不说，她在理发方面还是颇有些天赋的。她有一种难得的直觉，打眼一看你的脸，就能准确地说出你适合什么发型，然后三下五除二就先给你整出点儿效果来。如果你对她的建议不太肯定，她就马上让你看看大镜子旁边的墙上贴的那些彩色模特照片，让你从中选一个当模子。那些照片中的模特都有一个时尚流行的发型，长的短的，弯的直的；脸蛋要么漂亮要么英俊，总之都比准备理发的人好看，自然能让人对他（她）的发型也产生好感。如果你在理完发后表示不太满意，她立刻确定无疑地告诉你："你这是刚理完，不习惯，过两天看习惯了就好了！"这个说法有很大的合理性和说服力，理完发的人对着镜子左看看右看看，最终都顺从地交钱走人，毕竟大家也不想承认自己是因为长得难看，所以才没达到跟模特一样的效果。事实上，春花妈妈这个安慰人的说法——不是不好看，主要是没看习惯——也可以应用在生活的很多层面，甚至可以说是一种生活智慧。靠着这种智慧，很多时候我们虽然不太平稳地着陆，但继而可以安稳地度过很多年月。

春花妈妈作为我人生中认识的第一个理发师，很长时间界定了我对理发师的基本概念。一部分原因是我对头发造型要求不高，而且基本都是留长发，随便剪剪就行。去年我搬到一个新小区，小区门口的理发店看上去很高档。我那时工作刚上了个新台阶，准备犒劳一下自己，把头发好好整一整。店员们都很年轻，很有礼貌地微笑屈身迎接。一个身材高大面貌英俊的理发师走上前来，询问我的要求，不过他很快就看出我是个菜鸟，没有什么特别的要求，于是便热情专业地给我设计了一个最新流行的烫发方案。我本来没想烫发，但听了他的建议后，觉得不烫发而保留清汤寡水的头发简直对不起那个潜在的美丽的自己，于是就同意了。接下来，我像个备受宠爱的公主，花了五六个小时，被伺候着经历了洗发、烫染、修剪、吹干定型的流程。我以前从来不知道，理发店的服务竟然可以如此精致，春花妈妈之外的世界可以如此神奇。特别是帮我洗发、烫染的小哥，手脚轻柔得简直就像一团云雾。

他在我耳边轻声细语，生怕惊吓到我，尤其是推销美容美发卡的时候，让我联想到希腊神话中的海妖塞壬。我多少体会到水手们为什么听了海妖的歌声后会纷纷葬身大海了。如果我拒绝小哥的推销，我一定要忍受巨大的负疚感，于是我当场答应办一张卡，趁着店里搞优惠活动。小哥给我烫完头发后，理发师又进行了一番修整。他也采用了很梦幻的温柔方式，梳理头发的时候，我感觉他是在侍弄一个长着金羊毛的水晶玻璃球，生怕戳破了球，或者弄断了金羊毛。

终于所有的流程都结束了，我像历险过后的奥德修斯一样长舒了一口气。戴上我的高度近视眼镜，我看见面前明亮的大镜子中出现了一个有点儿熟悉的老年妇女。我平时虽然不显年轻，但这一头蓬松的小卷发让我一下子老了二十岁，还是让我有些难以接受。小哥温柔地夸奖我的新发型，说比此前洋气多了，新潮多了。看到我没回应，他补充道："可能您以前都是直发，看着卷发不习惯，过几天就好了。"我想到春花妈妈的智慧之语，又想到整个流程中没有人掐着我的脖子逼我接受，完全是出于我的自由意志，便露出微笑，说："你说得对，我主要是不习惯。"不过我结账的时候还是吃了一惊，转而想到天下没有免费的午餐，就当享受了一下五星级服务好了，于是爽快地付费，并在旁边小哥的微笑中办了一张会员卡。

出门后，我在小区的一个角落里找到了一家看上去比较朴实的理发店。我推开门，里面好像没有人，我喊了一声："有人吗？"一个洪亮的女声应道："来啦！"接着从里屋走出来一个中年女子，笑呵呵的，又高又壮。我看着她，心里很踏实："我刚烫了个头，觉得不习惯，你帮我拉直吧。"她看了看："行！你还是拉直吧，看着挺显老！"我非常喜欢女理发师那肉乎乎但软中带硬的手指洗头发的质感，最满意的是她满不在乎的快速度，抓头皮的时候还微微有些疼。她咋咋呼呼："我手劲儿比较大啊，如果弄疼了你就说！"我赶紧说："不疼不疼，挺好的！有按摩效果呢。"折腾了几个小时，我终于给打回了原形，并决定以后理发就来这个店，价格合理，还有儿时村庄春花家的感觉。话说杀鸡就该用杀鸡刀，宰牛刀固然不合适，指甲刀也是不行的。

# 铁轨上的蚂蚱

魏　媛

方头的是蝗虫，尖脑袋的叫蚂蚱。蚱蜢是蚂蚱的缩小版，长得再像也是两个品种。春天时，有些种类的蝗虫或者蚂蚱或者蚱蜢，身体的颜色是绿的，到了秋天就成了枯草色。

从火车库到火车站之间，有片场地是专供即将进站的空火车排污的。那儿除了并行或交错的铁轨，就是一列列的火车，红皮的、蓝皮的、白皮的还有绿皮的火车，参差不齐地停在那儿。春夏季节，轨道旁、碎石间，野草应时而生，稀稀疏疏地绽放着红的黄的小花儿。

蚂蚱们蹦跶在碎石间、铁轨上，想飞就能飞得很远，快速扇动的粉红膜翅儿像架小风车，摩擦出咯咯吱吱的繁碎声响，在阳光下几乎能扇出一小团美丽的霞雾。

火车保洁员周秀娥，每次要从那列样子老旧的红皮火车上下来时，总要先递下去两三个大黑色垃圾袋子，袋子里面装着各种塑料瓶子。没有站台停靠的火车，显得离地面很高。递完垃圾袋子后，周秀娥就会抓着火车的扶梯手，费力地下到满是碎石的轨道上。工鞋底薄，踩在碎石上硌得脚底板疼。

早上八点钟的三场，轨道交错，列车静止，阳光洒金，周秀娥从火车上下来后，往往会先欣赏一番眼前带点儿荒凉的景色，然后再细寻荒疏的草丛间有没有蚂蚱。现实往往不会让周秀娥失望，一只或者两只草绿色尖脑袋的蚂蚱，总会在草丛下、碎石间长腿撑地静伏，准备着随时跳跃飞走。一次，在光亮亮的铁轨上，有只一拃长的大蚂蚱在阳光下静静地趴着。这样大的蚂蚱，在周秀娥的乡下老家被称为"老扁担"。它身体修长触角颤颤，真的很像一根老扁担。周秀娥用一根长长的狗尾草撩了它一下，它立时从光亮亮的铁轨上弹跳起来，向着阳光快速扇动粉红膜翅儿，像架小风车，咯咯吱吱地飞远了。周秀娥疲惫的脸上露出笑容，只有此情此景才能让周秀娥有种恍如在老家阳光下的自在感。

周秀娥从农村来城市后，进了一家保洁公司做了名火车保洁员。旅客下车后，火车保洁员上车打扫卫生。周秀娥接的是夜班车，一个人打扫四节硬座车厢。每天她都能捡几百个空饮料瓶,在夏季会捡得更多,背到废品回收点可以卖几十元钱。一个月下来,工资外的收入颇丰。周秀娥上夜班一干就是六个钟头,在狼藉一片的硬座车厢里孤身奋战。火车上有电还方便些,大多时候火车到点就整列车停电,周秀娥只能像其他保洁员那样戴着头灯干活儿,既看不到灰尘也看不到其他人。白天睡觉晚上干活儿,周秀娥完全颠倒了日夜,把自己闷得虚白,倒像个城里人了。

从三场走下去,是一片混乱的城中村,像是陷在地下,其实是三场太高了。三场下去就有一户收废品的,一个小小的破院子,傍在三场下面就为方便收火车上保洁员送下来的废品。收废品的中年男人是个外地来的农村人,长得黑瘦,跟扎进火车里因干夜班而闷得面色虚白眼圈发黑的周秀娥正相反。在那个夏天,周秀娥每天八点从火车上下来,看一会儿蚂蚱后,就会绕过列车跨过轨道,把前搭后扛的塑料瓶子、纸箱盒子弄到黑瘦中年人的小小废品回收点。一收一卖,几乎天天打交道,两人就此熟起来,有时唠唠乡下的事情。周秀娥知道中年人的儿子要娶媳妇,当父亲的为彩礼发愁。中年人也知道周秀娥放不下家里的事情。中年人实在,有时收下瓶子零钱不够时,就凑个整数多给周秀娥。

秋天将尽时,周秀娥有次去中年人那儿卖瓶子,卖了二十六元。中年人那时手里只有张五十元的,就干脆把整张五十的给了周秀娥:"这五十先拿去,反正你天天来,明天来时把瓶子给我也就差不多值这些钱了。"

第二天,去中年人那儿卖瓶子的是个老头儿,第三天还是那个老头儿。中年人忍不住问老头儿:"周秀娥怎么不来了?"老头儿说:"周秀娥不干了。"中年人一愣:"她还欠我二十四元。"转而也就释然了:不过二十四元罢了。

第四天周秀娥来了,没有穿工装,没有扛瓶子,打扮得整整齐齐。中年人也没有多意外:"看来要回老家了。"

周秀娥拿出二十四元钱:"今天我是特意来还你钱的。"

中年人也不客气,接过钱说:"回去也好,哪里也比不上家。"

# 味　道

张国平

母亲八十八岁大寿,他回到了千里之外的豫北老家。

电话是妹妹打来的,问他回不回来,并说娘和二哥都盼他回来。他已经两年没回老家了,平时他总是以忙为借口,拒绝回家。如今母亲已是耄耋之年,她的寿辰,他不能不回来。

他两年没回老家,真正的原因是对弟弟和娘有意见,心里有个解不开的疙瘩。

这两年,小小的县城也像吃了膨胀素,鼓着肚子朝外扩展,将他老家那个小小的村落变成了城中村。他与弟弟和娘的矛盾便是由此引发的。

老家有两处院落,娘和爹住一处,弟弟一家人住一处。每处院落都能换一套一百多平方米的楼房。村头弟弟的院落已被规划掉了,换了社区的一套房。那套房足有一百六十平方米,四室两厅两卫,很敞亮,比他在省城的房子还阔气。他去弟弟家看过之后,便暗生羡慕。

不久,母亲现在居住的这处院落也将被规划掉,也可以换成和弟弟家差不多大的一套楼房。按他的想法,这套房的所有权应该归他,可是弟弟和母亲竟然一句话也没有。母亲现在居住的院落,登记在已经过世的父亲名下,按道理说,最起码也应该有他一半产权。不对吗?他也是父母的儿子,是法定继承人。关键的关键是,母亲居住的院落,当年盖房他是掏了钱的,一共掏了一万五。那还是一九九六年的事,已经二十多年了,当时盖这处院落,总共花费也不超过两万。也就是说,大部分钱都是他出的。二十多年前,一万五千块钱不是小数目,为此他还向朋友借了五千。只是这事除了他,再没第二个人知道,包括他老婆。之后他剔牙缝一样偷偷攒钱,三年才还清了借朋友的钱。

"还是儿子有能耐!"当时老爹吐着唾沫数了钱,乐滋滋地揣在兜里,去买砖瓦之类的材料了。娘脸上也乐开了花儿,给他碗里加了个鸡蛋,说:"爹娘没白供养你上大学。吃吧,把这碗饭全吃完。"

他排行老大,有一个弟弟、一个妹妹。他是家里最有出息的孩子。

马上要将院落换成楼房了，弟弟和娘居然都成了"哑巴"。他知道他们沉默的背后想的是什么。他很想将话挑明了，可他说不出口，但是又不得不说出口。老婆耿耿于怀，说："咋了？盖房的时候想到你了，换房的时候就没你的事了？你娘眼里还有没有你这个儿子，你弟弟眼里还有没有你这个哥哥？"

一头是沉默的娘和弟弟，一头是喋喋不休的老婆，他腹背受敌，难以招架。不得已，他给娘打了个电话，问娘对这处院落是怎么想的。娘说："我老啦，管不了事了，过了今儿个还不知有没有明儿个，去和你弟弟商量吧。"

好嘛，娘也不知是真糊涂还是假糊涂，一下又将皮球踢了回来。

没办法，他只得再给弟弟打电话。弟弟在电话里连喊了几声哥，说："哥，你也知道，洪生也老大不小了，书没念出来，又没啥能耐，如今也该娶媳妇了。现在婆媳关系难处啊，将来他娶了媳妇，住在一个屋檐下，难免事多生是非。一套房的确难办，将来换了房还是登记在他名下吧。"

洪生是他侄子。

弟弟说的也是事实。侄子这个年龄段的孩子，男多女少，很多利利索索的男孩都娶不上媳妇。要车，要房，还要男方有什么五险一金，女孩的条件高得很。

"哥，哥，"弟弟又说，"洪翔那么有出息，你又是大干部，也不在乎这点儿钱，就让着我吧。不过，我保证，那套房子给你们留出房间，你和嫂子什么时候想来玩都能住。"

"不在乎钱吗？我太在乎钱了。你以为我是马云还是马化腾？我算什么大干部？不贪污不受贿的，日子也很清淡啊！"不过，这话他没法说出口。

"洪翔还算有出息，如今已在北京安了家，可是，你以为北京是老家呀？房子可要十来万一平方米的！洪翔一家三口如今还租房住，买不起房啊！"这话，他也无法对弟弟说。

他只能生闷气，心里就结了疙瘩。

疙瘩归疙瘩，母亲大寿，他是长子，是长兄，不能不回来。

他进门的时候，弟弟和妹妹已经张罗了满满一大桌菜，只等他衣锦还乡。

两年不见，娘苍老了许多，耳朵也背了。他给娘说话，娘总是直着嗓门儿问："啊？你说啥？"

娘的手抖得厉害，几次都把菜掉在了胸襟上。

这场合，他根本无法提及房子的事，无法给弟弟说，更不能给娘说。

母爱是大海，我们的爱只是一滴水。他想起这句话，心头一阵酸楚。

他心里五味杂陈，不久便喝醉了。

等他醒来，弟弟和妹妹已经走了，他躺在母亲的床上。母亲坐在床沿上，守着他，见他醒了，颤巍巍端来一碗水，责怪："又没有外人，你喝那么猛干啥！"

他连忙接过水说："娘，你咋不歇歇？"娘说："你睡得四脚八叉的，哪还有地方？"

他急忙起身，将床让给娘。娘按住他说："你睡，娘不累。"

他坚持要让床，娘说："也好，去外边取被子吧，你弟弟抱来的新被子，在外面晒着呢。"

那是一床新里新表的被子，上面还有朵朵盛开的牡丹。那天阳光很好，被子已晒得又暖又暄。

他将鼻子埋在被头下，暖暖的，痒痒的，还有一股淡淡的甜味。这时，儿时和弟弟同床同被而睡的情景蓦然闪现，他明白了，那是阳光的味道。

那夜，他陪母亲聊天，聊着聊着就睡着了。那一夜他睡得格外香。

# 旅　途

张玉强

一路向北。下了一夜的小雨刚刚停歇，车窗上残存的水滴被风吹得蜿蜒蠕动。远处是连绵起伏的群山，山头笼罩着一团团阴郁的云雾。在北方，这样的景象是非常罕见的。越过省界以后，车窗外开始出现大片大片黄绿参半的田野，因为饱吸了水分而显得十分滋润。我把车窗推开一点点儿缝隙，清凉的空气迎面扑到脸上，很舒服。

这是一辆很棒的旅游大巴，发动机的声音稳健低沉，崭新的皮革座椅软硬适中，让起了个大早的我们一坐上去就昏昏欲睡。我还带了一本小说，预备好好享受这长达五个小时的旅途。

我的邻座是一个三十多岁的女人，她带着她儿子，一个八九岁的男孩。这个孩子从上车开始就异常躁动，不停地说话，不停地闹腾。他长着很可爱的脸蛋，但他的声音中有一种与这个年龄很不相称的粗野和蛮横。他的妈妈，那个女人，一遍遍地试图阻止他，但她的表现也令人费解。她一次次叫着她儿子的名字，说："嘘——秦浩然！你别说话！你没看大家都睡了吗？你说话会让别人没法休息！"或者说："秦浩然！你小点儿声！"可是，她的话语气夸张却绵软无力，像念话剧台词一般，丝毫不起作用。又听了一会儿，我隐隐地感觉到，她其实并没有真正下决心要劝阻儿子，她的话好像更多是说给旁边的我们听的。

我没有明显地表达出不满和抗议。毕竟我是成年人，怎么好跟一个孩子计较？都是一个旅游团的，接下来的几天还要相处，也不好把关系闹僵。我想小孩子一开始兴奋，过一会儿累了也许会和我们一样睡着，还是忍忍吧。

但我远远低估了这个孩子。他不停地说，不停地闹，要吃要喝，要给他爸爸打电话、语音聊天，肆无忌惮地发出各种刺耳的声音。在四周一片安静中，你没法屏蔽这种近在咫尺的噪音。

而且我对他的妈妈也有了新的看法。虽然她总是在无效地阻止孩子，可是一旦孩子有一刻平静一下，她就令人恼火地主动挑起一个话题，比如："秦浩然你喝酸奶吗？""秦浩然你冷不冷？""秦浩然你背一遍《将进酒》。""秦浩然你看你爸爸给你回话了。"

事实上，她的话比她儿子的还要多。她长篇大论，似乎有很强的表演欲。我在一旁心烦意乱地听着，好几次都忍不住想告诉她："你只要严厉点儿，说声'闭嘴'就可以了！"但终于我还是使劲儿忍住了。

过了一会儿，这孩子跟他妈妈纠缠够了，又跳下座位去交朋友。片刻，他如愿拉了一个跟他差不多大的男孩过来。如你所想象，接下来我身边简直是沸反盈天了。俩孩子嬉笑吵闹、玩游戏，在狭窄的过道里嘣嘣嘣地跑来跑去。他们发现一拿起玻璃窗上的应急锤就会发出滴滴的警报声，于是就乐此不疲地一遍遍去抠。司机从下面的驾驶室大叫起来，带队的也跑过来制止，这孩子的妈妈一遍遍提高了声音，尖叫般呼唤孩子快回来。四周的乘客开始叹气。终于，秦浩然的妈妈和秦浩然新结交的朋友的妈妈一齐出动，分别把孩子揪回了座位。

实际上，这段时间我倒觉得比刚才稍好一些了，因为他们跑来跑去并不总是在我身边，而且几乎满车的乘客都被他们惊醒了，车厢里开始嗡嗡嗡地乱起来。我甚至希望大家都嗷嗷嗷地大说大笑起来，那样，我就不会为身边这一处清晰的噪音烦恼了。

秦浩然回来了。回来后的秦浩然稍稍安静了一些，也许是累了。

这时候天已经放晴了，蓝天白云，树木青翠，阳光照进车里来，微微发热。司机打开了通风，我把窗户关紧，拿出书来准备看一会儿。

然后我就听见秦浩然的妈妈用幼儿园阿姨一般的声音亲切地问儿子："秦浩然，你知道现在咱们的车是往哪个方向开吗？"

秦浩然漠然："不知道。"

秦浩然妈妈："你想想啊！你忘了我教你的辨认方向的办法了吗？"

秦浩然："妈妈我能去刚才那个哥哥那儿吗？他旁边有空座。"

秦浩然妈妈："不行！车现在正在高速行驶！高速行驶啊你知道吧？车高速行驶的时候你在车里跑动是很危险的你知道吧？——现在想起来了吗？咱是往哪个方向开？"

秦浩然："……"

秦浩然妈妈："想想，想想看太阳公公辨方向的办法？你看现在九点了，九点的太阳在哪个方向来着？"

秦浩然："哪个方向？"

……　……

我腾地站起来,一手抓住女人一手抓住孩子。我对女人厉声说:"闭嘴!"我对秦浩然厉声说:"往北开!知道了吧?"

——当然了,事实上我什么也没做。其他的乘客也一样。

# 追捕归来

孙金钰

已是夜里十二点，只有一家餐厅还开着门。我们追捕归来，围坐在铺着塑料布的圆桌旁，打算吃点儿东西即回家。

窗外是夏天的夜色，温暖而柔和。五百米外监狱高墙上的两盏灯如两只刚睡醒的眼睛，警觉，刺目。两天里我身心憔悴，一直处在负面情绪中：痛苦、焦虑、自责。人是从我手中跑的，如短期内抓不住他，我会被开除公职，但此刻我最担心的是逃犯会不会重新犯罪。不管结果如何，我都不希望自己的过失再殃及他人。

他入狱前在所在的小城臭名昭著，但在监狱里却很受警察喜欢。他家庭条件优越，常有亲朋来探望。刑期三年，只剩半年，谁也想不到他会脱逃。我想我一定在什么地方得罪了他，他在用这种方式报复我。要不就是他其实是完全不同的人，为这一天精心准备了许久。

我是个敬业的警察，由于不善处理与领导的关系，多年来一直没被提拔。前不久党委将我列为考察对象，年底有望晋升。就在我感到自己的运气开始逆转的时候，却出了这种事。晋升的愿望成了泡影，更要命的是此后生计也会成问题。

"白跑一趟啊！"老郭打破沉默，沧桑的声音中透着睡意。我从沉思中回过神来。老郭五十多岁，为人热情、坦率，喜欢聊天。

"我们应在首府多待几天……"我叹息说。

"几天？"他诧异地看着我，表情随即换成同情。我知道他又想安慰我，又想让我接受"没有不跑人的监狱"这样的"真理"。"再待十天也一样。"他往四面看了看，好像某处有人在窃听我们谈话，"你不了解追捕这种事。监狱跑的人多了，有人至今没回来，有人情况就不同了。我给你说件事，2002年，我们也是到首府抓人，当时大家去了所有他可能去的地方，结果和这次一样毫无收获。最后一天，每个人都去干自己的事。我去看从未谋面的叔父。在车站，我一连等了五辆车都没能上去。第六辆车我挤上去了，上去后我的脸与一张有三条刀疤的脸紧挨在一起。那是一张真正男人的脸，宽阔、彪悍，雄性十足。有十秒钟我们相互看着对方，之后两人原本平静的脸几乎同时显出恐惧。我和他都惊得魂飞天外。几乎与我抱在一起的正是我们找了一星期的人……"

我们笑。我的心情不再那么恶劣。

"对,"听着老郭的讲述,原本睡意蒙眬的张军来了精神,"这是真的,"他疲惫全无,"全靠运气!运气坏,你就是跑断腿也没用;运气好,情况就不一样了。你们听说过吧,2013年秋天跑的那个杀人犯?那次去的都是二十出头儿的小伙子。谁都说这种追捕是大海捞针,与其瞎忙还不如做点儿有意义的事。正好我们中一人的表弟在举行婚礼,于是大家一起去了。一块儿去的小方爱好烹调,他不管别人是否讨厌,一边吃一边对每道菜品头论足,炫耀自己的烹调知识。突然,他放下筷子,发誓说这道菜的工艺闻所未闻,非要弄清楚它的配方不可。他不顾我们的劝阻去了厨房,可我们马上听见厨房里好像有一百个碗碟在空中碰撞。原来那炒一手好菜的厨师就是我们要找的逃犯。小方没学上手艺,但那次他得的奖金足够他参加三次厨师培训班的学费。"

我们大笑。我心头的阴云完全散去。老郭笑得一口黄牙全露了出来,戏谑道:"说不定今天咱们运气也特好……"他一边说一边起身拿茶壶,但话音未落,砰的一声,就像枪声,桌子被什么向上狠狠地掀了一下,桌上的东西全部翻倒,一个很大的东西从我腿边蹿出。是个人。他跑得很快,快得在门口摔倒了。大家愣了一下,之后不约而同大喊一声一起扑去。屋子里的灯很亮。他倒地瞬间把那张我们朝思暮想的脸扭了过来。这张脸又黑又瘦,有些变形,但我们还是一下认了出来。是的,正如老郭和小张的故事所说,我们找到了要找的人。

后面的事很简单。我们抓住了逃犯。灯火通明的审讯室内,审讯工作在紧锣密鼓地进行。他许久都没从惊愕中回过神来,一会儿张着嘴呆呆地看着我们每个人,一会儿咬着牙迷茫地望着天花板上的日光灯,好像被刚刚发生的一切弄糊涂了,之后什么都说了。他说得很快,语无伦次,大致意思是:为了避免被抓,两天来他一直在夜间的戈壁上跋涉。他做梦也没想到戈壁滩是那样辽阔,那样容易让人迷路。尤其令他不解的是戈壁上的一盏盏灯火,它们或耀眼刺目,或暗淡柔和,每一盏都好像中了邪。你明明盯着其中一盏走着,可不知什么原因,它会一下在视野中消失。而当你置身在一片伸手不见五指的黑暗中,因辨不清方向而焦虑时,它又会突然出现。出逃的第一天,当他发现监狱高墙上那两盏雪亮的灯完全从视野中消失时,曾长舒了口气;但第二天,当他盯着另外两盏灯直走到一小镇模样的地方,并在一家餐馆的桌下听了警察们的谈话后,方知这两盏灯其实就是他昨天好不容易摆脱的那两盏。它们曾是那样耀眼刺目,令他胆战心惊,但今天它们看上去是那么温暖、柔和，令他奔跑而来……

　　至于令我们如此困惑的谜——逃跑的原因，他也毫不含糊地说了。那天他被我派去警戒区外的工具房拿工具，路遇一从他所在的小城来探监的熟人，闲聊中得知三年前曾轰动小城的案件中那位失踪少女的尸体被找到了。与那人分手后他立刻跳进一条沟壑，并顺着它向戈壁深处跑去……直到现在都令他不解的是：他作案的地点那么偏僻，坑又挖得那么深，他们是怎么找到她的？

# 白定金彩壶

塔　娜

老于两年前从领导岗位上退下来，人闲了。可老于不是闲得住的人。老于将心思花在了古物上。秦都这宝地儿先前是多少朝的古都了？老于心想着，这座古城，别说按年岁来算，就说是按有过的朝代来算吧，那也是老宝贝了。老于生于斯长于斯，祖上是富人家，到了老于这辈，家里有不少祖传的宝贝。退下来的两年，老于痛痛快快地研究起他家的这些宝贝。

老于最喜欢那只白定金彩壶。这壶不知是家里哪一辈祖宗收藏的，是好东西——胎质繁密紧致，细腻如胎儿肌理；壶身绵滑，有如白月光；壶颈高长，薄釉，隐约露出靛青色胎骨颜色；最是那别致的壶口，椭圆形的一圈金色釉彩，什么时候都熠熠生辉。壶的造型，在老于看来正有一种古朴稳重的自然情趣。先前老于把这只壶收在柜子里，终年见不了一丝阳光。退下来后，老于把壶取出来了。他把这只白定金彩壶摆放在卧室柜面上，没事呢，自个儿就躲起来好好赏玩一番。祖传的宝贝，老于轻易不肯示人。

好东西，得自个儿慢慢赏。老于认为。

世事难料，老于半年前摔了一跤，左腿骨折了。伤筋动骨一百天。这几个月行动不便，老于是不能再侍弄那些宝贝了。老于的妻子过世得早，唯一的儿子远在国外。儿子远程给老于请了一个保姆。这保姆没干完一个月，就收拾包裹拜拜了。儿子又请了一个，没过几日，老于一通电话打给儿子："我要换保姆！"

"爸，到底是怎么回事？刚请来的保姆又不满意？"

"她不老实，老惦记我的宝贝呢——不辞，我疑心她早晚要偷！"电话里头的老于气呼呼的。

儿子听完，哭笑不得心想他爹这一摔，是摔糊涂啰。

"人家肯定是觉得稀奇啊，没见过的宝贝，多瞧几眼也正常嘛！"

听得出来儿子这回不依他了，老于气得挂了电话。自从腿坏了后，老于的精神也一天天地萎了。医生交代要多活动，老于愣是不愿意，终日闷闷地黏在床上。

老于打电话的时候，保姆就在房间里，但她权当没听见，一边小声哼着歌，一边用一条干净的抹布认真地擦着白定金彩壶。老于心急如焚，不停地嚷嚷："不要碰！你不要碰！"无奈自己下不来床，老于干着急，在床上一会儿挪往左边，一会儿挪往右边。

保姆说道："这个白定金彩壶，模样看着是好，可我怎么觉得不像是真的哩？"保姆说完，偷偷地笑了。

老于更加不乐意了："你懂个啥！"

"我先前也在古玩店待过，南来北往的古货，也略懂一二，只是您这壶，确实是不曾见过。莫不是后来人造的？"保姆又故意气他。

"那是你没见过真正的好货。"老于言语间带了十足的神气。

"那您倒是给我好好讲讲呗。"保姆笑盈盈地凑到老于跟前。

老于先前也给特别亲近的几个外行讲过这壶，把这壶的特色极其认真地向他们解说。可外行就是外行，老于说得多仔细啊，外行们最终只是带着疑虑的神色礼节性地点点头。老于无奈地叹了口气，再也不说了。他把壶锁进了柜子里。今日这个"略懂一二"的保姆竟然要求他讲，反正躺着也是无趣，老于索性讲了起来。从壶的年代、造型、落款，再到现代仿制品的鉴别，老于一口气全给保姆讲了。保姆连连点头，还给老于送上了一杯茶水。

"您真不愧是行家。我向您学习。"保姆给老于伸出了大拇指。

老于整日阴沉的脸，终于有了几分晴朗。

第二天，保姆突地给壶插上了一枝粉梅。老于睡醒看到这一幕，急得不得了："哎呀呀，赶紧把梅花撤了。"保姆说："您仔细瞧一瞧嘛，它们多搭呀！"保姆说完上街了，老于坐在床上，端详起壶和花，蓦地觉得，含苞待放的梅与白壶竟也相得益彰。老于这会儿安静下来了，看着满屋子的古董。它们仿佛都被这枝梅花催醒了，几百年的时光赋予它们的古旧气息，仿佛都被一枝花的光彩驱散了，它们开始有了生气。

老于尝试着挪坐在床沿儿上。

从这枝梅花开始，保姆隔三岔五就给白定金彩壶插上适宜的花枝。每次换上新的花，老于嘴上还是要嚷几句，但心里是欢喜的。每次他也都尝试着将自己挪得离壶近一些——从挪到床沿儿，再到脚下地，再在保姆的搀扶下，迈开脚步。

一段时间后，老于的腿好了，他能像之前那样走路了。保姆这次真的要拜拜了，可老于却开心不起来。他不嚷了，安安静静地坐在床沿儿上，好像自己还受着伤一样。

良久，老于终于开口："小吴，谢谢你。"保姆一听，愣住了，不知老于今天是怎么了。老于接着讲："小吴，没有你，我可能现在还在床上躺着呢！你对我老头子的关心，全在这只壶里了。你故意气我，擦壶，给壶插上花，这些都是你特意为我做的。你盼着我好起来啊！我老头子糊涂呀！壶虽然是宝贝，但没有情，它终归是死物，情才是人的宝贝。你的一份情，让我和我的这一堆旧物，都有了暖意。"老于说着，老泪纵横。

# 刀削面

闫耀明

刘连武的刀削面做得好,堪称一绝,可他并不是山西人。

刘连武小时候离开高桥镇,跟随父亲去山西做生意。回到高桥镇时,刘连武已经由一个唇上没毛的青涩少年,变成了壮实的汉子。他比较内向,话语不多,干活儿爱琢磨,手也巧。回到高桥镇的当年秋天,刘连武的面馆便开张了。这时,高桥镇人才知道,刘连武在山西这些年没白待,学到了做刀削面的手艺。

南方米北方面,高桥镇人喜食面,但花样不多,大都是蒸花卷、馒头或擀面条,到了过年过节,就包一顿饺子解馋。用刀子将面团削成面片煮了吃,高桥镇人没见过,觉得新鲜,便都来品尝。

刘连武的面馆开张的第一碗面,是镇长肖大喇叭吃的。肖大喇叭自认为走南闯北见多识广,吃过南甜北咸各大菜系,却偏偏没有吃过这山西特色传统面食刀削面。坐在桌前等着刀削面出锅时,肖大喇叭破例没有大声大气地嚷嚷,只是用手指在桌面上轻轻地敲打,眼睛盯着厨房里忙碌的刘连武。

只见刘连武将和好的面团托在左手上,表情凝重,如托着自己的命。他右手捏着一把白白亮亮的削面刀,弧形,手掌心里是削刀的手柄。他用大拇指和食指固定住削面刀,在面团上一下一下地削。刘连武的动作并不快,每一下都削得沉稳而有韧劲,手腕灵活,蝶翅翻飞一般,便有面片从削面刀下飞出,飞入面前的铁锅里。锅里是开水,散着热气,很快将那飞落的面片吞噬。

刘连武削面削得很安静,似带有表演的性质。肖大喇叭敲打桌面的手指停下来,他看直了眼。那面团上飞出来的面片,第一片已落入沸水中,第二片飞在空中,第三片正在刘连武的削刀下,还没飞出。这均匀的节奏、飞舞的面片,让刘连武那张憨厚的脸变得光彩照人。

肖大喇叭真的看直了眼。

接下来就是吃面。刘连武用勺子舀出已经调制好的调料,放入碗中。鸡蛋卤,配着木耳香菜,撒一层辣椒面,淋两羹匙老陈醋,还没吃,肖大喇叭就闻到了一股香气。他抄起筷子，并不夹面吃，而是慢慢地搅。只见刘连武削出的面片个个中间厚，边缘薄，苗条匀称，形状似柳叶。更绝的是，每一片面片都是一样大小，绝无一片变形的。他小心地夹起一片，放在嘴里，嚼。面片外滑内筋道，软，却一点儿不黏，越嚼越香。老陈醋的酸香味儿和香菜的淡淡香味儿冲进鼻子里，顿时让肖大喇叭感到鼻腔通透，食欲如那酸香味道一般，止不住地往上蹿。他不再细品，而是痛痛快快地吃掉了一碗面，连汤汁也喝了个精光。放下碗筷，肖大喇叭只喊出一个字："爽！"

第二天，肖镇长又来了，还带来了一个穿长袍戴眼镜的人。此人清瘦，应不是北方人，说话的声音有点儿扭，似站不稳。俩人坐下来吃面，小声说话。肖大喇叭小声说话，不常见。

每隔两三天，清瘦的戴眼镜男人都要来一次面馆，吃一碗面。刘连武仔细观察，发觉他吃面很慢，分明是在品，在享受。

刘连武的媳妇说："这个戴眼镜的清瘦男人叫依田。"她是去买菜时听说的。

"日本人？"刘连武一惊。

日本人占领了高桥镇，将高桥女子中学的校园作为兵营，戒备森严，没人敢靠近。前些天的后半夜，兵营附近有枪声响起，响了一袋烟的工夫才静下来，听说是抗联的人来偷袭日本兵营。

刘连武沉静的脸上多了一丝隐忧。

媳妇说："依田再来，不给他削面。"

刘连武沉默良久，说："来的都是客呢。"

这是刘连武做生意的一条规矩，不管是谁，踏进面馆吃面，就是他的客人。即使这个人是他的仇家，也不能伤害，要以礼相待。这是对客人起码的尊重。

媳妇说："依田是日本人，也尊重？俺弟就是死在日本人手里的。"

刘连武没有回应。媳妇骂他迂腐。

刘连武收拾厨房，说："规矩，是不能破的。"

第二天傍晚，依田又来了。这次，他没有穿长袍，而是穿着日本军服。刘连武看出，依田是个军官。也许是执行任务刚回来，饿了，依田吃面没有品，吃得很快，有点儿狼吞虎咽的意思。

厨房里，媳妇拿着菜刀，欲趁着依田吃面砍了他，被刘连武拦住。"来的都是客呢。"刘连武说。

媳妇说："这会儿砍了他，神不知鬼不觉。"

刘连武说："来的都是客呢。"

依田吃完面，走出面馆，步履匆匆地走进黑暗中。

刘连武手里拿着削刀便追了出来，拦住依田："先生，还没给面钱呢！"

依田一愣，手往衣兜里掏，摸出钱，交给刘连武。

依田吃了面，刘连武收了钱，面馆与食客之间的关系便结束了。刘连武的脸上现出异样的表情，他从削刀的手柄里拔出一把匕首。一道寒光闪过，刘连武无声地将匕首刺进了依田的肚皮里。揉面削面的手，劲儿很大。刘连武还将匕首拧了拧。

依田一声没吭，表情痛苦，手上的枪却响了，砰的一声响似在高桥镇的街面上跳了一下。

刘连武死在了媳妇的怀里。闭眼前，他告诉媳妇："赶紧趁黑逃走，日本人会报复的。"

刘连武的削面刀手柄里藏着一把匕首，这是他的一个秘密。兵荒马乱的年月，刘连武想此妙招，防身用的。

死的时候，刘连武沉静的脸舒展开了，笑得很灿烂，两眼眯成了柳叶状，如两片苗条匀称的刀削面。

# 日子，摇晃着前进

唐　风

　　丢下饭碗，孩舅便去村街站着，我的外婆说他在家里能把尾巴憋折。我猫咪般地围着孩舅转来转去，故意喊着"孩——"，拖着长长的尾音，那个"舅"字迟迟不肯出口。孩舅眼睛瞪得溜圆："叫我什么？"

　　我笑嘻嘻地把"舅"字喊出口。

　　孩舅乐了，弓身拍我的小脑袋："叫舅舅的，怎能光叫一个'孩'字呢？"随即，孩舅掏出五分钱硬币，大大咧咧地说："买糖豆儿去吧！"又嘱咐："慢点儿跑，别摔倒！"

　　我买糖豆儿回来，孩舅歪着头，很稀罕地说："让老舅吃一粒，我的钱买的啊！"

　　我把糖豆儿递到孩舅嘴边，孩舅的头摇得像拨浪鼓，舌尖舔着蜡黄的牙齿："不吃不吃，大人怎能吃小孩的玩意儿呢！"

　　孩舅抿着嘴唇甜甜地望着我，鼻涕在寒风里不自觉地流了出来。他用手指拧下来，两手掌合在一起，搓搓，然后，两手兄弟般地相互着插进袖管里。日子久了，孩舅的袖筒黑油油的，像刷了一层漆。

　　孩舅没见过火车仅见过驴车，却对北京、上海的事情特别清楚。孩舅没有女人，谈起女人却滔滔不绝。外婆说："真想用针把他的嘴缝住！"

　　孩舅每天都说歌星、影星的事情，说自己修理地球便是球星了。

　　我的父亲在镇上工作，家里责任田全靠孩舅和外公帮忙耕种。在外公身边，孩舅像一头听话的小毛驴儿。外公有个特点，做着活儿爱唱豫剧。外公沙沙的嗓音唱着老生的唱腔，孩舅便不由自主地吹起口哨伴奏。孩舅忙着做活儿，顾不得抬头望外公一眼，口哨却知道在哪里捏弯赶调。厨房里，母亲做着小鸡炖蘑菇，香气浓浓。孩舅停下口哨，说："靠近厨房真比靠近厕所强啊！"

　　外公道着戏里的念白："吾儿切莫笑谈！"接着，二人笙歌又起。大概是肉香太诱人了，孩舅的口哨吹跑了调。外公笑了："你往哪儿吹啊？"

孩舅调皮地说:"我往鸡肉上吹呢!"

树影儿正了,外公、孩舅停下来吃饭。

母亲用海青碗给孩舅盛满米饭,米饭上面是金黄色的鸡肉。孩舅甜甜地叫着姐姐,说:"又要马儿跑,又要马儿不吃草咋行呢?人是铁,饭是钢!"外公呵斥:"吃饭,别净穷话!"孩舅望着母亲说:"我说得对吗,姐?"

母亲把一只鸡腿送进孩舅的海青碗里,孩舅放下重重的饭碗,捂住眼睛呆坐着,稍后,拽住母亲的手,呜呜咽咽地说:"真真假,假假真,还是俺姐跟我亲!"

后来,我到省城读书,毕业后娶妻生子,很少见到孩舅了。元旦,我偕妻子罗曼回家探亲,终于见到了日思夜想的孩舅。孩舅年轻时的模样已不复存在,粗硬花白的头发杂草般堆积在头顶,口内少了一颗门牙。见到我们,孩舅有些拘谨,居然称呼罗曼"官太太"。我几次纠正,孩舅毕恭毕敬地傻笑。

我们跟着孩舅回到家里,他手足无措,不知该怎样招待我们。孩舅说自己曾找了个四川女人,钱花光了,人跑了,鸡飞蛋打;眼下,家里的玉米卖过了,仅有些红薯,小麦已不是很多。孩舅架起炉火为我们烤红薯,炉火腾腾,屋内温馨起来。孩舅说,他这一生净在土坷垃缝里钻,很想看看铁路上跑的火车。孩舅认真地问我:"火车真的没有轮胎吗?"

我有些心酸,低头不语。罗曼劝孩舅到省城走一趟。孩舅沉思许久,说:"见不见火车,地球都照样转,不想破费那钱!"

我们带着孩舅来到省城,下了公共汽车直奔火车站。一列火车喘着粗气呼啸而来,孩舅惊叫:"这是啥家伙?比家里的黑驴跑得还快!"我告诉孩舅:"这就是您想见的火车。"孩舅摸着后脑勺,不自然地笑了:"真是骑着驴找驴了!"

回到家里,已是掌灯时分。晚饭后,我把孩舅安排在带洗浴间的卧室里,罗曼恭敬地把睡衣和香皂放在托盘里端过来。孩舅惊奇地问:"这是做啥?"

罗曼告诉孩舅:"睡衣是晚间睡觉时穿的。"孩舅说:"我睡觉从不脱衣服,还再穿上这个?"

我和罗曼笑了。孩舅指着香皂说:"这东西白得像雪团,看着就让人稀罕!"

天亮,我便去上班了。晚上回来,罗曼悄声告诉我,大概孩舅身上的灰尘太多,那块香皂他居然用完了。夜晚,我和罗曼又端着一块香皂过来和孩舅聊天。一看到香皂,孩舅连连摆手:"这糕点就免了吧。俺乡下人没有那福气,确实吃不服啊!闹肚子,一直和厕所打交道!"

罗曼大吃一惊:"您吃了?"

孩舅认真地说:"再难吃也得吃啊,你们孝顺,我不能负你们的心意啊!"

罗曼使劲地捂住嘴笑，我眼睛涩涩的，真想抱住孩舅哭一场。我说："那是洗浴用的，可不是糕点啊！"

　　孩舅顿悟，呵呵地笑了："这一回，你们让老舅洗了个透彻，连肠胃都洗了！"

　　我怎么也不舍得离开我的孩舅了，坚持要与孩舅一起睡。孩舅连连摆手："不行啊！我睡觉打呼噜，出气回气来回呼噜，像牛车，去时送粪，回来拉粮，一点儿都不亏载……"

　　十天后，孩舅要回家了，我坚持陪护孩舅回家。孩舅十分自信："狗记千，猫记万，小鸡还记二里半呢。我这么大人，丢不了！"

　　公共汽车里，孩舅像城里人一样晃着手。

　　孩舅离去半月后，我收到母亲的唁电："前天，你孩舅突发心肌梗死，猝死。已入葬。家中安好，勿念！"

　　我伫立窗前，深吸着冬日干燥而清冷的空气，反复品味着电文，"孩舅猝死"，家中怎能是安好呢？我甚至无端地怨恨起电文的撰稿人了。

　　冬云像薄薄的棉絮铺满天空，我的思绪在寒冷里抖动。我的孩舅不是一条龙，是一条虫，是小小村落里一条可怜的虫。谁会把以见到火车作为奢望的孩舅——这位修理地球的球星的生死当作一回事儿呢？

　　临近春节，鞭炮噼噼啪啪地炸响了，街巷微微地颤抖着。

　　日子，摇晃着前进……

# 父亲在院子里

何君华

天气很好,月光很白。如果是在白天,日头应该很亮,但现在是夜晚,父亲坐在院子里,就着月光一个人剥玉米粒。

父亲不开灯。院子里明明安了灯,但父亲不开。不开灯,父亲照样干活儿,玉米粒从父亲的手掌间散落进簸箕里。偶尔掉在外面,父亲一伸手就能捡回来。

天气很好,月光很白。父亲一边干活儿一边等姐姐回家。

姐姐在镇上的卫生院妇产科当护士,尽管五点半就下班,但总是要加班,有时甚至要加班到很晚才回家。她还要值夜班,每四天轮一个夜班。一旦值夜班,姐姐就不回家了,但父亲总是搞忘,仍要等到很晚。很晚很晚,父亲才恍然记起来:"哦,妮子今天值夜班,不回家了!"

父亲总是这样坐在院子里一边干活儿一边等姐姐,其实如果不等姐姐,他也闲不住,仿佛老天把他叫到这世上就是为了让他干活儿一样。

姐姐爱吃红烧武昌鱼。准确地说,姐姐爱吃父亲做的红烧武昌鱼。父亲做的红烧武昌鱼色泽金黄,肉质细糯,油润爽滑,味道格外鲜美,他不去城里的五星级大饭店当厨师可惜了。

父亲在厨房里忙进忙出,在鱼身上划斜十字刀纹,将蒜、姜切成极薄的薄片,把柴房里的劈柴搬出来,用枯干的松针做火引子,将灶里的火烧得通红。锅里的油热了,父亲放进葱段、蒜片、姜片,油锅里噼里啪啦。父亲搓搓手,抬头望望客厅墙上的石英钟。

等到餐桌上鱼香四溢时,姐姐还没有回来。有一只苍蝇来回飞舞,父亲用蒲扇将它赶走。我伸手要够筷子,父亲打我的手。过了一会儿,父亲又搓搓手,抬头望望客厅墙上的石英钟。

父亲解下围裙,披上雨衣,带上雨伞,骑上自行车,自顾自地说:"我去接妮子回家。"

可这分明是个晴日啊!

过了一阵,父亲一个人推着自行车回来了,又自顾自地说:"妮子还没下班。"

鱼凉了,姐姐还没回来。父亲将红烧武昌鱼重新端进厨房,烧水热着。

父亲说:"妮子真忙。"

有人跟我说:"你父亲不是得了创伤后应激障碍吧?快带他去医院看看。"

父亲仿佛听见了,摆摆手说:"没事,没事。"

天黑了,父亲又一个人坐在院子里,就着月光剥玉米粒。

天气很好,月光很白。父亲披着雨衣,脚边放着雨伞。玉米粒从父亲的手掌间散落进簸箕里。偶尔掉在外面,父亲一伸手就能捡回来。

一个月前的那个夜晚,那场雨下得真大。谁也没想到,大水霎时间就冲垮了水库大坝和乡公路,姐姐消失在那场大雨中,再也没有回来……

父亲在厨房里忙进忙出,在鱼身上划斜十字刀纹,将蒜、姜切成极薄的薄片,把柴房里的劈柴搬出来,用枯干的松针做火引子,将灶里的火烧得通红。锅里的油热了,父亲放进葱段、蒜片、姜片,油锅里噼里啪啦。

晴日里,父亲披上雨衣,带上雨伞,自顾自地说:"我去接妮子回家。"

父亲这样,我们一点儿法子也没有。

# 戏 水

张建春

小城有河，平时水不深不浅，瘦瘦的，蜿蜒东流。不深不浅的河，水清，水中有鱼虾，美得很。

准子和一众孩子整天腻在河边玩儿，男孩儿女孩儿都有。有些年里不作兴读书、学习，戏水成了一众孩子的主业。

准子是孩子头儿，会玩儿。河水不深，家长们也不担心。河水是从山上流过来的，一路艰辛，在小城歇下了脚，缓缓地流。河底很硬，遍布鹅卵石。准子和众人戏水，不外玩儿两样。一是逮鱼摸虾，捉鱼虾不是用来吃，如在田地里抓蚂蚱，图的是手不空着。二是游泳，小河是天然的游泳池，水清底硬，可以畅快地游水戏耍。这有一好，一众孩子都有了好水性，省了一份溺水的担忧。

准子游得最好，一个猛子扎进水里，能在水下潜行一两百米。

每年，小城的河还是有一两个月丰水期的。梅雨天，山里水大，河就丰满了。这水为客水，来得猛，灌满河道，漫到了河上的桥面。大人们会担心发大水。准子他们岁数小，不为这着急，反而乐，大水有大水的玩头儿。

准子好显摆自己的水性好。他站在桥栏杆上，一个纵身跳下，激起一片浪花，然后潜入水中，在半里地外露头，却不敢上岸了——短裤被水剥了去，他赤条条一丝不挂了。

第二天准子又来。他做好了准备，短裤照穿，还照着短裤的位置，在身体上用墨汁涂出短裤的样子。他本以为万无一失，跳下去就控制住自己，很快蹿上了岸。但这回短裤仍不见了，涂抹的墨汁也被水冲洗得干干净净。

看水的人多，准子丢了人，被当作猴一样看。一直到了他成家立业，还有人拿这说事儿，说准子的什么什么，小城人都看见了。

戏水有瘾，上学的日子，准子常为戏水逃学。老师一逮一个准，逮了逃，逃了逮。老师生气，说这孩子属水命，叫"准子"不恰当，给他的名字加了一点，改成了"淮子"。

"淮子"比"准子"好听，一喊就出了名。准子就此改名为"淮子"了。

淮子长大没能离开小城。按他的说法，做了个趴门槛的狗，守着小城的河。偶有人问他的职业，回答是两个字：搞水。他想说"戏水"，但觉得太小儿科了，还怕人联想到他跳下水、光屁股出水的事。

河里的事挺多的，鸡毛蒜皮的事一抓一把——河岸坍塌，小船搁浅，行人落水，闸门打不开，河里排污，等等，都是淮子的事。淮子人好，做了好事，人们感谢他，他一句话回到位："戏水的事。"言下之意，他乐意做，当戏水了。

客水让人很是无奈，每年总要在小城的河里弄些凶险。不是出现管涌就是水漫堤坝，常见的是下水道堵了，城里的水排不进河里，造成内涝。解决这些事少不了淮子。管涌找漏，淮子一个猛子扎下去，十拿九稳能找准。找准了，堵就简单得多了。下水道堵了，也经常是淮子下手。水臭、水脏，淮子不嫌——怎么说都是水，淮子戏它。

小城的河好多年安澜，淮子是立了大功的。

淮子平时喜欢喝几杯酒，最喜欢和过去一众戏水的伙伴聚。一聚就喝酒，一喝酒就说河里的事，提到鱼呀、虾呀、水呀，有说不完的话。现今鱼虾不见了，水也脏了，说着说着，淮子就有流泪的冲动。每次聚会，淮子用墨汁涂身的事是必说的，大家热热闹闹，仿佛又回到了从前。说的次数多了，淮子也不再害臊，只当是趣事。只要有人拿这事开他的玩笑，不论对方是男是女，他就回说："什么什么都没长锈，看到也就看到了。"说完哈哈大笑。淮子牛呀，四十多年前就会人体彩绘。

又是一年丰水期，雨像从天上往下倒似的，创了历史极值。小城的河承受不住了，四处告急。淮子忙得焦头烂额，好几天没合眼。一天夜里，河堤出了险情，迎水坡大片坍塌。淮子闻讯赶来，抱着根木桩就冲下了河，指挥人打桩填沙袋。忙乱中一个巨浪打来，卷走了淮子。

这年淮子六十，刚到退休年龄。

活要见人，死要见尸。却都不见。人们自此再也没见到淮子。小城人一个劲儿地说，淮子那么好的水性，肯定没事。

为淮子，曾经的小伙伴们又聚，全程说淮子，不过回避了他光屁股上岸的事。他们来到河边，河水又不深不浅的，又美了。他们手拉手下到河里，都是六十来岁的人了，不咸不淡地戏水。

"淮子"多一点为"准子"，一滴水放河里，这水不死。

# 他　杀

赵向辉

　　冀中平原，初秋的中午，天空晴朗，空气中涌动着一股股热浪。

　　梁峰骑着那辆抽奖抽来的山地车去上班，他望望头顶的太阳想，难道这就是所谓的"晚立秋，热死牛"？

　　路过百花商业大厦时，他看到，路边阴凉儿里一辆宝马汽车上，驾驶座上半躺着一个年轻男人，好像在看手机视频。他注意了一下，车的马达在响，显然，那男人是在车里面享受空调的清凉。

　　走过去十几米的时候，梁峰停住了，他想折回去告诉那男人，那样在车里很危险，万一看着看着睡着了，会出人命的。但是，他又想，哪有那么多危险啊！再说有危险也不至于这么寸劲儿就发生在那个人身上。所以，他跨上自行车继续向前骑去。

　　离开百十来米的时候，他再次停了下来，因为他越想越后怕——万一真出事了，还不后悔死？

　　梁峰来到那辆宝马车前，举手刚要敲车门，那男人扭头看了他一眼，然后就又低下了头，继续看手机。这下，他又犹豫了。

　　梁峰暗自嘀咕，我这样贸然敲车门，万一人家把我的好心当成了驴肝肺，说我多管闲事怎么办？旁边的人会不会说我是精神病，或者怀疑我是想偷车里面的东西？思忖良久，他一狠心：算了吧，发生危险的概率没那么大，再说人家也没睡觉，不会出事儿的。

　　他头也不回地往单位而去，忙了一下午，早把那事儿忘了个一干二净。

　　下午下班后，骑上自行车往家里走的那一刻，那事儿又冒进了梁峰的脑海中……离那事儿发生的地点还有百十米远的时候，梁峰发现那里围了不少人，好像还有警车、救护车。他心里咯噔一下子——难道真出事儿了？

　　他快速骑到人群处，停好自行车，挤进去一看，穿绿衣服的急救医护人员正在给一个年轻男人做人工呼吸，旁边一个年轻女士抱着一个三四岁模样的小女孩在哭喊。

梁峰愣愣地看着这一切，不知道该做什么，也不知道该说什么。

听旁边的人断断续续地议论，大意是，县里一家三口来市里玩儿，中午吃过饭后孩子就在车里睡着了，女人去逛商场购物，让男人守护着孩子。等女人逛了小半天出来找到汽车后，发现车没熄火，男人在驾驶座上一动不动，在后座躺着的孩子也叫不醒了。当时在场的一位女士说，女人呼救的声音都嘶哑了。旁边卖冷饮的小伙子赶紧帮着拨打了急救电话，也报了警。大家七手八脚地把大人孩子都从车里弄到了平地上。救护车赶到后，医务人员先对孩子进行了检查，宣布心跳停止、瞳孔散大，已经死亡，而男人还有一丝气息，正在现场抢救。

梁峰凝神注视着这一切，他在心里祈祷，希望能把人救过来。

十几分钟后，男人还是没有醒过来，但是医务人员并没有放弃，给予静脉输液后，告诉女人，需要到医院继续抢救。

救护车"呜哇呜哇"地离开了。

梁峰在那儿干杵着，一动不动，目光呆滞，脸色苍白，像要死了一样。

又过了十几分钟，女人的家人赶了过来，把孩子抱走了。

警察把宝马车锁好，把钥匙交到女人手里说："赶紧去急救中心看看男人的情况吧。"

一夜无眠，梁峰时刻关注着网络消息。凌晨，他看到一个叫"有点儿文化有点儿坏"的微信公号发出一篇文章，说的就是那事儿。作者从急救中心得到消息，说虽然全力抢救，但是男人因为一氧化碳中毒太深，最终不治身亡了。

梁峰早早就来到了单位，把办公室彻底打扫了一遍，打了两壶开水，然后坐在办公桌前开始看报纸、喝茶。

科室同事陆陆续续到齐了，人们说着各自见到的、听到的新鲜事儿、奇怪事儿。一位年轻女同事问梁峰："梁科长，听说没有？昨天有一对父女，就因为在车里睡觉，结果窒息死了。"梁峰没正面回答，说："不是窒息，是中毒。"另一位年纪大的女同事说："哎呀，你说孩子还那么小，那男的也不大，真是造孽啊！"梁峰接过话头儿说："是造孽。"

中午回家时，梁峰多走了一段路，绕开了百花商业大厦。

一整天，他在办公室只是看报纸、喝茶，其他什么都没干，昨天没做完的工作没继续做，也没去其他办公室，只是在那里坐着，一直坐着，间或去一次洗手间，回来又坐着看报纸、喝茶。

下午下班，梁峰又走了平时走的路。经过百花商业大厦时，他特意停下来，走到那辆宝马车停车的地方，上下左右看了又看，足足看了半个多小时，才慢悠悠地回家。

又是一个晴朗的早晨，与梁峰一个科室的一位男同事第一个走进了办公室，刚进门就接到了一个电话，是警察打来的，把那位同事吓了个半死。警察问："是梁峰的同事吗？"

"是。"

"他自杀了。"

"啊！"

"是在百花商业大厦门前一棵树上上吊死的，五点多就发现了，但是他身上没带手机和身份证明，只有一张纸条，上面写着'我是梁峰，办公室电话××××××××'，所以才打到了这里，请尽快通知他的家属来认领尸体。"

那位同事也不知道回复什么才好，只是"哦"了一声。愣了愣神儿，他赶紧跑去向单位领导汇报了。

梁峰的妻子整理遗物时，发现梁峰的日记本里写着这样一段话："如果我当时上去敲开车门叫那男人一声，告诉他危险性，这件事就不会发生了。两条人命，都是因为我的一时犹豫，因为我前怕狼后怕虎，因为我顾及别人的目光造成的。我已经两宿睡不着觉了，那些镜头始终在我脑子里晃悠，我受不了了，比死了都难受。我有罪。"

# 风马牛不相及的故事

王在庆

## 故事一

二十多年前的一个冬天，北风凛冽，天空飘着零星小雪，我和一个朋友逃课去听一位中文系讲师讲课，据说是一位颇有名气的作家。教室里非常温暖，那位老师一表人才，属于高而帅的范儿，三十多岁，浓发黑亮，微笑着，神色特别平静。那堂课我听他评讲了两篇文章。一篇文章是他自己写的，题目和内容全忘了，但此文表述的主旨输液般直接注入我的血液：要微笑着面对人生。另一篇文章是贾平凹的《连理枝》，后来我又重新看过这篇小说，现在连情节都记不太清了。当时老师讲课的情景，始终清清楚楚在我眼前，虽然连当时老师的衣着都忘了。老师在教室里缓缓走动，左手执书，右手背在身后，不时翻一下书页。他的声音并不洪亮，然而咬字清晰，普通话，语速不快，感情上没有太大的起伏。读至某处，忽觉气氛有点儿不对，一抬头，老师正站在我跟前，只见老师泪如泉涌，泪水在阳光下闪闪发亮。老师也不擦拭眼泪，声音平稳如初，慢慢踱过去，又踱过来，仿佛整个世界只有他一个人。

有一次去学校理发店理发，理发师傅说正给郑主任理，要我稍等，我就坐下来等。就见郑主任闭着眼睛，眉毛往上一耸一耸，头发和耳朵也跟着一动一动，万分好玩儿。郑主任理好头发拿掉围布站起来，我才发现原来他就是那位讲《连理枝》的老师。

## 故事二

仿佛摔杯为号般，电灯一熄，兄弟们的思路啪一声全都亮堂了，卧谈与辩论大会宣布开始。内容五花八门，无所不包。一个同学被另一个驳得理屈词穷，矛头一转，进行人身攻击："你们定襄无好男！"马上有人表示反对："用词不当！这个俗语完整的表述是，忻州无好女，定襄无好男。"据说貂蝉是忻州人，吕布是定襄人，此语是夸两人占尽了两地风流。有人反驳："谁说忻州无好女？咱们化学系系花刘莲不就是忻州的吗？"此语一出，你一言，我一语，关于刘莲的人肉搜索立刻完成：刘莲，忻州市石头镇柳树疙瘩村人，高一米七，化学系19班，善舞，人称"探戈女王"，公认系花，是不是校花有争议。

花边一：刘莲马上面临毕业，父母都是普通农民，极有可能分配到条件恶劣的山村中学，但她想留城甚至留校，所以她和学校某领导关系暧昧，期望抓住一根稻草。

花边二：有一次学校组织义务劳动，到教职工住宅区打扫卫生，刘莲和另外两个同学恰巧给分到了那位领导家。刘莲正擦玻璃，被领导夫人劈头盖脸扇了两耳光。

# 故事三

出了师专小东门，一路向北，走不太远就到了平野中学，这是我和另两名同学实习的地方。带我们的老师姓葛，高挑漂亮，性格开朗，办公室里经常响着她的笑声。与其说她是师傅，不如说是一个随和的姐姐。有一次和葛老师在办公室里聊天，她穿着刚买的一双鞋，咔咔咔地在水泥地面上走了几步，指着崭新锃亮的皮鞋开心地说："穿金猴皮鞋，走金光大道！"然后哈哈大笑。我们几个也不禁微笑起来。我知道这是孙悟空的扮演者六小龄童给金猴皮鞋做广告时说的广告词，金猴皮鞋在当时是首屈一指的名牌。葛老师由内向外散发着幸福与满足。殊不知，在以后的岁月里，我只要听到这句广告词，就倍觉六小龄童直如恶意阴险地插科打诨，浑身不自在，并本能地拒穿金猴皮鞋。

一个月的实习时间转眼过去，"五一"假期前一天，我们和葛老师告别。葛老师邀请我们："假期到电子系五楼去跳舞，你们三个免费！"我好像是个对所有事都后知后觉的人。通过两个同伴介绍，我才知道学校的舞厅就是葛老师夫妻经营的，葛老师的丈夫在我们师专任教。葛老师也领着她八九岁的儿子到学校去过，一个健健壮壮的小家伙，我教他投过篮球。这是一个令人羡慕的前途光明的三口之家。

灾难降临时也许总戴着面具。那个假日的早晨特别明朗特别安宁，天气已经热起来，我穿上短裤T恤，到学校工会去和朋友打乒乓球，这是我们前一天约好的。朋友穿着长裤，打了没几下，就开始冒汗而羡慕我的短裤了。他说回家换一下短裤，几分钟就回来。朋友家就在教职工住宅区，很近。果然，几分钟之后，朋友就气喘吁吁地返回来了，不过他并没有穿短裤，并且脸色煞白："出事了！死人了！"我和朋友飞快奔向小东门。

小东门外停着一辆救护车，周围站满了人，到处是窃窃私语。东一句，西一句，我终于听明白了：葛老师一家三口，全都煤气中毒死了。左右邻居闻到气味，砸破窗户玻璃闯进去时已经迟了。葛老师的丈夫已经爬到床下，看来想开门。据说孩子爷爷昨天来了，专门交代要小心煤气，要拧紧阀门。头顶青天之上，大太阳明明晃晃，但恍恍惚惚不真实。

## 故事四

五月中旬的一天，我在阅览室翻看校刊，在头版的校刊题字旁有一则短消息，圈着黑框。框内左边是一首七言律诗，大意是说学校痛失栋梁之材，不胜其悲。右边短文曰：中文系郑某主任一家三口煤气中毒，抢救无果，不幸罹难……

我有些发怔，这位郑老师，我还听过他讲《连理枝》呢。

## 五分钟之前的事儿

闲来无事，在网上搜索我的母校，发现已升格为学院。翻来翻去，翻到一条信息，说学院人事处处长刘莲参加什么活动云云，仔细看照片，果然是当年我们化学系的系花。

# 兔子蹬鹰

乔 迁

农闲的时候，场院便热闹起来了。

虽是秋天，但天气还不是太冷。太阳露脸后再伸个懒腰，阳光便热乎乎地晒脸了。如果再往麦垛或苞米垛下一坐一靠，片刻工夫，浑身都能觉出太阳的热情来。可这热情，乔家屯的大小伙子们却不领受——收了粮，眉眼里含着丰收的喜悦，再加上肚子里有粮，便坐不住了。这是二十世纪八十年代初，电视都难得一见，也没有外出打工的。乔家屯的大小伙子们没活儿干，筋骨便"发轴"，不活动活动好像都要锈死了似的，可又不能靠打架来舒展筋骨。想来想去，摔跤吧——类似于打架又不是打架，舒展筋骨正好。

于是，场院里每天便有一帮大小伙子摔来摔去，热热闹闹。年岁大些的，便靠在麦垛苞米垛下，一边享受着阳光的热情，一边乐呵呵地看着场院里的热闹。一段时间后，乔二脱颖而出，成了每摔必胜的摔跤王。乔二个子矮，一米五多点儿，用屯里人的话说，就是个"矮矬把子"。可这矮矬把子乔二，却无人摔得过，比他高比他壮的大有人在，可个个败下阵来。

乔二因何摔跤如此厉害？

乔二会使一招儿"兔子蹬鹰"，因此厉害。

"兔子蹬鹰"这招儿谁都知道，也多有人使用，却效果不佳——仰身拉拽对方的火候往往掌握不好。拉早了，对方下盘稳如磐石，根本拉不动。拉急了，自己还没把"兔子腿"伸出来呢，便被对方重重砸在身下了。唯有乔二把这招儿使得灵，每用必胜，无人能破解。他拽住对方手臂，身体往后一仰，两腿一蹬，总是恰到好处地把对手摔个人仰马翻。

乔二依靠这招儿摔遍乔家屯无敌手，便有些扬扬自得了。

屯里人最见不得扬扬自得，尤其是那些曾被乔二摔败的，他们便怂恿一直观看却从不下场比试的韩大个子与乔二来摔。所有人都心知肚明，韩大个子要想摔跤，全屯没有一个是他的对手。韩大个子不仅仅膀大腰圆，还是一名退伍军人，参加过对越自卫反击战。据说退伍回来时，政府要给他安排工作，他不干，回了屯子，也不知真假。想想，韩大个子摔乔二还不跟玩儿似的？可韩大个子不受怂恿鼓动，根本不下场。

大小伙子们心不甘，眼珠子一转，便转过身来怂恿乔二挑战韩大个子。乔二正扬扬自得心高气盛呢，经大小伙子们一捧，立刻傲得不知天高地厚了，主动向韩大个子挑战。韩大个子本不为其挑战所动，却不料乔二说了一句话，惹恼了他，就愤然上场了。乔二说："你不敢跟我比，打仗是不是也一直在后面缩着呀？"韩大个子涨红了脸，大踏步进了场院。

乔二与韩大个子周旋了两圈后，一把拽住了韩大个子的双臂，身体用力往后一仰，准备施展必杀技"兔子蹬鹰"。却不想，韩大个子竟然纹丝未动，倒像是韩大个子拽着他怕他仰倒了一般。乔二心中又羞又恼，连忙又使了一把力气，韩大个子依然稳如泰山，微笑着看着他。

围观者一片哄笑。

乔二瞬时红头涨脸，羞恼不堪，竟然撒开韩大个子的双臂，身子一矮，来了个"猴子偷桃"，抓了韩大个子一个正着。

毫无防备的韩大个子顿时怔住了。

韩大个子突然挥拳击在了乔二的脸上。乔二登时后退了好几米，摔倒在地，口鼻蹿血，甚是惊心。

韩大个子扭身而去。

几个人过来扶乔二，埋怨韩大个子："闹着玩儿的，还下死手了！"

乔二爬起身，抹了一把鼻血，一言不发，甩开众人，匆匆离开了。

第二天韩大个子就死了，自己吊死的。人们给他净身换衣服的时候发现，韩大个子没"桃"，乔二摘了个空。人们惊讶之余，也明白了韩大个子退伍回来为啥一直不找媳妇，原来是打仗没了下身。

人们在韩大个子的坟上盖最后一锹土时，乔二扑腾跪了下去，还肿着的脸上泪水横流，呜呜地说："哥呀，是我害了你呀！我再不是东西，也不能对别人说你这事啊……"

众人围着坟唏嘘不已。平日跟乔二关系甚好的刘老三来拽乔二，说了一句："别伤心了，你又没往外说。"

乔二腾地跳了起来，双拳连珠炮般劈头盖脸地朝刘老三砸去，一拳比一拳凶狠。

乔二自此再也没有摔过跤。

# 有些人是用来怀念的

冷清秋

我小的时候，刘家岭有个哑巴，还有个瞎子。

瞎子不常看到，而哑巴天天就在眼皮子底下晃荡。

哑巴最常做的事情，就是蜷缩在离井台不远的山墙根儿等着。等什么呢？等着有人喊他给人家担水。哑巴比我大不了几岁，真论起来，我还得管哑巴叫叔。当然，我是不会管一个哑巴叫叔的。即使我叫了，他一个哑巴会答应吗？不会应答就不必要叫，这是我那时候的认知。我和哑巴的交流也很简单，只需要冲他一招手他就明白了，接过水桶便去井台打水。那时候刘家岭还没有实现自来水入户，而水井坐落在刘家岭小学后面。哑巴挑空桶去，挑两桶水回来，前后不过十几分钟。哑巴不会说话，干活儿却卖力，就像是他把不说话的气力都用在了挑水上。

哑巴当然不是白给人家挑水，每次叫哑巴去挑水的人家都会事先塞给哑巴一块红薯、一个玉米面饼子什么的作为酬劳。对，粗粮。虽然那时候改革的春风吹满地，但饿惯了的庄户人家对细米白面天生有着异乎寻常的拒绝力和忍耐力。虽然这拒绝不是真的拒绝，而忍耐主要是体现在对粮食的储存上——几乎每家每户都深深地掌握了过日子要细水长流的不二诀窍，粗粮搭配着细粮出现在家家户户的餐桌上，春去秋来难挨的日子流水一样就过去了。也只有到了过年那几天，大家才会忘乎所以地胡吃海喝一番。可一出正月，勤俭节约的好习惯便正式回归——为了全家不至于在新麦子下来之前断粮，我家正式实施一天两顿饭的计划。

一天两顿饭在那时候很平常。可正长身体的我总是觉得饿，望着一天天拔节长高的麦苗，恨不得撸一把塞嘴里嚼巴嚼巴咽了。三奶奶说半大小子赛过狼，我就是狼，可狼也怕饿啊！我经常饿得头晕眼花，根本没有力气干任何活儿。瘫坐在田埂上的我，就是在这时得到了哑巴慷慨无私的赠送。哑巴仿佛从天而降，在我面前晃着一块玉米面饼炫耀，这谁抵挡得住啊！我抓过饼子就朝嘴里塞，三两下就吞进了肚，差点儿没把我噎死。我艰难地向哑巴示意："还有吗？"很遗憾，不用哑巴摆手我也知道他也没了。这之后，我和哑巴好像达成了某种默契。时不时地，我就从哑巴那里得到红薯、玉米面饼、玉米面馒头、红薯面窝头什么的。这些食物一次次悄无声息地进入我的肠胃，滋养着我茁壮成长，而我，对哑巴的态度也日渐友善。

这种默契和友善只存在只有我和哑巴两个人的时候，但凡有第三人在场，我的态度就会变得模棱两可似是而非。我以为哑巴明晓这些，可我的自以为是很快被打破了。

一天，我和几个伙伴约好去镇上补鞋。补鞋是借口——青春期的男男女女凑在一起说说笑笑，多么令人心情愉悦！最主要的是三大队的王二丫也在。王二丫不像很多女孩儿那样长得像豆芽菜，她那张脸白白嫩嫩，宛如发面馒头，笑起来两个小酒窝更是叫人乐意看。

"王二丫，你吃这么胖干吗？"我挤眉弄眼地问王二丫。王二丫怒不可遏地回怼我："捏饿这么瘦干吗？"对，王二丫不说"你"，说"捏"。我一下就乐了。王二丫怼我，我很开心，我就喜欢让王二丫这样怼我。可王二丫并不打算好好地怼我，她一看见理发店的招牌就立马丢下我，嗒嗒嗒地跑到了街对面。

我再看到王二丫的时候是在大集上，头发剪成齐刘海儿的王二丫竟然骑在一头奇丑无比的毛驴上。毛驴昂着头得意扬扬的，王二丫也昂着头得意扬扬的。同样得意扬扬的，还有牵着毛驴的哑巴。看见这三份"得意扬扬"我就不由得来气，立即冲过去让王二丫下来。

我说："王二丫，你下来！"

王二丫说："凭什么让我下来？"

我看说不动二丫，便扭头对哑巴说："叫她下来！"

哑巴却冲我笑笑，一言不发。好嘛，你给个哑巴说什么呢，十哑九聋他又听不见。

我干脆直接按住驴脖拽王二丫下来。

王二丫"哎呀"一声就被我拽下来了，落地的时候崴了脚。我开始以为王二丫是装的，但很快发现王二丫白嫩嫩的脚脖子肿了起来。哑巴一弯腰就把王二丫拦腰抱起来安放在驴背上……哑巴牵着驴，驴驮着王二丫，他们仨一起朝镇卫生院去了。

我能怎么办？只能呆呆地站着、看着，看着他们仨消失在大集上。

那之后我再没让哑巴帮我挑过一次水，也没再吃哑巴给我的任何食物，事实上哑巴好像也在刻意避开我。而奇怪的是，我就像是春天的小树苗不受控制地呼呼呼长起来了，一直长到了一米八。在个头儿长高的同时，我的学习成绩也开始有了起色。就在我考入省师范学院的那年夏天，王二丫和邻村的一个养鱼大户结婚了。我在王二丫结婚那天发现，一脸雀斑的王二丫矮墩墩的，很丑。我原本想把这一发现告诉哑巴，后来又觉得太无聊了，算了吧。如果我知道随后的半个月刘家岭会一直下雨，云水河会不断上涨，哑巴会下河救人而再也没上来，即便是无聊，我也会找到他和他聊聊。或者，我们还可以像以前那样胡乱比画点儿别的什么。

我说这些并不是因为哑巴是救人英雄，我得管他叫叔。

究竟为什么说这些我也说不清，我只是想说一下哑巴的大名：刘大弓。

毕竟忙忙碌碌中的人们都是善于遗忘的。

# 玉 佩

岑燮钧

前年简文走的时候,张雅卿送了一块玉佩给她。这块玉佩跟随她多年,是她的私藏,只在演《西厢记》时佩戴过一回。

"去别的剧团,也好。"张雅卿拍拍她的肩膀,"演员空耗不起啊!"

这不,一晃两年过去了。这一回,她带着《西厢记》回来了,请张雅卿去看演出,把把关。本来,简文要来接她的,她不让——演员不能分心,要默戏。

她正准备出门,张丽来了。

张雅卿盛时,万人空巷,桃李遍天下。张丽跟随张雅卿多年,自然继承了张雅卿的衣钵。简文调过来时,她正生产。但张雅卿的四大代表作中,她仍占三剧。

到剧场时,张丽扶着张雅卿进去。

简文想演《西厢记》,张雅卿是知道的。在纪念张雅卿舞台生涯50周年的演出中,张雅卿让她演了一折短短的《赖简》——张生赴约,跳墙过来,却被莺莺戏耍,好梦落空,舞台就暗了。她并没有唱多少,但观众还是给了她足够的掌声。

《西厢记》一直是张丽演的,张雅卿有顾虑。

有一回,张丽高烧不退,本拟让简文上,没想到张丽赶来了:"戏比天大啊!"

张雅卿有点儿尴尬,这是她教育弟子的口头禅。两个弟子都看着她,手心手背都是肉,张雅卿只得狠狠心,说:"阿文,那下回你演吧。"

人在剧团,身不由己。

两人边往里走,边找位置。张丽的意思是先去后台看看简文,张雅卿说等散场了去看她也不迟。张丽看了一下时间,说:"还早,我先去约她一下,散戏后一起吃夜宵。"张雅卿有意阻止,但话到嘴边,还是咽下了。

张丽如今已是副团长。

简文出走前,跟张丽大闹了一场,让张雅卿很痛心。当时张丽崴了脚,团里通知简文出演。简文都化好了妆,张丽却冲进化妆间,说自己没什么大碍。看着张丽执意不让的样子,简文突然遏制不住自己的憋屈,没好声气地说:"你让团里跟我说！"结果，团里还真撤回了通知。为这事，简文在张雅卿面前哭了鼻子。张雅卿安慰说："团里让人生气的事情多着呢，我们就是这样熬过来的。"

第二天，演莺莺的演员去北京参评梅花奖，团里让简文演张生。早一年，张丽也参评了梅花奖，可惜没评上。

"她不是说脚没问题吗？别人参评梅花奖了，她咋就脚不行了呢？"简文愣是没演。为此，团里半年没安排她演戏，好像她十恶不赦一样。

这时，音乐响起，张雅卿心里嘀咕："戏都要开演了，去什么后台！"

一声高腔，简文出场了。当她走到台前时，张雅卿一眼看出那块玉佩，正是当日送她的那块。

张丽重又坐到张雅卿身边，张雅卿装作专心看戏，没与她搭话。

简文演得神采飞扬。难得她扬眉吐气，士为知己者死嘛。此前她打来电话，说团长跟她说"千军易得，一将难求"。这戏的版权，就是团长亲自出面谈妥的。

玉佩是蝴蝶形的，简文佩在身上，真称得上"玉人"。随着褶子的飞动，那玉佩也如蝴蝶一般，一上一下。

张雅卿侧目瞟了一眼张丽，张丽盯着台上，那脸"正"得有点儿紧。

张雅卿觉得，还犯不着这样。简文饰演的张生固然光彩照人，但到底还有些生涩。这时，台上正演到《赖简》一折。

"哟，老师，《赖简》结尾怎么还有这段唱？"张丽说。

"看样子，他们团强化了张生这一角色，加唱了。"

> 她那里似真似假将人戏，
> 我这里欲诉难诉暗饮泣。
> ……  ……

"这段唱加得真好啊！"看得出张丽有点儿羡慕。

张雅卿觉得简文唱得有点儿过于沉痛——有那么一瞬，她感觉简文元神出窍，在寻找什么，似乎看见了自己——这哪里是张生，分明是简文自己嘛。但是，戏是讲究分寸的。因为这是恋爱，张生尽管被耍之后怨莺莺，但并不恨啊！

当初，张雅卿演出时，本有这段唱，后来被"莺莺"团长删掉了，加了自己的戏。为此，张雅卿耿耿于怀。不过，她从未告诉过弟子。

有许多事，不足为外人道。

谢幕时，张雅卿走上舞台，祝贺简文演出成功。

"谢谢老师！"简文举起了玉佩，向老师示意。

"它已经三十年没挂在'张生'身上了，今天，它应该像蝴蝶一样飞起来！"

这时，张丽也走上台来，拥抱简文："演得挺好，挺精彩！"在大庭广众之下，两人很得体地把张雅卿拥到中间。送花的戏迷很多，张丽也得了一束。她习惯性地向舞台下示意，蓦地一醒，把花献给张雅卿。

面对久违的剧场，张雅卿心里有点儿沉甸甸的，就像沉沉的玉，到底飞不起来。

# 须生老米

刘立勤

老米生得天庭饱满地阁方圆，双眼目光如炬，鼻如悬胆，一看就是一个光彩照人的人物。自然，他饰演的都是一些高大上的正面角色——古典戏剧的关公、皇帝，现代京剧《红灯记》中的李玉和、《林海雪原》中少剑波、《杜鹃山》里的雷刚等，光芒四射，威武雄壮。

老米私下里说，自己最喜欢演丑角，他在学员班偷偷学会了许多丑角戏。《十五贯》里的娄阿鼠、《智取威虎山》中的座山雕、《沙家浜》中的刁德一，他唱得真是好呀！到了剧团，老团长让他唱须生，他很不乐意，一再要求唱丑角。老团长拿出娄阿鼠的长袍让他扮娄阿鼠，拿出座山雕的大氅叫他演座山雕。虽然他竭尽全力，但是……唉，怎么说呢？不伦不类，一点儿都不像个坏人，扮出的娄阿鼠一看就是落难公子的模样，饰演的座山雕瞥一眼就知道是地下党员。连他自己都觉得磨不开脸，他只好委曲求全作古正经地去唱须生。

他真是演须生的料，不仅扮相俊美，唱功也好，音域宽阔，字正腔圆，每次演出总是迎来掌声一片。观众非常喜爱，特别是女观众。剧团里就有几个女演员喜欢他，社会上喜欢他的女戏迷更是成串。她们争相用自己的手法表达自己的爱意。他一脸得意，心里很是受用。那年月男女关系是个很重要的问题。培养一个演员不容易，老团长担心他年幼把持不住自己，闹出什么事儿，便及时敲响警钟，晓以利害，让他走正道。而他也及时刹车，立马做出一副正人君子的严肃模样，高高在上，让人难以接近。

越是这样，越是让人着迷，喜欢他的女戏迷更多了。不仅有少女，还有小媳妇。有个小媳妇胆大心细有心机，弄得他神魂颠倒，把持不住了。据说，他放下那么多小姑娘不喜欢，偷偷和这个小媳妇好了起来。听说这小媳妇名声还不怎么好，但架不住他喜欢呀。他前半夜在舞台上唱杨子荣，扮李玉和，演雷刚，后半夜就偷偷和那个小媳妇唱《西厢记》，演《站花墙》，快意无限。

还是老团长厉害。老团长说水浒英雄要接受招安，落魄的公子都会状元及第。

老团长给他封了一个演员队长，把他从那个小媳妇的床边拉了回来。他继续当少剑波，扮李玉和，演雷刚。他更加成熟了，戏唱得更好了，赢得的掌声更多了。自然，喜欢他的女戏迷也更多了。据说，他又和某个戏迷有了故事。还是老团长懂人惜才，推荐他当了副团长，他才及时收手。接着，他当上某位副县长的乘龙快婿，日子红红火火，让人羡慕嫉妒。

副县长几年后到市里工作，把老米调进了市剧团。他的戏唱得好呀，没几年他就成为市里最红的须生，在省城都有了名气。他那么帅气，那么红，传说和市剧团的当家花旦关系不一般，为此和妻子闹得很不愉快。就在大家怀着复杂的心情关注着他下一步做何行动时，他的妻子遭遇车祸，高位截瘫了。大家叹息之余，都觉得他会离婚，然后调进省城剧团，开始新的生活呢，却听说他改行了。

他改行是为了照顾妻子，妻子的生活离不开人照顾。离开了那个行当，关注他的人就少了。不过他的故事还是不断传来。传说中的故事很多，很多都是和女人有关。这也怨不得他，谁让他生得那么好看呢？就像美女，哪个不被人议论一些真真假假的故事？有人说他和那个当家花旦一直好着，有人说他和某个女老板有染，还有人说他和瓮城原来的某个相好还保持着来往。

传说只是传说，我知道的是他到文化馆当了个管戏剧的干部，接着当上了副馆长、馆长。他一直照看着自己的妻子。因此，他还当选过市里省里的道德模范，报纸上有整版关于他的事迹的报道，看得让人敬佩不已。据说省里要把他的事迹报上去，参加全国道德模范评选，却有人告状，说他私下和某个业余演员关系不正当。组织赶忙调查，事情虚虚实实说不清。等调查清楚，那趟车已经开走——评选全国道德模范的事情告吹了。

他虽不在乎，但领导觉得惋惜，要提拔他。还是传说——本来是提拔他当瓮城的副县长的，他申请去市文化局当了副局长。不过他的副局长当得好，懂业务，善沟通，正派公道，上上下下都喜欢。后来又当上了局长。遗憾的是当局长那年，他妻子去世了，他也没有再续弦。

去年秋天吧，老米退休了，他回到瓮城，在一个业余剧团唱戏。本来是让他扮须生呢，他坚持演丑角。他的须生演得好，他的丑角演得真不怎么样，依然有种让人说不出的怪怪的感觉。不过他唱得很高兴，私下也高兴，和一班中老年女粉丝跳交谊舞，唱卡拉OK，猜拳喝酒，热闹非凡。

# 屠 牛

王小忠

"干粮和皮袄都绑到车上了吗?"旺秀一边在腰间别刀子,一边问院子里来回走动的达拉草。

"都绑到车子上了。"达拉草应了一声。

"拉木家灯亮了吗?"旺秀问。

"我看一下。"达拉草应着声,便奔到房顶上。

旺秀从一沓裁好的烟纸中抽出一张,放上烟丝,卷了一个又粗又长的喇叭筒子,哧地划着火柴,美美地吸了一口。

"拉木可能走了,灯没亮,静静的。"达拉草一边说,一边用手搓着脸蛋。

旺秀掐灭了烟,在熟睡的儿子屁股上美美地拍了一巴掌,转身走出屋,给那头黑如木炭的牛套上车,头也不回地上路了。

达拉草站在门口,向黑茫茫的大路望了一阵,然后进屋和衣睡在儿子身边。

儿子吉道才让快五岁了,旺秀家定居到康多峡已经整整五个年头了。"真是苦了你旺秀了。"达拉草自语着。牛羊都买了,几分田种些青稞和燕麦,生活倒也没啥大的问题。就是这破房子,早就该修一修了。达拉草觉得眼睛有点儿干涩,没有睡意。她想起没有打净的青稞还堆在场院里,就翻身起来了。

那头牛来来去去陪旺秀进扎嘎林已整整三年了,刚买来的时候,浑身圆得像鸡蛋一样,如今屁股像毡房尖子一样高高地突了出来。旺秀自己也怕,进扎嘎林几乎是和自己的命打赌。那鬼地方还了得?三月里放一碗水能把碗冻破呢!不进也不行,儿子五岁了,房子得重新收拾,钱要多攒一点儿。旺秀一边想,一边抡起鞭子朝牛背上使劲儿抽打。

那弯模糊的月牙儿终于吊死在启明星上了。寒风抱着无数把利刃,在旺秀的脸上胡乱地划着。熬过这阵子,太阳就出来了。太阳一出来,什么都不怕了,也就能看见前边的拉木。旺秀在牛背上又抽了两鞭子,那牛快跑了几步后,又和先前一样,不紧不慢地走着。

太阳照，冻淌尿。旺秀觉得实在招架不住，他爬上车，用皮袄将身子裹得严严实实，又昏昏沉沉地睡着了。待旺秀醒来，把头从皮袄里探出来，发现太阳已升过了头顶。

"怪了，拉木走得再快现在也应赶上他了，怎么连影子都没有？"旺秀自语了几句，又躺倒在车上。那牛依旧不紧不慢地走着，车轱辘碾过硬实的大地，发出咕咕咕的声音。

不知什么时候，旺秀在恍惚中觉得车子停下了。他坐起来，扬起鞭子时，才发现天快黑了，只有寒风呼呼地叫着。他跳下车，给牛卸了套，拴到辕上，然后便拾了点儿枯枝，点着了火。

天色越来越暗了，黑压压的林子在眼前，不着边际，一动不动。牛卧在车旁，大口大口地喘着气。旺秀取出干粮和那把熏得比夜色还黑的茶壶，用斧头剁了几块河里的冰，然后把茶壶煨在火堆旁。

"拉木，你在裆里摸一把，还是不是男人？"旺秀一边啃干粮，一边低声骂拉木。

拉木和他一样都是扎嘎林的常客，每次进林，他俩总在一起。过夜时两人就找一个冬窝子，点着火，东拉西扯谝上一夜。如今倒好，只有他一个人守着黑夜。林里的夜不好过，运气不好，会变成豹子的口粮。

旺秀望了下天空，天空像锅底一样。对面林中各种怪异的声音不断传来，叽叽叽、咕咕咕、扑棱棱、咯啦啦……令人毛骨悚然。

茶壶里的冰消了，发出吱吱的声音。旺秀在火堆上又加了几根柴，火苗立刻暗了下去，一股又浓又白的烟弯弯曲曲地升上天空。

旺秀望着手里的半块干粮，吃不下去，他把斧头放在手边，然后把皮袄裹了裹，目不转睛地盯着火堆。他觉得眼睛有点儿困，腿有点儿疼，腰也不舒服。加上去的柴着起来了，噼噼啪啪响着。他向火堆靠了靠，脊背依然感到有点儿冷。

咔嚓，一声巨响从林子深处传来，像是一棵大树被人砍倒，更像是雷在天际炸响。旺秀慌忙操起斧头，背靠在车上。这时候风呼呼地刮了起来，火苗随风扑倒，火星跃到空中，忽闪了几下便熄灭了，牛在车旁大口大口地喘气，黑沉沉的天空似乎更低了几分……

旺秀醒来时天已亮了，这一夜他是靠在车上熬过来的。他活动了下腰身，踢平昨夜燃尽的柴灰，又重新点着火，把茶壶煨到火上后，就进林了。不到半个时辰，他已砍倒了两棵做橡子用的树木，并且连树皮都收拾干净了。他坐在树身上，卷了一根烟，吸了几口后，突然想起昨夜的那声巨响，可能是"山叫鬼"。想着想着，他心里害怕起来。林子里常有山叫鬼出没，山叫鬼吼一声山摇地动。在更多的时候山叫鬼会发出女人的声音来唤人，唤久了没人应答时，就会大吼一声。山叫鬼唤人的时候，只要人一回答，准会没命。一般在林中过夜时，要生一堆火，然后把鞋烤到火堆旁。据说，鞋的臭味是山叫鬼的克星。旺秀想起这些，为昨夜的大意吐了吐舌头。他和拉木在一起的时候，一到晚上，便会自觉地把鞋烤在火堆旁。

想起拉木，旺秀气又来了——这么大的树一个人怎么弄到车上呢！白费了半天工夫。这两棵树又匀又直，可惜死了。旺秀操起斧头，又重新砍了几棵小树。既然来了，总不能空着手回去。旺秀把小树一根一根抬出林，绑到车上时，天色已不早了。

这牛越来越不中用了，豆瓣给得也不少，走起路来总是慢腾腾的。眼看天快要黑了，翻不过山梁就会很麻烦的。旺秀心里立刻紧张起来。他又说起那句重复过的话——"拉木，你在裆里摸一把，还不是男人？"

车缓缓地攀到了山腰，旺秀扬起鞭子，大声喝着牛。牛后腿缝里的汗不断地往下淌，鼻孔喘着粗气，像沸腾的茶壶壶嘴一样。旺秀的鞭子雨点般落到牛身上。牛似乎用尽了全身力气，车不但没有前进，而且开始后退了。旺秀连忙用双手拉住，可车退得越来越厉害。万一退下山去，车就完了，牛也完了。别在腰间的刀把硌疼了旺秀，他松开手，毫不思索地抽出刀子，噌地一扬手，将刀子直直地刺向牛的肋巴缝里。那牛发出一声震彻山谷的哞叫，旺秀还没来得及拔出刀子，车子已冲出了很远。一杯茶的工夫，车已到了山顶。那牛浑身像筛糠一样。旺秀拔出刀子，一股热乎乎的鲜血像喷泉一样射到他脸上。牛像山崩一样倒下去，车辕咔嚓断掉了。

旺秀抹了一把脸上的血，喃喃自语："攒点儿钱，盖个好房子。可是屠了牛，命里的希望就空了。"

# 童年无故事

邓建华

## 好歹是个窝

"你爬不爬?"母亲吼道。

父亲蹲在苦楝树下,低着头,吸着烟,一声不吭。不时,有几粒苦楝子落下来,落在父亲和母亲之间。

"你不爬是吧?"母亲把手里的菜篮子一扔,左手一指,"你看看都什么时候了你还不爬?"

母亲手指的地方,有六个在晚风里瑟瑟发抖的孩子。

"好吧,你不爬,你不爬我爬!"母亲往手心里吐了一把口水,抱住了苦楝树。

"滚开!"父亲起身了。他拉开母亲,犹豫片刻,径直往树上爬去。

我们一边发抖,一边兴奋地望着爬树的父亲。

我们知道,马上就能够烤火了。那个巨大的喜鹊窝,应该能拆下一担干树枝。

父亲窝着火,爬树的速度飞快。

他的头接近了鸟窝。

他的手已经触碰到了鸟窝。

他往鸟窝里瞧了一眼。

我们赶紧散开,准备捡树枝。

不料,父亲却一下子从树上出溜了下来。

还是老样子,他蹲在苦楝树下,低着头,点着烟,一声不吭地吸。

母亲又吼了:"你发什么疯你?人都上去了!"

没有回答。

六个瑟瑟发抖的孩子抖得更加厉害了。

"你哑巴了?猪!"母亲开骂了。

父亲再次弹起来,打雷一样叫道:"就只有你有孩子啊这个世上?!"

母亲出奇地没吭声。

过了好一会儿,母亲才无奈地捡起甩坏的菜篮子,把我们六个孩子赶进屋。

我们在屋里,听见母亲细声细气地问父亲:"多大了?有几只?"

父亲瓮声瓮气地说:"六只,毛还没长全呢!"

母亲叹口气,寻菜去了。

## 也就是一条狗

大伯要到很远的地方去,我很不开心。他去了,就没有人带我钓鳝摸龟了。

大伯还要带白花狗去,我更加不开心。白花狗一直是我的小伙伴,给我叼拖鞋,陪我游泳,送我上学。没有它,我还能有什么乐趣?

我的不情愿,不可能阻止大伯去远方,也不能够留住白花狗活蹦乱跳的影子。爷爷说了,他是去八百里洞庭湖边的农场,那里田多且肥沃,说不定还能够给家里送点儿谷米回来,要不然一大家子都得饿肚子啊!

我的眼直勾勾地望着狗。

爷爷又说:"人在千里外,没有谁能够陪他,就这狗了。"

大伯和白花狗就在我去上学时,出发去了很远的地方。

据说,要翻一两座山,要过五六条河,要坐一天半的拖拉机,要过两架木桥,要乘四次铁板船,还要走上百里的河堤。我不敢想,我疲惫的大伯和我家那条没有出过远门的白花狗,要怎样才能够找到介绍信上说的陌生村庄。

我的担心很快消失了。大伯写信来:都安顿好了。

我的不安很快来到了。大伯又写信来:白花狗不见了。

我哭得很伤心。

爷爷叹道:"在那湖坪野地,多半被人煮了。唉,比起一家人不挨饿,一条狗算什么呢?"

我说:"它不只是一条狗。"

爷爷问:"不是狗是什么?"

我说:"它真的不只是一条狗这么简单!"

爷爷听不懂。爷爷在搓草绳的时候,睡着了。

在没有大伯带着钓鳝摸龟、白花狗陪着上学的日子里,我由二年级读到四年级。

有天放学,爷爷在喊:"我的天,青云啊你快过来看看!"

我就跑了去。

顺着爷爷的手势望去，我惊呆了。

我分明看见一条骨瘦如柴可怜兮兮的狗，战战兢兢地在我家菜园子边发呆。那狗看见我，竟然没有半点儿反应。

爷爷的声音有点儿抖："它怎么能够找回的？挨了多少饿？挨了多少打？挨了多少野狗咬？它怎么就能够记得这个家？要过桥要过船……几年啊……"

我看见爷爷满脸羞愧。

我看见爷爷涕泪交加。

我看见爷爷要死不活。

我敢肯定，我就是那一天那一刻长大的。我突然就长大了。

我看着白花狗，说："不过就是一条狗啊！"

爷爷狠狠地说："你怎么能够说它只是一条狗！"

我说："它就是一条狗。"

爷爷说："它不是……"

我说："就是！"

又过了几年，苍老的大伯回来了，带回四袋白花花的米。一家人煮了一大锅糯米饭，爷爷把第一碗盛给了站都站不稳的白花狗。

# 作揖的哈拉

蔡永平

哈拉就是山里的旱獭，圆滚滚的身子，短短的四肢，宽嘴巴前突出一对长长的门牙，长相呆萌。哈拉肉鲜美，皮光亮值钱，山里人用猎夹、钢丝套捕获。

山里六月暴雨来得快，去得也快。李四背起黑蛋，提一丈二长的木棍，蹚露水去后山看前天下的猎夹。红彤彤的夕阳悬在西山顶，空气清爽，山峰翠绿，鸟鸣啾啾。哈拉吸吮草叶上的露水，正是出洞的好时辰。

爬上山梁看到哈拉洞口，李四咧开大嘴笑说："今晚咱爷儿俩有肉吃了！"黑蛋在他背上咯咯笑。

李四大跨步蹿到洞口，果然洞口内倒趴着一只肥壮的哈拉，一只后腿卡在猎夹中，猎夹上的铁链子牢牢地拴住了哈拉。

李四放下黑蛋，双手扯铁链。哈拉前肢死命抓牢地，身子奋力向洞内钻。李四和哈拉僵持。李四嘴角上撇，这点儿伎俩还想跟人斗？李四猛地松一下铁链，哈拉赶紧往洞里爬；李四又猛地狠劲儿扯铁链，哈拉被带出一点儿。哈拉前肢又死命抓牢地，李四又猛地松一下铁链，哈拉赶紧往洞里爬……如此反复，最终哈拉被完全扯出洞口。

李四用脚踏住铁链，双手抡起木棍。突然，匍匐在地的哈拉后肢撑地，立起身子，前肢抱住脑袋，黑亮亮的眼睛惊恐地看着李四，嘴里发出像孩子般"呜噢"的哭叫声。李四蒙了，高举的棍子不敢落下。

黑蛋扯李四衣角："爹，哈拉哭了，不要打死它。"李四真的看到了哈拉眼中流下的泪水。他不敢相信，气势汹汹地吼："不打死哈拉，哪有肉吃！"黑蛋哭："我不吃肉了，我怕！"

李四抱起黑蛋把他藏到一土坎下："不要闹了，我收拾哈拉。"李四提棍子返回身，哈拉还立着身子，两前肢收回胸前，合在一起，像人一样向李四躬身作揖，泪汪汪的眼睛露出乞求的神色。李四看到哈拉胸下鼓挺的奶头，这是只要产崽的母哈拉呀！

李四丢了棍，抱住头，泪水流下来。他想起了几月前因难产死去的老婆。黑蛋跑回来抱住李四的胳膊："爹，哈拉作揖求饶呢，你放了它吧！"李四擦了泪点点头。

李四要放哈拉，可他犯难了。哈拉虽食草，但那对长长的门牙很厉害，它咬东西下死口。王五曾打昏一只哈拉，哈拉缓过劲儿，一口咬住王五半个脚掌。王五把哈拉脑袋砸得稀烂，但哈拉死僵了也没松口。

李四把棍子抛远，高举双手一步步挪向哈拉，他轻声念叨："哈拉别怕，我不伤害你，我放你走。"李四紧盯哈拉，身体侧倾做好随时躲逃的准备。哈拉趴在地上一动不动，黑亮亮的眼睛变得柔顺。

李四靠近哈拉，心怦怦地跳到嗓子眼儿。哈拉埋下头慢慢地合上眼。李四胆大了，手脚并用，急急地掰开猎夹。哈拉血淋淋的后腿被取了出来。李四一蹦子跳开来，站在三四米处看着哈拉。

哈拉睁开眼，仰看李四，片刻后，慢慢抬起身子，转身拖拉着后腿钻进了洞穴。

夕阳滑到西山后，暮色席卷大山。李四背起黑蛋，虽没有肉吃了，可父子俩一路逗笑着回了家。

此后，李四去后山没见到那只哈拉。哈拉拖着大肚子怎么搬家呢？李四竟惦记起那只哈拉。两月后，李四在后山又遇到了哈拉，瘸腿的哈拉带三个猪崽样的小哈拉在山坡上觅食、玩耍。李四抿嘴笑了，这哈拉坐月子养孩子呢。

哈拉不慌不跑，它立起身子，黑亮亮的眼睛看着李四，前肢收回胸前合在一起，向李四躬身作揖。三个小哈拉也学母哈拉，立成一排向李四躬身作揖。李四眯着眼，笑呵呵地看："不客气了，你们全家要好好的。"

冬天来了，第一场雪降下，大山里上厚厚的雪被。哈拉一家在暖和的洞里冬眠了，李四望着后山想。

王五打发孩子来叫李四，李四来到王五家。王五端起酒杯："下雪天喝酒天，今晚咱们好好喝一场。"俩人盘腿坐在火炕上唠嗑儿喝酒。不大会儿，王五老婆端上一盆冒着热气的肉。李四啃着肉问："这大冬天哪儿来的哈拉肉呀？"王五脸色通红，喷着唾沫星子说："挖哈拉洞掏的。秋上我瞅下了，哈拉往洞里衔草垫窝，那是它冬眠藏身的洞。今天挖开洞穴，四只哈拉头尾相连围成一圈，睡得正香呢……"

李四拿起一只后腿，骨头断折。李四惊问："你在哪儿掏的哈拉洞？"王五说："你家后山。"李四"啪"地甩了肉，跳下炕冲出屋。他蹲在屋外，胃内翻江倒海般

"哇哇"地吐,眼泪、鼻涕流满脸庞,经风一吹成冰凌。王五跟出来骂:"你这蛋,怎喝这点儿酒就吐成这样呢?"

那作揖的哈拉常在李四眼前显现。李四砸了猎夹,剪了钢丝套,从此不再进山。

# 羊的命

董 斌

我从小就瘦，和我一样瘦的还有我的羊。我活得不容易，因为小，经常挨同伴儿的揍；羊也不容易，因为瘦，抢不到好草，就越来越瘦。

我对羊好，羊饿了，饿得叫啊，我就捋着羊毛，总能让羊安静下来。这种暗示像是告诉羊："这就是命啊！"羊对我也好，我挨欺负了，它就伸出软软的舌头舔我的手，总能让我拍落身上的土，领着它回家。羊跟在后面"咩咩"地叫，仿佛在说："这就是命啊！"

后来我长高了，羊也壮实了许多，我把它拴在学校附近的草坡上等我放学。有一帮孩子在校门口堵住我，三四个人把我压在地上，摊成"大"字形，掏光了钱就跑。

我向草坡上追，羊"咔嚓"一声拽断了小树，连拱带顶弄倒了两个。我骑上了其中一个，死命地扯他的耳朵，直到其他孩子乖乖地回来把钱还给我。

我骑着羊得胜而归，平生第一次打了胜仗，平生第一次打架没有挨爸的打。羊也得意地叫着，平生第一次发出欢快的叫声，却是"哞哞"的声音，雄壮而自豪，真牛！

爸第一次亲手给我炒了一只鸡子，第一次让我尝了一口烧酒，我第一次给了羊几块饼干。吃完饭的爸踱出大门，拎着柴刀左右张望，还不时地把柴刀在水泥台上磨两下。我猜爸是怕几个孩子来复仇，但是爸扯着大大的嗓门儿放松地和路人打招呼，公鸡打鸣一样张扬，红红的脸上露出以往过节时才有的笑容。

复仇的人还是来了，他们一伙人在放学后追我。羊在前面跑，我跑不过羊，被那伙人追上了。羊往回跑，用犄角顶翻了三四个半大小子。领头的小子拿着一把柴刀砍向羊的后背，羊一头把那小子顶到半空。我和羊乘胜追击，杀得那些孩子四处逃窜。

爸不干了，爸腰杆挺直地到派出所报案。坏小子们要赔偿我的损失、羊的医药费，还有，我第一次听说有一种补偿叫"精神损失费"。

爸拿着钱，腰杆挺直地走在回家的路上。爸拿着钱，抻着脖子和路人不停地打着招呼。爸拿着钱，买酒买吃食。爸用酒和了草木灰倒在羊的背上。他自己倒了一杯酒，又给我倒了一杯，说："娃儿能了，一会儿宰只鸡，陪爸喝一杯！"

我拿了几块鸡肉给羊吃，羊不吃，给我跪下了，还流眼泪。我不知咋回事，哭个啥嘛！又给了羊一盒饼干，它叼走了；又给羊一袋花生，它又叼走了。爸笑我："娃儿这是杀鸡给羊看呢！"我听完，心疼了，天就黑下来了。爸说："这是娃儿长大了。"

好日子没过多久呢，闹上瘟疫了，十里八乡的牲口陆续死掉。

有人要吃羊肉，说是没死掉的羊最有生命力，能提高人体免疫力。羊连死带卖越来越少，价格越来越高；人，越有钱越贪婪，比着出大价钱买羊吃。

爸望着剩下的羊发愁呢："娃儿，咱卖吧，不然死掉那一百多头就白死了，捞不回来本儿。"

羊望着我，扑闪着毛茸茸的大眼睛。我不忍心看，转过头去。它又转到我眼前，我又转过头去。它扑通一声跪下了，我抱着它哭。

"羊啊，认命吧，早晚都是这条道。"

拉羊的人来了。羊走到一个草垛子前，刨了半天，刨出一袋饼干和一袋花生米，把它们叼到我脚下，哭了。我不忍心看它哭，赶它："快走快走，你想让我哭死吗？！"

这回羊听话了，它凄厉地叫了一声，跟着买羊人走了，走远了……

爸怕我伤心，他搂我，我甩开他；又搂我，我又甩开。他使劲儿地抱住我说："这就是羊的命啊！"

这句话是他对我说的，也是我自己说的。是啊，身为一只羊，还能怎样？把它养这么大，我待它不薄。

羊死得惨啊！我梦见羊贩子们一边喝着酒，一边从它身上割下肉分放到一边，还把一些碎肉递到羊的嘴里。羊流着泪嚼着，晃着那颗还能动的头，一身骨架晃晃悠悠地向我走过来，对我说："带我回家吧……"

我被吓醒了，匆忙跑到羊圈里去看我的那只羊。它还在，是我昨天拼了命地追上拉羊的人，留下了它。我抱着它发誓："我长大后买块地专门放羊，一只也不杀。"

# 山里有个庙

马宝山

山里有个庙，庙里有个和尚。

和尚每天下山挑水，回来做饭。别的时间就打扫庙堂，点佛灯，燃香火，侍奉佛祖。

和尚实在寂寞了就与佛祖说话，对着佛灯絮叨。

和尚就想，庙里什么时候再来一个和尚呢？

一天，庙里又来了一个和尚。我们就叫他"二和尚"吧。

二和尚来了，大和尚很高兴。他们每天一起下山抬水，回来一块做饭。他们还一起打扫庙堂，一个点佛灯，一个燃香火，一同侍奉佛祖。两个和尚说话，嬉笑，很是快乐。

又一天，庙里又来了一个和尚。我们叫他"小和尚"吧。

小和尚来了，和二和尚一起抬水，再帮大和尚做饭。他们一个打扫庙堂，一个点佛灯，一个燃香火，然后三个和尚一起侍奉佛祖，有说有笑。

就这样，一天一天过去了。有一天，小和尚不再情愿帮着二和尚担水了，也不再愿意帮助大和尚做饭了。他们一个打扫庙堂，一个点佛灯，一个燃香火，一同侍奉佛祖，但话少了，笑没了。

终于有一天，二和尚说话了："俗话说，家有千口，主事一人。咱们是不是选个住持，管理这个庙啊？"

大和尚点头，小和尚也点头。

那么，选谁来做这个住持呢？

他们商议，投票选出这个住持。

大和尚心想：我是这个庙里的大和尚，你们才来几天，就想做住持？他投了自己一票。

二和尚心想：大和尚年纪大了，哪有精力主持庙务呀？自己年富力强，该做这个住持。他投了自己一票。

小和尚心想：我年轻，读书多，读经也多，见识自然多。有见识的人做住持，这个庙才能香火兴旺啊！他也投了自己一票。

打开票匣，验票。三个人，一人一票，他们相视一笑。大和尚说："明天再投票。"

二和尚和小和尚下山去抬水，二和尚说："咱们俩谁做住持都好，我做住持帮助你，你做住持帮助我，就是别让大和尚做住持，好吗？"

"我俩怎么能当上住持呢？"小和尚问。

二和尚说："明天咱们定一条，谁也不许投自己的票。这样我投你一票，你投我一票，剩下那一票就看大和尚了。他投谁，就是谁做住持了。"

晚上，二和尚又找到大和尚说："咱们俩谁做住持都好，小和尚年纪轻轻，凭啥也想做住持？明天我投你一票，让你做住持。"

第二天投票，大和尚投了二和尚一票，小和尚也投二和尚一票。二和尚当选做了住持。

做了住持的二和尚安排大和尚做饭，指派小和尚挑水。他去点佛灯，燃香火，做最清闲的事情。他还常常埋怨大和尚做饭笨手笨脚不利索，指责小和尚耍奸偷懒，弄得两个和尚很不高兴。

更可恨的是，二和尚还拿庙里的香火钱，下山进城去享乐，一走两三天。

一天，二和尚又下山去了。大和尚和小和尚商议撵走二和尚。他们动手把二和尚的行囊和他的所有杂物扔到庙门外去，把大门紧紧关上。二和尚享乐回来，见自己的东西被扔在庙门外，很生气。他一边擂门，一边大叫。庙里两个和尚任二和尚怎么擂门、怎么叫就是不开门。二和尚擂门的手破了，嗓子哑了，只得背起行囊下山去了。

大和尚和小和尚，一个挑水，一个做饭，一同打扫庙堂，点佛灯，燃香火，侍奉佛祖。

大和尚渐渐老了，挑不动水，做不好饭。小和尚就越来越嫌弃大和尚。终于，大和尚老了，往生了。

山里有庙，庙里有一个和尚。

和尚每天下山挑水，回来做饭。别的时间就打扫庙堂，点佛灯，燃香火，侍奉佛祖。

和尚实在寂寞了就与佛祖说话，对着佛灯絮叨。

和尚常常坐到庙门外，望着山路想，什么时候再来一个和尚呢？

# 没有听众的演讲

张鲜明

有一家报社的副刊部邀请我去给他们讲课，听众主要是副刊编辑，演讲的主题是"编辑与写作的关系"。出面邀请我的是一位女士，她是副刊部主任。我们很熟，我就爽快地答应了。当然，答应她，还有一个内在原因：对于这个主题，我颇有心得，特别有话说。

按照约定，我提前赶到了。那是一家酒店三楼的会议室，没有电梯，我在一位女士的陪同下，沿着台阶往上去。明明只有三层，却走了好长时间，感到这楼梯是被人设定了程序，它在不断拉长，为的是拖延时间。我意识到，这是组织方的安排，为的是防止我去得太早而听众却未能赶到这种尴尬局面的发生——这是出于对我的尊重。上到楼上之后，发现他们邀请的演讲嘉宾是两个，另外那个是我的一位朋友，他也曾经做过副刊编辑。我们两个就在那里说着话，等待会议开始。

陪着我前来的那位女士，突然不见了。

我正在诧异，听见楼梯口传来闹哄哄的说话声。转眼，会议室里出现了一大拨人，一看，大多是我的熟人，有一些还是我的领导。原来，这些人也是前来参加活动的。他们行色匆匆，左顾右盼，眼神陌生，看起来这不是事先的安排，他们只是在参加完另外一个活动之后顺便过来看看。

现场立马混乱。此前，主席台上放着三个座签，也就是我和我的那位朋友，以及负责邀请我的那个人。这些人来了之后，东道主立马手忙脚乱地重新布置主席台。由于人多，他们把主席台摆成了两排，好几个人手拿座签在那里摆放。我看见，我被摆在了第二排。

我是演讲嘉宾，怎么让我坐在第二排？我心中不悦，却没说什么。一则是那些后来者大多是我的熟人，我不好意思去计较；二则是其中不少人级别很高，东道主做出这样的安排，我也就理解了。

就在他们一片忙乱的时候，我发现会议室右侧放着一圈沙发和茶几，似乎是一个咖啡厅。我灵机一动，提议大家到咖啡厅去。那里的沙发和茶几是环形摆放的，不分上下，从心理上每个人都会感到舒服。再说了，参会的人不多，大家围坐在一起，平等而亲切，更像是一个学术讨论的场合，多好啊。

我的提议被采纳了，人们乱哄哄地往那个咖啡厅去。我感到活动就要开始了，大概是要我开讲。从何讲起呢？刚才只顾着忙座位的事情，没有认真准备，我的脑子里一片空白。我却并不紧张，我知道，那些话就在肚子里等着，只要我一张口，它们就会像水龙头里的水一样自己往外流。

一转眼，参会的人不见了，现场只剩下我和另外那位演讲嘉宾。恍惚觉得有人说过一句："你们先在这里休息一下。"于是，我们两人就进入另一个房间里休息。

我们在那里说了好长时间闲话，似乎还朦朦胧胧睡了一觉。醒来之后，看见一位女士朝我们急匆匆地走过来，以一种惊讶的语气说："会议都开始很长时间了，你们怎么还在这里？"

我又气又急，大声说："会议挪地方了，怎么不事先通知我？！"

那女士说："大家都知道，就你不知道。"

我不再跟她争论，就跟着她急急忙忙往那个地方去。路上我问了她一句："离会议结束还有多长时间？"她回答："大约45分钟。"我心里猛地一轻松：还行，够用了。这时，她突然来了一句："不，大约还剩14分钟。"

只剩下14分钟，还能讲什么呢？我又焦急起来。

说着说着，我们来到会议室。会议室里坐满了人，除了先前那些人之外，还有电台和电视台的领导以及采编人员。看来，会议规模扩大了。从现场的气氛看，在此之前已经有人演讲过了。

我被直接领到主席台，站在麦克风前。由于面对的大多都是熟人，我就很放松地开始演讲。我说的第一句话是："各位朋友，大家晚上好！"错了，现在是下午，于是我立马改口说："大家下午好！"

听众席上，人们一直在交头接耳，没有一个人在认真听。更过分的是，随着我的演讲，他们由窃窃私语变成了大声喧哗。我停下演讲，对他们说："在座的，谁要是不想听，请只管离席，我绝不怪罪。"我这么一说，立马有大约四分之三的人站起来离开了，包括我的那些朋友和熟人。我望着他们的背影，准备继续讲，主持人悄声对我说："快开饭了。"我明白她的意思，是催我快点儿结束。

我是来演讲的，怎么能如此应付、草草了事呢？我大声说："只要还有一个听众，我就会认真地讲下去！"

剩余的听众大多是一些黑衣女子，她们笑着拥上来，围在我身旁。原来，她们只是想来看看我，而不是打算听我演讲。她们紧紧地挤在我身边，一边嘻嘻哈哈地说着话一边目视前方，显然是为了让人给她们照相。她们的目的，仅仅是为了得到与我合影的机会。

大概是已经照过相了，身边那群黑衣女子一哄而散，台下只剩下那个邀请我的副刊部主任。她的肚子在咕咕叫，音量很大，她这是在用腹语提醒我该吃饭了。我突然意识到：那些人，都是吃饭去了。

会议室里一片寂静。我定睛一看，会议室变得像沙漠一样无边无际，却空无一人，连那个东道主也不见了。

我大恼，决心要把演讲进行到底。于是，我卡着腰，站在主席台上，张大嘴巴，大声地讲起来。

可是，我嘴巴里吐出来的，是一股一股烟雾……

# 坐在井里的人

关　山

这个女人自己搬到一处废弃的院落。

青色鱼鳞瓦，雨季生长鲜绿的苔藓，旱季干枯成灰黑的底色。层层累积，年岁久了，屋顶呈现出幽深的蓝绿色。瓦上覆盖着腐殖质，瓦缝里是风灌入的浮土，长着多肉植物和茅草。多肉和茅草一年有三季生长旺盛，冬天里，枯萎的植物也保持着伸展的造型。屋顶上还长了棵小柏树，绿意顽强。院落不大，四面高墙，人在其中，仰头看天，四四方方规规矩矩的一块，像是祭祀用的豆腐。院内一条青砖甬道，色泽和屋顶别无二致，仿佛是另一处沉陷的屋顶。

她推开屋门走进天井。

半个月亮粘在东墙外的枣树枝杈间。黑硬多刺的枝条、细碎的叶片，隐约可见。四面墙体加深了天井的夜色，黏稠，像是被搅动起的井泥。墙头上横七竖八插着的玻璃碎片闪烁着微光。

从南到北，从东到西，都是二十步，她每天晚上都要数上几次。二十步，仍旧是二十步。她准确地站在那个点上——天井的中心，距离东南西北都是十步。这里有一处凹陷，正好容下一双脚。脚下的泥土被踩得像铁一样硬，在夜里也发亮，如果在阳光底下则亮得刺眼。

脚站在泥坑里，身子矮了下去，她梗着脖子，昂头，挺胸，酝酿气息，然后开始讲述、倾诉、诅咒。

墙头的玻璃碴像河水一样哗哗作响，翻动着白色的碎光。枣树的叶子、尖刺和那些从来不开放的枣花，隐约发出吱吱的嘶鸣。厚重的墙体，那些砖石、泥土、苔藓、栖息的湿虫，也都发出不同的声音，和她的声音混合充分，生成一种新的声音、新的物种，越过墙头、树梢，向远处去。

她已经"死"过二百多次了，经历了各种死法。所有她熟悉的人都是凶手，都参与过谋杀。那些不熟悉的，是面目模糊的嫌疑人，等待机会走近，制造阴谋。她恨所有人，有充分的理由。从她心底敞开的黑洞里爬出攻击物，蠢蠢欲动。

在臆想的伤害事件中，作为唯一的受害者，她呈现出楚楚动人的美：年纪不小于十六岁，不大于十八；身高不低于一米六，不高于一米七；体重不轻于九十斤，不重于一百；皮肤的白皙程度没有止境，像是白炽灯，甚至透明，无法描述，穷尽各种语言而不能到达的终极。她对自己设计的形象迷恋、沉陷，钦佩不已。披头散发满地打滚的痛苦里，盛放着隐匿的甜蜜，故而，让她成瘾。

小坑天天下陷，坑里的泥土越来越坚硬。她的身体也一点点地沉降，脚面、小腿、膝盖、胯骨、肚脐、胸部，直到脖子、嘴巴、鼻子、额头，她露出地面的部分越来越少。这天，她只有头顶的一些头发露在外面了，声音经桶状的坑壁传出，沉闷而迟缓，却更加浓烈。被记忆和想象反复烹煮的幽怨成色如此纯净，终于成毒。她陷入毒瘾得偿的迷醉之中，抽搐战栗，每个毛孔都张开小喇叭，乐音高亢。她感觉自己成仙了。

井成，不深，不阔，正好可以容下一个人的身体。

自此，她安坐井中，遁至内心的深渊，像墨鱼隐进自己喷出的暗色，捕猎的触手在不可见处缓缓蠕动。

他也在井底，看着自己向地底一点点下陷。月亮越升越高，升到井口上方时，他才能看到，月亮时圆时弯，和从前一样。他待在这里好多年了，像一株安静的植物。没有哪种植物可以从井底长出井口，他也不能，何况他也不是植物，长不了那么高。这井，肚大口小，像一个坛子，井壁光滑，长年布满湿淋淋的苔藓。而且，井在不断地向地底下钻。

他是她的恋人，也是猎物。他好像是不小心掉落进来的。

她爱他吗？当然。

爱他的方式，就是埋，把他困在井底。

慢慢地，他成了一只青蛙，正是她想要的模样。她不要青蛙变成王子，只要青蛙本身。

她正变成菌类，苍白潮湿，身上藏着活泼的孢子。

蛙类正好与之匹配。她确定，爱情只在井底，不在人间。

# 海　豚

刘晶辉

女儿说了好几次，让我带她去海洋馆看海豚。我嘴上每次都答应得好好的，但是由于工作忙，一直拖着。前几天女儿又到我身边，拉着我的手问："爸爸，什么时候带我去看海豚呀？"我脑子里还在想单位的事儿，就敷衍说："过几天过几天。"实际上，我对这样敷衍我女儿已经驾轻就熟，内心并没有觉得有什么惭愧。我早已经忘记，在我第一次敷衍我女儿的时候，我的内心尚有一丝难过和不忍心。

女儿美丽娇嫩的脸庞挂满了泪水。女儿说："爸爸，这件事你都说了一年了，什么时候是头啊？"我内心一惊，惊讶的不是自己拖延了这么久，而是女儿对我说话的口吻。她第一次以如此怨恨的语气和我说话。我当然不高兴了，我的内心泛起作为父亲的那点儿可怜和可笑的自尊心。我说："你什么时候考全班第一名了，我就带你去，说到做到。"

女儿睁大眼睛问："那你以前总是不带我去，是不是因为我学习不好？"

我点头。

女儿说："好，一言为定。"

"一言为定，绝不反悔。"

女儿的成绩并不差，在班里大约是中等偏上的水平，但要想考第一，哪有那么容易呢？我这样说并不是故意为难我女儿，而是因为我最近实在太忙了。单位最近正在竞选副科长，我多方走动，不能分半点儿神，尤其周末，正是我走动的好时机，哪能陪女儿出去玩儿？当然从另一方面来说，我也是在试探我女儿。如果刚才我女儿和我闹起来，不依不饶，说我耍赖，那我也只能认，尽快带她去看海豚。但是我女儿是多么懂事啊，她立刻就答应了我的条件。

事后，我虽然觉得自己这样做不太好，可是我看到女儿学习更加努力了。以前她放学回家还看会儿电视，现在回来就扎进自己的小房间里学习。我觉得从激励孩子学习的角度来讲，我未尝不是做了一件好事。那几天每天晚饭，我都让妻子从菜市场多买一条鱼或者一块排骨，或者是其他什么有营养的东西，给女儿补身体。

转眼到了期末，女儿考试结束，我去学校接她。女儿兴高采烈地跑过来跟我说："爸爸，我这次发挥得特别好。以前英语一直考不好，这次英语我特别有把握。"我当然也很高兴，说："那太棒了。"女儿一噘嘴说："爸爸，如果我总成绩考了全班第一名，您该领我去看海豚了吧？"我几乎忘记这件事了，我以为女儿也早把这件事忘记了，没想到她还记得。我把抽了一半的烟丢到脚底下狠狠地踩灭，说："那当然了，爸爸说话什么时候不算话过？"

女儿紧紧地把我抱住，嘴里不停地喊："爸爸万岁！爸爸万岁！"

谁能想到呢，女儿真的考了全班第一。别说全班第一了，那次，女儿考了全年级的第一。那天，女儿郑重其事地把成绩单放到我面前，满怀希望地盯着我。我看到成绩单的那一刻还不明所以，直到女儿提醒我，我才意识到，我应该兑现对她的承诺了。

周六，我说："这周六咱们就去海洋馆看海豚。"

女儿手舞足蹈，把脑袋歪过来亲了我一下。

这次我非常重视，必须要领女儿去看海豚了。谁知道周五下午科长通知我们几个候选人，周六要做述职报告，根据述职情况，最后会确定副科长的人选。这真是一点儿办法没有的事儿。晚上回去我买了一大堆女儿爱吃的菜，并且去超市给她买了很多礼物。我抱着特别愧疚的心情跟女儿说明情况。女儿表情很奇怪，说不上高兴，也说不上不高兴，当然晚饭也没怎么吃。

第二天的述职很顺利，当场就确定我为副科长，我当然异常高兴。我打电话给妻子，妻子说女儿没吃早饭，一直把自己锁在房间里不出来。

我知道女儿是在生气。

她也应该生气。

我回到家一遍一遍地敲门，苦口婆心地在门外向女儿解释，但是女儿就是不开门。妻子是一个什么事儿都尊重孩子想法的人，她说："实在不行就让女儿一个人待会儿吧。"我怕出别的事儿，翻箱倒柜找出备用钥匙，打开了门。

女儿躺在被窝里没动。还好，没出其他事儿，只是在睡觉，我心里舒了一口气。我说："女儿，爸爸错了，现在还有时间，咱们立刻就去海洋馆。"

女儿还是没有动。

我用手机从网上订好了海洋馆的门票，下午的。我走过去轻轻地说："亲爱的宝贝，你看这是什么？爸爸这一次真的没骗你，票都订好了。"

女儿身子一动，被子滑落在地。单看后背，一点儿看不出床上躺的是我女儿。躺在床上的"这家伙"全身什么都没穿，它皮肤光滑，后背的颜色像发蓝的钢铁，身上散发出一股刺鼻的海腥味儿。它扭过身,看着我,我顿时惊恐不已。它咧开怪异的嘴巴,好像在对我微笑。——这是一只巨大的宽吻海豚。我怀疑这是我女儿的恶作剧,正要夺门而逃,它突然张开嘴对我说:"爸爸,你好。"

# 宽哥的梦

大 正

宽哥与我是同事,又是老乡。他人高马大,脑袋和肩膀都有点儿宽。在工作上,宽哥积极进取;在生活上,有和睦的家庭。他受过高等教育,看待社会问题时常持批评态度,但相信改良,相信未来。

前段时间,他外婆去世了。

小时候,他每年暑假都要在外婆家住几个礼拜。外婆开杂货店兼带卖雪糕。他无休止地吃雪糕经常引起母亲的不满,但外婆总是偷偷地把雪糕塞给他,所以在得到外婆去世的消息后,他连夜开车回家——他一个人。

整个丧事的过程不多说了,宽哥如何难过也不再赘述。他回到家的第三天上午,一切事宜处理完毕,按照流程,接下来是聚餐。宽哥在饭店简单吃了几口,站起来同亲友们告别,说下午开车回越城,后面还要上班。一番客套后,宽哥开车往高速口行进。

在距离收费站七公里左右的地方有个新修的商业城,那里原本是旱冰场,宽哥正是在旱冰场里认识了他的初恋女友孟倩。孟倩家在旱冰场斜对面有套小房子,家具什么的都齐全,只是没人住。当年,二人总去那里约会,所有的"第一次"都发生在那里。

想到这,宽哥停车,走进咖啡店,买了杯拿铁,站在路边,朝当年小房子的位置看去。马路这边已经修起现代化的高楼商厦,而对面还是几十年前的低矮平房,城市建设常有这种情况。宽哥看着看着,一时间千种回忆扑面而来,说不出是什么感觉,只想如果能再见到她该有多好。

说来不可思议,孟倩果真出现了。她身穿浅黄色长裙,脚下是黑白两色的帆布鞋。看到宽哥,她也愣住了,一时间谁也没开口说话,似乎都在判断对方究竟是真人,还是回忆幻化出来的幻象。最终,是商场门口露天游乐场中发出的儿歌声把他俩唤回了现实世界。

他们聊起来,宽哥说自己来参加外婆的葬礼,现在要回越城,刚停车买了杯咖啡。孟倩说，她今日休息，过来这边整理打扫房间。说不上是谁主动，事情自然而然地发生了。他们去到小房间里，紧紧地结合在一起，分开片刻后，又结合在一起。如此重复，直至双方都精疲力竭，昏睡过去。

宽哥被手机铃声吵醒，打电话的是他妻子。妻子说自己不太舒服，想要去医院。宽哥说他已经在路上了，让她先去医院。他刚要起身穿衣服，孟倩拉住他，要他别走，说她爱他。他只得再一次与孟倩结合。不久后，宽哥的电话又响了。这次是医院打来的，说他的妻子子宫破裂，胎儿已经因为窒息而死亡，现在在抢救大人，需要他在病危通知书上签字。

怎么签？他想着，话还没问出口，手机变成了传真机，病危通知书被打印出来。他开始找笔，等终于找到笔，刚要签字，手机又响了——手机已变回手机。他接起电话，还是刚才的声音，说，人已经死了。宽哥一手握着手机，一手拿着病危通知书，朝孟倩看去，惊讶地发现，孟倩的肚子从中间破开，黑色的血流了满床，旁边还有个婴孩。

电话再次响起，宽哥一惊，睁眼醒来。窗外天色已然全黑，偶尔有汽车飞驰而过的声响。铃声还在固执地响着，他晃晃脑袋，拿起手机，屏幕上显示着妻的名字。他下床，光脚溜进厕所，接起前做了几次深长的呼吸，谎言已成。他说自己在回家路上买咖啡遇见老同学，老同学听说外婆的事，非要送钱，没有办法，得请人家吃饭，明天再回去。

妻子深信不疑，要他少喝酒。挂断电话后，他开始思考，与孟倩的事情该怎么收场呢？

他思来想去，决定实话实说。他爱她，原来爱，现在爱，以后也将继续爱，但他已经结婚，不如大家就此别过，相忘于江湖。她可以骂他，也可以打他。无论如何，他决不反抗。

下定决心后，宽哥走出卫生间，回到卧室，朝床上看——孟倩不在了。他在屋中找了一圈，不见人影，回到床边仔细查看——枕头有被压下去的凹陷，被窝里尚有余温。他在等待的时间里迷迷糊糊地睡去，醒来时天已大亮。他再一次查看床铺——枕头已恢复原样，香味已经消散殆尽。

孟倩不需要他的任何解释。想明白这点，他立刻闪身出屋，回到商业城停车场，缴纳费用，驶上高速，回到越城。

……………

"该怎么理解？"宽哥在说完他的梦后，问我。

"梦是愿望的实现。"我搬出弗洛伊德。

他没再说什么。

本以为故事就这样而已，一场不说出来，谁也不会受到伤害的温和外遇。

几天后，我因故回老家，开车路过商业城时想起宽哥的梦，遂拐进去买咖啡，前面有六七人排队。我等得无聊，便过了马路朝对面的平房走去。到得近前，我讶异地发现，只最外面一排还维持着房子的形状，后面已全部拆掉了。

我拉住路人打听情况，人家告诉我，是和对面的旱冰场一起拆的，可商业中心已经营业多年，这边还是废墟。

"还有人住吗？"我忍不住问。

"你说呢？"

我拿了咖啡回到车里，心里想，看来遇见孟倩也是宽哥的梦吧，他在梦里又做了一个梦。车子开起来，我又想，宽哥会不会是我的梦呢？世界也是一场梦吗？我是做梦的人还是梦中人呢？抑或两者都是？那么读梦的人又是谁呢？如此推演下去，只觉天旋地转。直到车载导航提示"您已超速"，我才猛然清醒过来，用脚轻点几下刹车踏板，控制住车速，沿着平顺的高速公路，继续往越城开去。

# 发明家

杨 宁

  我爸爸是个发明家，虽然他什么有用的东西都没有发明出来。有一次他发明了一个灯光收集器，兴冲冲地拿给我看。这个东西看上去和普通的灯泡没什么区别，只不过挂着一个仪表盘。我以为他在糊弄我，就调皮地冲他做鬼脸。他捏着我的脸说："小豆芽，快帮我收拾东西。"于是他领着我，把客厅里的东西都堆到了卧室里，客厅变得空荡荡的。他把一张小皮艇充好气，让我端端正正地坐上去。然后他把客厅的灯泡卸下来，换上灯光收集器，但它并没有像灯泡那样亮起来。我满脸疑惑地望着他，闹不清楚他要搞什么名堂，他却得意地冲我眨眼，非要让我等着。天色慢慢暗了下来，我无聊地躺在皮艇上打滚儿。他一边搓着手，一边兴奋地围着灯光收集器转圈，终于把太阳熬下了山，他看了看仪表盘上的数字，又看了看窗外的天色，说现在差不多了。他嘱咐我在皮艇上坐好，然后用小锤子把灯光收集器敲碎，灯光忽然像喷泉一样汩汩地溢出来。洒了一地的光珠子在地板上亮晶晶的，好像是星河落在了我家的地板上。我惊讶得哇哇直叫，爸爸兴奋地蹦起来，像我们幼儿园的小朋友。他踩到地板上流溢的光芒上面，光珠子就会像溅起的水花一样飞起来，落到我的小腿上、手背上和胖脸蛋上，感觉凉爽爽的，像在酷热的夏天一个猛子扎到大河里。灯光源源不断地流淌出来，散落一地的光珠子汇集成一汪灯光池，越积越厚的灯光慢慢把小皮艇浮起来。爸爸也爬上皮艇，抱着我，捏我的胖脸蛋。我们两个人越来越兴奋，嚷着要把皮艇划到银河里去。

  妈妈这时候下班回来，一打开家门，蓄了一屋子的灯光就从大门往外泄，又顺着楼道的走廊流走了。妈妈吓了一跳，站在门口目瞪口呆，裤腿上沾满了灯光。我和爸爸看着她闪闪发亮的两条腿，感觉她像是站在两根荧光柱上，我们就冲着她哈哈大笑起来，搞得妈妈哭笑不得。

  妈妈要惩罚我们，让我们把客厅的东西都恢复原位，但我和爸爸谁都不愿意去做，我们躺在亮晶晶的地板上，像躺在一个凉爽的梦里。我们笑得很开心，妈妈只好叉着腰，看着我们俩胡闹。

有时候我也会带着爸爸一起胡闹。前一阵幼儿园的老师告诉我，地球在不停地自转，只是我们感受不到而已。从那之后，我一闭上眼睛，就能感受到地球自转，一睁开眼睛，看到静止的桌子和板凳，又感觉不到了。我把这个秘密告诉了爸爸，求他发明一台机器，让我睁着眼睛也能感受到地球自转。

爸爸熬了一个通宵，把地球自转感受器发明出来了。这是一个很大的转盘，有点儿像公园里玩的旋转木马，他让我躺在转盘上。

"准备好了吗？"他问我。

我冲他比了一个"OK"的手势。

爸爸按下开关，转盘开始旋转起来。我忘了系安全带，飞快旋转的地球自转感受器把我甩了出去，脑袋撞到墙上，起了一个大包，我抱着头号啕大哭。

爸爸吓坏了，不停地给我揉脑袋。妈妈听见我在哭，匆忙从厨房里跑出来，手里还拿着勺子。

妈妈勒令爸爸把"你那些破烂机器"都扔出去，爸爸看我没什么大碍，又有点儿舍不得。他偷偷捏了捏我的胖脸蛋，想让我帮他说几句好话。我擦了擦眼泪，抽泣着说："我好像……睁着眼睛也能感觉到地球自转了。"

妈妈扑哧一声笑了，她说："这孩子都让你撞傻了，把头晕当地球自转。"

"你发明这些有什么用呢？"有一次妈妈问爸爸。

"好玩儿呗。"爸爸冲我眨眨眼。

妈妈就不再管了，由着我们俩胡闹。有一次妈妈让爸爸发明一个能帮她找东西的机器，她说她最近总是忘记把东西放在哪儿。

过了几天，爸爸把一个黑乎乎的盒子放在餐桌上，他吻了吻妈妈，说："亲爱的，这是失物寻找器，它能帮你找到任何东西。"

"我忘记把我的梳子放哪儿了，你让它帮我找找。"

"你有梳子的照片吗？要把照片从这个口里放进去，告诉机器你要找的东西长什么样子才行。"

"谁会无缘无故给梳子拍照呢？"

爸爸两手一摊，说："那没办法喽。"

后来爸爸妈妈带着我，花了一下午的时间，把家里所有的东西都拍了照，最后我还给爸爸拍了照片。"要是我不知道你在哪儿，我就用这个机器找到你。"我和爸爸讲。

爸爸坐在沙发上，哈哈大笑起来，他用大手拍了拍我的后脑勺说："你不会弄丢我的，一家人永远能找到一家人。"

爸爸发明的失物寻找器并不好用。有一次妈妈把剪刀的照片放进去，机器响了半天，吐出来一张纸条，上面却写着"小黄狗在北京"。还有一次我想找我的作业本，机器告诉我"作业本在书架上面"，但我翻遍了书架也没有找到作业本，最后还是在桌子下面找到了——爸爸用它垫了桌脚。

后来爸爸得了癌症。我问爸爸癌症是什么，他捏着我的胖脸蛋说，癌症就像感冒一样，难受几天就好了。

"会很难受吗？我感冒的时候妈妈都没哭，你得癌症我偷偷看到妈妈哭了。"

爸爸想了想，说："下次再看到妈妈哭，你帮我抱抱她，好不好。"

爸爸很爱妈妈，他坚定不移地相信自己得到了真爱。有一次他告诉我，他是用他发明的真爱探测仪找到妈妈的。那时候他把真爱探测仪装在书包里，每天背着出门，坐公交、上班和下班。只要遇到真爱，机器就会唱《月亮代表我的心》。他背了三百八十五天零七个小时，机器也沉默了三百八十五天零七个小时。终于，在一个路边烧烤摊上，机器唱起了歌。爸爸把一串香喷喷的肉串递给妈妈，他们就是这么认识了。

我想看看真爱探测仪，爸爸却说那个机器找不到了。他说他这辈子都不会再用第二次。

我希望爸爸的癌症能快些好起来，但爸爸却越来越消瘦，脸上的笑容也越来越少，好像笑也很耗费体力似的。我为了让爸爸开心起来，我和妈妈的笑声录下来给他听，他听到后笑得好开心。他把自己的笑声也录下来，说："这样我们一家人就永远在一起了。"

"一家人永远都能找到一家人。"我告诉他。

两个月后爸爸去世了。妈妈牵着我的手回到家，灯关着，上次被敲碎的灯光收集器再也不会流出亮闪闪的光芒了。屋子很久没有整理，东西胡乱摆着，桌子上还有爸爸上次回家没喝完的半杯牛奶，沙发上扔着他换下来要洗的毛衣，墙角堆着他那些没用的发明。我总觉得家里空落落的。

"爸爸在哪儿呢？"我问妈妈。

妈妈又哭了，我帮爸爸抱了抱她。

我把爸爸发明的失物寻找器搬到茶几上，把爸爸的照片放到里面。妈妈捏着我的胖脸蛋，和我一起盯着机器。

大概过了半个小时，机器终于吐出来一张纸条，上面写着："小豆芽，爸爸在你的心里。不要弄丢他，一家人永远都要找到一家人。"

# 远 方

书 岜

也不知道是年纪大了，忘性大，还是有人觊觎我的记忆，故而将它绑架、带走、丢弃。年轻人站在我面前的时候，我黏稠的脑浆被偷得干干净净，半天说不出话。我不知道他是谁，只觉有几分面熟。他什么时候进的屋子，我也记不清了。唯一记得的，是我当时在写文章，耳畔响着《斯卡布罗集市》的旋律。我原以为，又是那怪异的女邻居来讨要我的文章，然后和往常一样顺带吐槽人生艰涩。整栋大厦已然荒废，楼体十五度倾斜，只剩下三十二楼的两户人家，该走的都走了。我的女邻居什么时候搬走，或者是否已经搬走，我不知道。

年轻人说："你能帮我吗？这封信很重要，我想寄给她。"我冷笑着："我是作家，不是邮递员。"他苦着脸说道："听说，这栋楼有寄信的信箱。她住在五千公里以外的霭罄城。于我而言，她是这世间最美好的女子。"我叹了口气："这信，你寄不出去，这儿也不让寄信，除非你征得了门卫的同意。"他说："进楼的时候，没见到什么门卫。"我告诉他："门卫不住在这儿。"

我领着年轻人一同来到了码头。码头熙熙攘攘，有卖鱼的、游水的、江边酒馆唱歌的……渔夫的橹划开清清的水，将灯红酒绿遗忘在身后，只剩两岸的丛林和头顶上勾勒着的一轮圆月，以及那飘忽不定的箫声。乌篷里，我将帘子掀开，让月光爬进来，堆在年轻人的脸上。我对他说："门卫大爷住在一个偏僻的村子，村子生长在水边。"

哀怨的箫声离我们渐渐近了。船儿似乎被那旋律勾走了魂魄，缓缓驶离中心航线，向箫声溯源。月亮渐渐隐去，太阳升起来了。我和年轻人下船之后，渔夫往下拉了拉斗笠，摇着橹，把船开走了。年轻人显然着了急，带着哭腔喊道："这算什么？把我骗到一个荒僻的村子，退无可退，这封信还怎么寄啊？"

他的眼里盈满眼泪，密布血丝。我默默地看着他，心里绞缠着，不知是什么滋味。但我想，这封信，他如果寄不出去，或许是最好的结果吧！毕竟，为了一个缥缈的女子日思夜想，落得相思病，伤了身体实在不值得。

他的哭声伴着捉摸不定的箫声,两种声音的边界已然模糊不清。也不知什么时候,一支洞箫,拖拽着一个匍匐的背影,缓缓地走进我的视线。似乎那人并未看见我们,只是从我们身旁经过,留下一长串徐缓的音符,以及一句诗:"樵客初传汉姓名,居人未改秦衣服。"年轻人仿佛意识到什么,他收束了哭声向那人走去。江边涌着雾,将鹅黄的阳光逐步蚕食,只留下一片白茫茫。年轻人在雾里踱步,他的身后,又飘来了一句诗:"初因避地去人间,及至成仙遂不还。"此时,箫声也戛然而止,那支修长的洞箫,成了眼前老者的拐杖。

老者苍白的须发遮住了眉眼,年轻人却知道老者在看着他。他刚翕动嘴唇,老者就咳嗽起来。年轻人便不再说话。我看他可怜,想帮帮他,便说道:"大爷,他想……"话没说完,便被堵了回去。——哦不,是我自己说不下去。雾气从江上往江边弥漫,笼罩着我们三人的尴尬与沉默,我们的脸庞也在茫茫白雾中模糊不清了。

"我想给她寄信!"

年轻人还是倔强,终究没忍住,把话吼了出来。他的吼叫惊吓了雾气,浓雾消散。斜矮的阳光刺破云雾,重新照在年轻人的脸上。他的脸庞略显稚嫩,却又带着几分生气。老者不说话,只轻轻地吹起洞箫。这首曲子虽说空灵澄澈,却又含着几分辛酸。一曲奏罢,他低声吟道:"峡里谁知有人事,世中遥望空云山。"

年轻人没有犹豫,立马接上:"不疑灵境难闻见,尘心未尽思乡县。我非桃源人,只是误入的渔夫,断绝不了离合的世俗。爱人在远方,无论如何,我要把我的情书投递给她。"

我问他:"你要寄信,这代表着你要同我返回危楼。船开走了,我们回不去。纵使回去,高楼也时有坍塌的风险。"年轻人坚定地说道:"为了她,即便游水而回,即便高楼坍塌,肉身毁灭,又何足惜!"

天地间的雾气彻底消散了,清晨的阳光洒在村子里,鸡鸣与犬吠,交织着集市叫卖的声音,传到江边的空旷之地,显得格外温暖。老者缓缓吟道:"出洞无论隔山水,辞家终拟长游衍。去吧,年轻人。"

那条渔船踏着浪花儿,缓缓地开了回来。年轻人上了舟船。我犹豫了一下,也登上渔舟。我回头看了看老者,风吹散了他的头发,勾勒出他完整的轮廓。阳光明丽,杏花飞舞在他身旁。他笑着,目送两个与他一般模样的晚辈渐行渐远。

…………

我的耳畔仍旧萦绕着《斯卡布罗集市》。我收起笔,将年轻人与老者的形象定格在纸上,装进信封,粘上一朵玫瑰。我打算将这封别样的情书投递出去,寄给远方的她。

于是,我走出房间,把信封塞进了隔壁女邻居门口的信箱。她是否还在,我并不知道。我只知道,她在远方。

# 怀仁和尚

阿 痴

窗外的树已繁茂得如伞一般，枝叶擎在小窗之上。

正是寅时，夏的夜露端坐在叶片之上，偶尔映出桌上的烛光。坐了二十年的草垫子深深地陷进去，留下了他盘腿而坐的痕迹。

怀仁照例已经起来，洗了手脸，泡了茶，开始排字。

窗外寂静，夜鸟扑棱棱地飞一下，很快又了无声息。

怀仁的衣服经过他的改良，袖子用一根绳子系在脖子上，不至于弄脏袖口。

他举起笔，写下这一页的首字。那横竖撇捺，他已浸淫二十年，说能背下来也不算什么。——背很容易，排列成新的结构却是难的。右将军是如何书写的，他心中领会了上千遍，以为自己是懂的，却不敢说。

就算在梦里，他也无数次地想，如果我是王右将军，我是如何呼吸吐纳的？一呼一吸之间，我是让笔更快一些，还是更慢一些？

所有人都知道，整个大唐，字写得最像王右将军的人，除了他，还能有谁？这已经不是出神入化的临字，而是二十年来将心性全部磨成与王右将军一样，再来提笔写字。

可他是怀仁，他实在并不是右将军。书上说，右将军顾盼生姿，俊朗飘逸，是君子之风，玉石面目。而怀仁，却丑。

四岁多，他发了一场高烧，差点儿死去，昏迷了七天七夜，醒来，左半边身子已经无法动弹。长到十六岁，他的身形样貌就像一只怪物——一条腿只有孩童胳膊那般粗细，没有肌肉；另一条腿勉强是成年人的长短，脚掌却内扣，无法正常踩地；身高仅十岁孩子的高度，极瘦，眼睛又太大，看着叫人害怕。住持不叫他到堂前念经做法事，只叫他在灶上烧饭，躲着人些。

那天下着鹅毛大雪，庙后门外传来孩子撕心裂肺的哭声。住持那会儿还是个寻常沙门，连忙开门将他抱进来，喂粥喂水，不敢向人表示自己对他的喜爱，只到处说当个小狗养着，以后能劈柴生火、挑水扫地，是个劳力，不多这口饭。四岁多害了那场病后，怀仁成了个废孩子，更加不招人喜欢。住持心内责怪自己没有看管好他，就开始着意教他写字，怕他被师兄们赶出去，在外头寻不到一口饭吃。

住持逼他下死劲儿地练："不论风霜雨雪、酷暑寒天，只管在沙地上、雪地上写吧！你不写，你没个本事，你以后出去吃什么！你但凡能给人写个家信，抄录个文档，你饿不死啊！"写得不好，住持打他，打得脊背上流血，脸上发肿："这个字为什么总写不好！给我练！练不好，你还不如今天就死了呢！好过以后被野狗撕烂了吃进肚里！"

他不哭，他知道住持待他的真心。他记得清楚，庙里米粮紧张时，住持去山上挖一点儿野菜回来熬汤，自己舍不得喝一口，都给了他。他是很笨的，可是笨人也架不住像他那样的苦练啊！到了十六岁，庙里上下、周围几十里，没有不知道他字好的，相国夫人上庙里叩拜求签，都指明要他写一副对子在家里挂起来。为何呢？一则因为他字好，二则因为他丑——这样的奇丑，可以帮人消灾避祸。这样一来，他保全了自己，留在庙里，可以喝上稠粥了。

过了几年，玄奘法师归来，国都上下、庙子内外，无不笙鼓齐鸣，恭迎上座。那头三场的辩经，是多么激动人心！玄奘法师一天一夜不眠不休，其余僧众皆聚精会神，悉心思索，皇帝和重臣都来庙子里听经论经。那十几日的繁花似锦，真是难以说尽。怀仁不能上大殿，只能在灶房里听音。干活儿时，每听见一回玄奘法师敲磬，他的心就颤悠一下。他从未奢望能进大殿听经，能在伙房里听到法师的磬声就已经是自己的造化了。

而后的天命降临，就仿佛是梦一样了。皇帝作序，重臣点评，并上法师译的经，要请人抄写。找来找去，竟然找到了他。他绝不可能应下这任务。住持帮他想了一个主意，他照着对皇帝说了："臣可集王右将军的字，以经年之功，做成此《圣教序》。"皇帝大喜过望，准了，并令他手握万金，收购全国真迹，又陆续委派四十多位书法高僧，供他调配。一夜之间，他成了举国皆知的宠僧。庙子里，再也没有人敢对他呼来喝去。领下任务，叩谢圣恩，他只求了这一方斗室，供自己单独起居集字，因为他记得，住持抱他进庙后，最先待的屋子，就是这方斗室。在这里，住持如同初为人父那样给他喂粥，一勺一勺，吹凉了给他喝。

一晃，二十年过去了，集字已经到了尾声。

今年他集的是《心经》，集得很不顺利。

每提笔，想到住持圆寂时轻拍他的手，赞许他此生有德，握笔的手就忍不住颤抖。住持离开这累赘的皮囊，去往真正的住处，这在他们，是明白的，这是真正的解脱。佛经他不知道念过多少遍了，心里却知道自己还是没有成就大领悟，没有放下人间之情。这如父一般的养育之恩，到底该如何放下呢？想到住持积劳成疾，突然离世，他仍要流泪，这《心经》就无论如何也临不完。

他早过了四十，迈向五十。如今他耳目浑浊，心神微弱，一辈子不可能再有大成就了。玄奘法师说的悟道、悟得无上正等正觉，他是永远做不到了。

他这微不足道的一辈子的心血全在这笔下的一横一竖中。他想过，如他一样的人，这辈子虽受形体之苦，但是年少遇恩人，青年接重任，一辈子心神凝聚，从不曾有过半分散乱，这是有德的好命，住持说得一点儿也没错。

窗外的鸟儿啁啾，日头升起，新的一天又来到大唐了。

怀仁交了《圣教序》。石碑立在指定的陵中，他这一世的魂魄也就立在那里了。

临终前，怀仁对徒儿说："还想再喝一口野菜汤。"

徒儿问他："师父，徒儿给您墓碑上刻上您此生的大事记吧。后人来了，也可知道您是怎样做成的《圣教序》。"

怀仁不准，只说："我这一生于经于字，都无任何成就，有什么可写的呢？《圣教序》是集的右将军的字，非我所创。不要写了，什么都不要写了。后人如果想琢磨我，只需到《圣教序》上琢磨就成啦。我的一生，都在里面了。"

语罢，怀仁圆寂。卒年不详，生年不详，平生不详。

后人只知怀仁集字作《圣教序》，却再也不知道这个瘸腿和尚到底是什么人了。

## 六羡歌

蒙福森

浮生若茶,甘苦自知。茶如子,地似母。

一望无际的崇山峻岭中,猿猴难攀、飞鸟盘旋的悬崖峭壁上,有一棵高耸入云的茶树,葳蕤郁葱,苍翠欲滴,笼罩在雨霭云雾之中。山色空蒙,细雨如烟,正是江南最美的时节,在这举世闻名的天柱山,奇峰突兀,峭立如柱,处处灵气四溢,连一块石头、一条山溪、一树一草、一花一鸟,都有着与众不同的盎然生机。站在山岭上远眺,烟岚缥缈,群峰若隐若现,恍如一幅水墨画。

这是一个寻常的日子,斜风细雨,云雾缭绕。在密林深处,苦苦寻访了一个多月的朝廷使者终于见到了身着箬笠蓑衣、爬在树上采茶的陆羽。

见有人来,陆羽停了手中的活儿。

"你,就是陆羽?"使者问。

"正是。"

"皇上召你立刻进宫,不得有误。"

陆羽摇头:"草民过惯了闲云野鹤的日子,恐将辜负圣恩。"

使者说:"先生的恩师智积禅师正在宫中做客,先生以为如何?"

一听说多年不见的智积禅师就在宫中,陆羽没有丝毫犹豫,便随了使者前去。

智积禅师对陆羽来说,如再生父母,岂能不去?陆羽曾是一个弃儿,奇丑,结巴。多年前,一个深秋的早晨,竟陵龙盖寺的智积禅师路过一石桥,忽闻桥下有鸿雁哀鸣之声,下去一看,只见一群大雁正用翅膀护卫着一个男孩儿。男孩儿冻得瑟瑟发抖,气息微弱。出家人以慈悲为怀,智积禅师遂把男孩儿抱回寺中,并卜了一卦。卦曰:鸿渐于陆,其羽可用为仪。卦大吉。遂为之取名陆羽,字鸿渐。那年,陆羽三岁。

十年后,陆羽告别智积禅师,离开龙盖寺,漂泊流浪,四海为家,去寻找属于自己的茶。——在智积禅师年长日久的熏陶下,陆羽爱上了茶,如醉如痴,嗜茶如命。青出于蓝而胜于蓝,陆羽对于茶道比师父用功更深。他要做一棵茶树,一棵大唐的茶树。他踏遍山山水水，采茶、育茶、种茶、制茶、品茶、写茶，后著成《茶经》一书，名满天下，终成一代茶圣。

一个多月前，智积禅师入宫面圣。唐代宗李豫亦嗜茶，素闻智积禅师善品茶，端起茶碗，轻轻一闻，不用入口，便能分辨出茶的好坏、产地、品种，以及水质的优劣、火候是否得当，甚至连泡茶人的心情、脾性、手法也能不见而知。

代宗不信，命太监沏了一壶上等好茶，请智积禅师品尝。智积轻轻地啜了一口，放下茶碗，再也不肯喝第二口。

代宗问："茶不好？"

智积答："茶甚好。然自从贫僧喝过弟子陆羽所沏之茶后，天下之茶皆淡如水、味如蜡，索然无味矣。"

代宗半信半疑，偷偷派人去寻找陆羽。

没过几日，陆羽随使者来到了长安。

自龙盖寺一别，已有十多年了，今日，陆羽要为恩师智积禅师亲手沏上一壶茶，一壶上等的好茶。

自然，水要好水，茶要好茶，壶亦是好壶。水，当然至关重要，除了水质要好，还得掌握好火候，一丝一毫不可马虎。陆羽说："一、其火，用炭，次用劲薪。二、其水，用山水上，江水中，井水下。三、其沸，如鱼目，微有声，为一沸；缘边如涌泉连珠，为二沸；腾波鼓浪，为三沸。已上，水老，不可食也。"太监问："茶呢？"陆羽说："野者上，园者次；阳崖阴林，紫者上，绿者次；笋者上，芽者次；叶卷上，叶舒次。"

陆羽闯荡江湖多年，随着学识、见闻、经验、技艺的日积月累与沉淀，将沏茶功夫与禅道融为一体，茶艺越来越老到，无人超越。天下嗜茶者无不顶礼膜拜，以求得他的一杯茶为莫大幸事。细细品，缓缓咽，芳香馥郁，滋润肺腑，仿佛整个人生的美妙都融在了里头。

一壶茶端上来了，远远地，一股若有若无的茶香氤氲飘溢。

智积端起茶碗，轻轻一闻，茶香扑鼻而来，沁人心脾；轻轻地啜了一口，淡淡的甘甜中似有一股苦味，但苦过之后便是悠长的甘甜，苦中带甘，甘中有苦，仿佛生命深处苦涩后的一缕甘甜与闲逸。茶亦醉人何必酒，从来佳茗似故人。刹那间，智积禅师热泪盈眶，声音哽咽："渐儿茶，渐儿茶啊！一定是渐儿来了！"

渐儿，是陆羽的小名。在寺院时，智积一直叫陆羽"渐儿"。

屏风后，陆羽早已泪如雨下。

"师父——"陆羽踉跄而出，扑通一声跪伏在地，放声大哭。泪水如梅雨天屋檐落下的雨滴，一滴一滴，濡湿了地板。

代宗目瞪口呆，惊讶万分。随后，他端起茶碗，轻轻地揭开碗盖，一阵清香迎面而来，精神为之一爽。他闭眼屏气，细细地品了一口，顿觉甜润甘洌，口感独特，舌下生津。就那么一口，代宗知道，这辈子，他再也无法忘记陆羽沏的茶了。

"此茶只应天上有，不知何故落凡间！如果喝不到陆羽的茶，朕今生今世宁可不喝！"

可是，陆羽执意要走，哪怕给以高官厚禄、荣华富贵。一生命运多舛的陆羽淡泊名利，安贫乐道，视功名利禄如粪土。寄情山水、放浪形骸、采茶品茗、培育茶树、著书立说才是他生命的全部。他赋诗明志，一首《六羡歌》飘荡在车水马龙、繁华富庶的长安城的大街小巷中。

不羡黄金罍，不羡白玉杯。
不羡朝入省，不羡暮登台。
千羡万羡西江水，曾向竟陵城下来。

陆羽辞别圣上，飘然而去。他像一只翱翔云天的大雁，展翅高飞，渐行渐远，消失在云雾缭绕、烟岚如黛的密林深处。

# 相见欢

尚培元

卞玉京最喜画梅花。

卞玉京作画时，神狂笔捷，一动笔则必画十余幅，兴尽方休。她画的梅花，枝干纵横，花朵傲放，一如她孤傲而忧郁的品性。

那一日，卞玉京正在作画，吴梅村慕名拜访来了。因是第一次访会，不便打扰，吴梅村就站在一旁静静观赏，偶尔也打量一下室内的陈设。香居里，帘香案雅，窗明几净，地无纤尘。书案上有文房四宝，还架着一支湘竹横笛。

卞玉京兴尽住笔，吴梅村这才上前搭话。

吴梅村说："吴梅村慕名拜会。"

卞玉京闻听，转过脸儿，惊喜地说道："莫非是独创了'梅村诗体'的吴梅村吗？"

吴梅村淡淡一笑，点点头说："是我。"

卞玉京忙令侍女布下美酒果蔬，拉吴梅村入座，便与他谈论起"梅村体"来了。

吴梅村祖籍太仓，是明末清初的著名诗人，与钱谦益、龚鼎孳并称"江左三大家"。吴梅村的诗，继承七言乐府的格律，吸取白居易的《长恨歌》《琵琶行》和元稹的《连昌宫词》写法，在长篇叙事诗的基础上自成一派，独创出一种极具风韵的七言诗体，以对故国家园的怆怀和人物命运的沉浮为线索，叙述现实事件，映照兴衰荣辱，辞藻华丽，情调感伤。这样的诗体，便被称作"梅村体"。

卞玉京说："读诗无数，最欣赏的就是这'梅村体'啊！"

吴梅村又是淡淡一笑，说："过奖了。"

吴梅村说过，便款款饮酒，卞玉京却有些魂不守舍了。

微醺，卞玉京醉眼迷离，仗着酒力直直对吴梅村说："可有意乎？"

吴梅村的酒杯忽地停在了胸前。许久，他缓缓放了杯盏，悄悄叹息一声，像是没有听懂的样子。

并不是无意，也不是轻慢，而是吴梅村没有接受的信心和勇气。坊间传言，京都来人到金陵选妃，选中了秦淮名妓卞玉京和陈圆圆。不是有两句诗盛传江南吗？"酒垆寻卞赛，花底出陈圆"。

卞玉京幽怨地看一眼吴梅村，很是无趣地转过脸去。失望，羞愤，怨恨，她觉得无地自容。吴梅村不知道该怎样安慰她，只得悻悻然地离去了。

卞玉京望着他远去的背影，暗暗发誓：这人，永不相见！

而吴梅村却把这一段情感珍藏在心里了。

崇祯四年，吴梅村官授翰林编修，可他已对仕途失了信心，也就无意再去上任了。心事浩茫的吴梅村，常常独自徘徊在秦淮河畔，观花赏水，饮酒吟诗，消磨着百无聊赖的时光，排遣着胸中的烦闷，抑或是，思念着只有一面之交的卞玉京。然而，吴梅村却总也不敢再去见面了。

过了一段时日，坊间又传言，卞玉京并未被选入宫去。吴梅村听说了，鼓足勇气，就到卞玉京的居所去了。

卞玉京却不愿跟他见面。

卞玉京说："我曾发过誓的，这人，永不相见！"

吴梅村再去时，已是人去楼空，不知卞玉京到哪里去了。吴梅村静立良久，暗暗发誓，一定要找到她！然而，找寻了很长时间，却始终没有她的音讯。

忽一日，钱谦益捎来信说，卞玉京在常熟钱府，已经说通了，答应跟吴梅村相见一面。

吴梅村匆匆赶到钱府，在厅堂里坐等许久，却不见卞玉京出来相见，便有些坐立不宁了。

钱夫人说："别着急，正在我房里化妆呢。"

又等了许久，卞玉京仍然没有出来，吴梅村央求钱夫人进去询问，钱夫人出来说："卞玉京心情太激动，又有些伤感，旧疾复发，恐怕是难以相见了。"

吴梅村焦急说："我进去看看。"

钱夫人拦了说："卞玉京不让进去，她说疾病缠身，面容憔悴，羞于相见，日后再约吧。"

近在咫尺却不能相见，吴梅村黯然神伤地写下四首诗，命名为《琴河感旧》，留给了卞玉京。

之后的许多年里，吴梅村又失去了卞玉京的行踪。传闻卞玉京身穿道服，自号玉京道人，游历在吴越山水之间。

一晃又是许多年，天下由大明变成了大清。一日，卞玉京忽而读到了吴梅村为陈圆圆作的一首诗《圆圆曲》,其中两句是"痛哭三军皆缟素,冲冠一怒为红颜"。她将这两句反复吟诵了几遍,就丢到一边去了。

这段时日,吴梅村隐居乡里,不事新朝,以保名节。顺治十年,吴梅村官授秘书院侍讲,但他借口染病,不去就任。

他要寻找卞玉京。

一天,吴梅村忽然收到卞玉京的书信,约他在无锡惠山的一个道观里相见。在这天红日西坠的黄昏时分,吴梅村到了那个道观。

远远地,吴梅村看见一女道士,身影一闪,忽地就进到观里去了。凭感觉,他断定那就是卞玉京。吴梅村刚要进去,却被一个郎中模样的人拦住了。

郎中说:"是吴梅村吗?"

吴梅村说:"正是。"

郎中又说:"玉京道人嘱咐,请您在门外听琴。"

话音刚落,道观里便传出了哀伤幽怨的琴声。

卞玉京在用琴声向吴梅村诉说。

她在诉说自己身着一袭道袍,浪迹吴越山水间的沧桑人生。她在诉说清兵攻破南都后,明朝贵族少女和秦淮佳丽们的悲惨遭遇。她在诉说明朝灭亡后的故国之思、流离之悲,还有她对吴梅村那踌躇而迷茫的爱情。

吴梅村听着琴声,感伤不已,就着夕阳的余晖,写下了一首长诗《听女道人卞玉京弹琴歌》,请郎中交给卞玉京。

岁月更替,时光变迁。

康熙七年,年逾花甲的吴梅村再次来到惠山,踏着萧萧落叶,一步一步走进了一片锦树林。

是一个名叫郑保御的人捎信让他来的。

一见面,吴梅村便认出,郑保御就是当年道观外的那个郎中。

郑保御说:"我知道,你一直在寻找卞玉京。"

吴梅村说:"我发过誓,一定要找到她。"

郑保御说:"她躲着你,是因为你伤了她的心。"

吴梅村说:"她恨我,故而总也不跟我相见。"

郑保御说:"这回,卞玉京吩咐,要跟你相见。"

吴梅村急忙问:"她在哪儿?"

郑保御指着一座坟墓说:"在这儿。"

郑保御是当地有名的郎中。那年,卞玉京病在无锡,他亲自煎汤熬药侍奉她。

他的悉心照料，竟让一代名妓以身相许了。婚后的卞玉京长斋诵经，持戒绣佛，用了三年时间，为郑保御刺舌血书《法华经》一部。安稳平静地生活了十年后，这位风华绝代的风尘女子，疲倦地闭上了眼睛。弥留之际，卞玉京气息微弱地说："能与……梅村……相见否？"郑保御将她葬在一片宁静的锦树林里，站在坟前说："我写信，让那吴梅村过来见你。"

吴梅村老泪纵横。他盘坐在墓前，为卞玉京献了一首长诗：《过锦树林玉京道人墓并序》。

郑保御将一沓小笺交给吴梅村。吴梅村一看，全是他以前写给卞玉京的诗。

吴梅村将这些诗稿焚烧在卞玉京墓前。

吴梅村说："终是相见了。"

说罢，仍是坐在墓前，久久没有起来。

郑保御上前搀扶，却发现，这位老人已经死去了。

# 洮河绿石砚

朱雅娟

距阶州三百余里的喇嘛崖盛产制作洮砚的老坑石料。但在宋末就因为过度开采，致使老坑石"鸭头绿"基本绝迹，老坑石中的绿漪石、鹦哥绿、鹧鸪血等石料也极为珍贵。自唐之后，历代名人雅士都以收藏有老坑洮砚为荣，就连苏东坡、黄庭坚也不能免俗。到了明代，老坑洮砚只有皇室贵胄、文豪巨贾才拥有，普通老百姓想瞧一眼也是难上加难。

但阶州卫家的文房用具店就有一方"鸭头绿"的洮砚。如此名砚，自然是镇店之宝了。

阶州不乏名人雅士，许多读书人都去光顾卫家，就是想瞧瞧那方砚台。进了店门，哪能空手而归呢？你要以为文房用具就只是笔墨纸砚那可大错特错了，卫家的文具店里的物品可是非常齐全，比如笔格、研山、笔床、笔屏、笔筒、笔船、笔洗、笔掭，比如水中丞、水注、砚匣、墨匣、印章、图书匣、印色池，比如糊斗、蜡斗、镇纸、压尺、秘阁、贝光，等等，不下四十种，而每种均有不同的材质。就拿毛笔来说，按笔头原料可分为狼毫、紫毫、鹿毛、鸡毛、鸭毛、羊毛、猪毛、鼠毛、虎毛、黄牛耳毫、石獾毫等，按尺寸有小楷笔、中楷笔、大楷笔、屏笔、联笔、斗笔、植笔等，按笔杆原料可分为玉石、竹子、木头、金属等，按产地有侯笔、宣笔、湖笔、鲁笔、齐笔等。品种如此齐全，不随手买些怎么也说不过去。

别看卫家的老板瘦瘦小小，人可精明着呢。别看他能讲一口纯正的阶州方言，他自称祖上是山西人，是卫铄娘家后人。卫铄是谁？练书法的没人不知道，她就是东晋大名鼎鼎的卫夫人，是王羲之王献之父子书法的启蒙人。

因为瘦小，卫老板的脑袋就显得格外大。他时常会捧着那方"鸭头绿"洮砚边摇头边叹息："如果卫夫人或'二王'再世，他们一定会亲手试试这方名砚……可惜啊可惜。"

有人打趣说："如果卫夫人和'二王'再生，这方砚你会赠予谁？"

卫老板尴尬一笑："君子不夺人所爱，相信他们都不会要的。"

有人又说:"卫夫人是女人,不是君子,况且她又是你老祖宗,你给还是不给?"

卫老板正色道:"卫夫人是女君子,她不会要。"说完把砚台揣进怀里,生怕谁抢去了似的。

这年的一个春日,卫家文具店来了一个女人,一个老女人,她说要找卫如红。

这个女人六十出头儿,牙齿几乎掉光了,说起话嘴就漏风。

"卫如红是谁啊?"店里的伙计很纳闷儿。

卫老板来了,躬身道:"我就是卫若峰,这位大娘有何见教?"

老妇人脸笑成菊花,从包袱里拿出一支毛笔,看上去只是支很普通的竹管笔。

卫老板拿起笔仔细看了,双手微微发抖。

"大娘,这支胎毛笔你是从哪里得来的?"

老妇人恨声道:"是我的死鬼老汉留给我的,他咽气前将这支笔交给我,让我找到你,换回我赵家的祖传物。"

卫老板脸上变了颜色,良久才缓过神来。他将老妇人引回家中,好吃好喝伺候着,最后将那方珍贵的"鸭头绿"洮砚交到老妇人手中。

老妇人往砚台上呵了口气,砚台立即凝结了水珠。老妇人又用手将砚台轻轻一抹,果然温润如婴孩脸面。老妇人将砚台收纳好,将胎毛笔交还给卫老板,转身离去。

卫老板讲了一个故事,是有关他已去世的父亲的。这支胎毛笔正是用他父亲的胎毛制作的,父亲一直带在身上。有一年父亲参加科考,在岷州遇到了一位赵姓读书人,于是一起赶考。结果在路上那姓赵的生病了,不能前去,于是就把这方洮砚借给了他父亲。父亲于是留下胎毛笔去考试了,结果并未考中。回来找那姓赵的,却听说那人银钱花尽,早已离开,估计已经死在半路上了。后来父亲开了文具店,将这方砚台视作镇店之宝,也是希望有一天能找到主人,完璧归赵。

众人听了都唏嘘不已。有人说卫老板傻,也有人说卫老板为人实诚。

店里没了"鸭头绿"洮砚,但多了支胎毛笔。卫老板把这支笔供奉起来,如同供奉他的老父亲。因为胎毛笔,店里多了一种生意,不少生了孩子的家长都来上门定做婴孩的胎毛笔,文具店的生意一如既往地红火。

有件事只有阶州的极少数人知晓,就是卫老板有次被知州大人请去喝茶,回家时摔得鼻青脸肿。还有一件事阶州人都知道,原来知州大人也珍藏有一方"鸭头绿"洮砚,后来被府尹大人看中,洮砚归了府尹大人。

当然,这些都是题外话,不提也罢。

# 相师的爱情

王若冰

  他是一名远近闻名的相师，也是一名药师。但除了好友李秀才等两三人知道他是药师外，旁人并不知晓。因此，大家都称他为相师。

  三年前，相师为忘却一段暗恋，从三百里外来此。

  相师有一帮好友，皆爱向他问卦。相师并非每求必应，因心情而定。但只要他应了，总能应验。那些求相师问卦之人，不管当时是否信，事后总说："准，准，真乃神仙也！"

  相师的好友李秀才，幼年丧父，与寡母相依为命。幸运的是，秀才的母亲虽是贫寒人家之女，却受其父影响与教导，自幼就知孔孟之道，识周公之礼。李秀才方脸肤白，气宇轩昂，自小就以才高而人正颇为得名，登门说媒者时有之。李秀才一直说："我家境贫寒，不能委屈了人家姑娘。"时间一长，人们就猜测说："那李秀才可是有了中意的人吧？"李秀才听后，笑而不答。相师看看众人，又看看李秀才，无言。

  那日，众人散后，唯剩李秀才与相师相对而坐。相师手中把弄着一块双面刻字的玉石，头也不抬地说："你看中的那姑娘，并不适合你。"

  "什么？"李秀才看似平淡，心头却掠过一丝惊讶。

  相师淡定地说："那姑娘下巴尖细，双颊高凸，命相克夫。此乃做妾之命，易出奸情。"

  李秀才本不信命，但听了相师之言，脑海中细细思量：相师口中的描述竟与那女子一般无二。李秀才心中迷惑，脸上就表现了出来。

  相师依旧把玩着手中的玉石，头也不抬地说："你最近心神不宁，茶饭不思，面色苍白，连读书都中断了。"

  "你……你是怎么知道的？"李秀才愈加不解地问。

  相师说："你最好还是与那女子断了吧，以免招来杀身之祸。"李秀才虽与相师是好友，却素来对命相之事不以为然。如今听相师这样一说，不免对相师说出几句玩笑。相师依旧如从前一样，不争执亦无辩解，只把手中那刻字的玉石转来转去。

相师似轻描淡写的话，李秀才却莫名其妙地听出了一丝寒意。

那日别后，相师一连数日不见李秀才。

转眼已是深秋，院中的树开始落下红红黄黄的叶子。一日，相师把玩着那块刻了字的玉石，正在房中喝茶，院里传出好友路庄主的声音："你怎么还有心思喝茶？"

路庄主急慌慌地推门而入。

相师伸手指了指对面的椅子："坐，坐。"

路庄主神色慌张地说："秀才出事了！"

相师的目光从敞开着的门望出去，一阵秋风吹过，树叶在空中盘旋，如同垂死挣扎的蝴蝶。

相师看着那些像蝴蝶的树叶说："那姑娘死了？"

路庄主惊诧地问："你……知道了？"

路庄主忍不住称奇。

路庄主说："秀才在和那姑娘约会时，姑娘莫名其妙地就死了。当时只有秀才一人在场，他说不清楚啊！最奇怪的是，验尸结果竟然是中毒而亡。"

相师的心突然一沉，面色便凝重起来，他没有说话。

路庄主说："我们不能眼睁睁地看着秀才死啊！我们要想办法救救他才是。你办法多，你出个主意吧，需要多少银子，我来出。"

相师摇摇头说："其命如此，我又能如何？"

相师向院中走去。院子里的落叶还是纷纷扬扬地飞舞着，像是进行着一场生死告别的仪式。

过了几日，县衙开堂审理李秀才杀人一案。那日，路庄主与李秀才的几个好友都去县衙打探消息，却不见相师的身影。

路庄主无奈地摇头叹息："平日里只见相师与李秀才交好，到了关键时刻，怎么连面都不见呢！"

路庄主为李秀才心生了几分悲凉。

此时此刻，相师正坐在县城以西五里处的小河边，往日的画面一幅幅地呈现于眼前。相师悲悲切切地喊着："玉儿，玉儿……"这是他与姑娘再次相遇的地方。那时，姑娘一袭红裙在他的眼前飘过，他的眼前便被这个影子填满了。瞬间他又有了那种无法呼吸的感觉。三年时间的压抑与力图忘记她的努力，化作泡影。

从那时起，他又回到了狂躁不安当中，亦如三年前。

有一天，他突然发现李秀才与那姑娘居然到了谈婚论嫁的地步。他多次以"那姑娘不适合你"等语言，从命相学的角度旁敲侧击，暗中想让李秀才心生惧意而放弃。

但是，李秀才与姑娘的感情却在火热地升温，而他对姑娘的爱慕也在日益强烈，欲罢不能。

有一天，相师又在河边与姑娘"偶遇"。他故意将一个装有他精心配制的药丸的荷包掉在了姑娘身边，然后匆匆离去。

那个荷包上绣的是一对戏水的鸳鸯，栩栩如生。姑娘随手就捡起来放到了袖筒里。

荷包里的药丸会不知不觉地散发出毒气，侵入人的身体里。待到一定时日，五脏六腑渐渐被毒气所侵，人就会在毫无意识的状态下突然而亡。

李秀才因证据不足而被释放。那天，路庄主与李秀才的朋友到县衙接他回家。李秀才环视一周，给几人一一鞠躬、作揖，表达谢意。

路庄主说："相师他……"

李秀才打断了他的话说："我记得他还是一名了不起的药师吧？"

几人面面相觑，不得其意。

李秀才说完，就飞奔起来，几人只好也跟在他身后。李秀才直接来到相师的门前。大门敞开着，李秀才迈进去。院子里静悄悄的，唯有满地落叶。他穿过落满残叶的院子，推开虚掩的房门，不见相师的身影，寻了一圈才发现，相师已吊在房梁上。几人七手八脚地将他放下来时，相师已死去多时了。

相师的手中紧紧地握着那块玉石，现在才看清，玉石的一面刻着的是"忍，忍无可忍"，另一面却刻着"杀，不得不杀"。

"你这是何苦？何苦呢？"李秀才发出一声悲凉的哀号。

# 一盏油灯

谢志强

有个书生进京赶考,路经一个小镇时,已近黄昏,不得不投宿。小镇地处水、陆交通交会处,很热闹。

书生寻找客栈,有两个条件:一是清静,他夜间还要用功读书;二是价廉,他家境拮据,能节省就节省。

终于,他在热闹的街上找到一个清静的客栈,闹中取静。他只是疑惑,街对面的一个客栈顾客盈门,而这个客栈伙计比宿客还多。而且,价格比对面的客栈便宜许多。

客房宽敞、整洁,只是散发出潮霉的气味,大概已久未有客人来住了。他看中那一盏油灯,油灌得满满的,灯座擦得亮亮的。

可是,书生的肚子热闹起来,可能因为途中饮了生水,或者吃了什么食物。他坐在灯前看书,肚子却咕噜咕噜响个不停,从上往下响,随即,他憋不住了。

没看完一页书,他就奔向厕所。他担心拉肚子拉在裤子里,洗了也有残留的气味,带到京城实在不雅。

返回客房不一会儿,又要拉了。他已经服了随身携带的中草药,一时还没生效。临出门前,母亲给他的包裹里放了止泻的中草药,因为他的肠胃一向不好,稍不当心,就闹肚子。

他要读书又要去厕所,如此频繁地来回跑,好浪费时间呀!索性蹲在茅坑上,随时可以拉屎,同时可以看书——两不误。

他端着油灯如厕。厕所一片光明。灯放在何处为好呢?放在地上吧,光照着书的背面——太低;放在小窗台吧,光照不清书的内文——太高。

要紧的是,他手端着灯,稀屎已迫不及待了。此刻,蹲坑的旁边冒出一个光溜溜的东西,仿佛是一个有支架的花盆。

那是一个大头鬼,饱满而又硕大的光头反射着灯光,像抹了一层油一样。

书生顺手把灯往光头上一放:"暂且别动,我正愁灯没处放呢,就行个方便吧。"

灯稳稳地坐在光头上边，倒是火苗像小孩跳舞一样。

书生一阵稀里哗啦，几乎把身体拉空了。他发现火苗渐渐平静下来，稳稳地悬在空中，如同他小时候望着的天空的鸽子。灯光照着书上的字，十分清晰，就像春天阳光下田里的秧苗。

大头鬼开口了，仿佛提醒他，说："起来吧，起来吧。"

书生注意起灯下那个哀求的表情，眼、嘴的凶相退去。他说："我不打算起来了，省得来回跑。"

大头鬼见过世面——过往的读书人都被他吓跑过。但他可能是怕火，也可能是被书生镇住了，他身体一动不动，说："我还没见过蹲在茅坑上读书的人呢，臭死了，臭死了。"

书生似乎觉得肚子舒适了些，起码暂时不会出现紧急情况，很可能草药起作用了。他合上书，站起来，系上腰带，端起灯，说："好吧好吧，感谢你及时提供方便。"

大头鬼说："臭死了，臭死了，我差一点儿支持不住了。"

书生说："暂且留步，我有一个疑问，这个客栈住宿条件跟街对面的客栈差不多，生意为何如此冷清？"

大头鬼说："我就是为了这个老板娘……不说了，不说了，你不怕鬼，我就不说了。"

书生回房，身体就像被掏空了那样，很虚软而疲倦。睡意袭来。他睡去。天亮了，灯苗微微跳跃，油已见底。书在桌上摊开着。他闻到一股臭气，仿佛昨夜做了一个梦。

他想去见一见老板娘。

# 桃花汛

豆青

桃花渡的桃花，开得绚烂如云霞时，正是漳河三月底四月初的桃花汛时节。水满盈河，花开缤纷。

两大匾黄澄澄毛茸茸的小鸡娃，在河生的船头上晃得叽叽乱叫。它们稍感到漾动，就杞人忧天地忽儿向左忽儿向右地群挤一堆。河生看得有趣，跟卖小鸡娃的长白脸后生说："这些小不点儿太胆小了，要是碰上皮胡子……"

在漳河一带，黄鼠狼有一个很仙气的外号：皮胡子。

长白脸后生忙"呸呸呸"吐三口去晦气："快别这么说，鸡娃胆小，它们要是被吓着，就会睁不开眼，找旮旯发蔫儿，很快小命就没了。"

桃花渡大多时候并不热闹，桃花汛期间，甚至显得春荫春水俱寂寥。上午渡过那个卖小鸡娃的，下午就再没人要过河了。河生系船上岸，坐在松软潮润的桃园地埂上，头上粉红娇艳的桃花开得热烈却无人赏看。河生坐着坐着丹凤眼就眯起来了，河生看到右边桃树后，钻出一个皮毛滑亮长相窈窕的黄色小东西。它把树身作为屏障，先是贴地探出脑袋，偷偷地看了一会儿河生，见河生一动不动，就把尖俏的下巴抬起，身子也慢慢地升高，它竟然站起来了！一只长相很俊的黄鼠狼。

河生怕吓着它，依旧眯着眼，心里嘀咕："上午刚说到它，下午就来了，这皮胡子还真灵。"

皮胡子一站起来，立时就有了小贵妇的气场，那身闪着绸缎般光泽的皮毛，丝毫不逊于貂裘的风采。河生想起了结识的一个大佬他那个爱穿貂裘的小老婆。"小贵妇"蛊惑地盯着河生，腰肢妖娆，神态妩媚，一步一挪向后退去。

河生看它渐渐退到渡船边，仍佯装睡着，一动不动。"小贵妇"真有些着急和技穷了，骤然前肢落地，弓身一个高跳，颈背上的毛都竖起来了。河生吓得睁大眼睛，站起身笑着说："小姨子的，我知道了。"

"小贵妇"扭身连蹿带跳沿着搭板跑上渡船，伏蹲在船尾，目光羞涩地防范着河生。河生走到船头撑篙，戏谑道："你的地盘在河北岸，用尽手段过河南岸去干什么？找相好的？"

河生把"小贵妇"送到地势稍高的河南岸，"小贵妇"跳下船，头也不回地溜进草棵子中不见了。河生有点儿悻悻的："你如果是个女人，也是个薄情寡义的。"

自从"小贵妇"明目张胆地乘船过河后，就总有些河北岸的小东西，附船偷渡到河南岸去，有的甚至还携家带口。比如蛇，也不知它藏在船上哪里，渡客下船，它钻出来跟在后面昂首奋游，曲曲连连也不怕人踩它，争先恐后地就下船去了。还有形容猥琐的老鼠，拖着细长尾巴，噌噌几下从人腿中一缝穿隙，反把女人小孩吓得大呼小叫。还有刺猬……总之，桃花汛开始后，河生的渡船就不仅仅运输人和家畜了，船上时不时会冒出各色野生的小东西，河生见怪不怪。

河生的土坯屋在河北岸，黄泥抹的墙面，冬暖夏凉。有一天墙根基处洇上一层水渍，河生没有当回事，土屋建在河边的低洼处，以前也老是受潮洇墙基。河生有个土地公公泥玩偶，长白胡子短身材，拄根拐杖，一副慈眉善目的样子，平时放在桌子下面蒙尘积垢，河生都忘记了家里还有这么一个泥玩意儿。

那天，河生看见土地公公端然站在他常坐的小竹椅子上。河生的小土屋里很少来人，就算来个人，也不会从桌子下面翻出小泥偶放到椅子上去。河生把土地公公又塞到桌子底下，弯腰时看见墙上的水渍已经明显高过根基了。

第二天，墙上的水渍又长高了许多，都快到桌面了，那水渍像云纹又像是海波。这次土地公公出现在了桌子上，一脸愁容，再也看不出慈眉善目的样子。河生只是把土地公公往桌子上不碍事的地儿移了移，仍然渡他的船去了。

第三天，土地公公出现在小土屋里的门头上。河生推门进屋时，门头上先是簌簌地落下一阵尘土，河生抬头就看见土地公公在门头上摇摇欲坠，接着土地公公从门头上摔了下来。

河生眼疾手快，伸手接住了已无生念的土地公公。河生说："不就是个桃花汛吗？我知道我知道，咱们这就收拾收拾过南岸去。"

河生一边收拾必须带到河南岸高地去的家当，一边安慰放在上衣口袋里的土地公公："'小贵妇'过河去了，蛇和老鼠也走了许多，这桃花汛不会造成大面积淹患的，你放心，咱们这就去南岸安家去。"

嘉庆十六年，漳河在桃花汛期间小决堤，河北岸因地势低，略受淹患。

# 冰糖葫芦

喵咪戴戒指

## 1

那是一千多年前,他是个说书人。

见山说山,遇水说水。花鸟虫鱼,异志故事,信手拈来。

唯独见了她,宛如舌头打了结,讷讷不敢言。

## 2

他第一次见她,是在和善堂外。

那时他与友人玩闹,穿一身破烂,装作难民,站在队伍里等施粥。

轮到他了,他冲友人挤眉弄眼,一回头对上了她温柔的眉眼。

他的坏笑僵在了脸上。

她不以为意,给他盛了一碗粥。粥是热的,腾腾地冒着白气。

他闻到了香味,好像是粥香,又好像是她身上的药香。也不知怎的,他心乱如麻。

雾气缭绕。

她站在那里,宛如云中月。朗朗清辉,照得人无处遁形。

他拿着碗,只呆愣着。后面的人催促,他才回过神来匆忙道了声多谢,头也不回地跑了。

## 3

他开始留意她,拦住了从和善堂出来的小孩,递上一根红彤彤的糖葫芦,问她的姓名。

小孩咂咂嘴:"姓唐。"

他又问:"名字呢?"

小孩不耐烦:"不是说了吗?姓唐。"

他一把抢过糖葫芦。

小孩急了:"嗯……姓唐,叫唐葫芦。"

他把小孩拎起来,抵在墙上:"臭小子,你耍我是不是?"

小孩倒是不怕,小脸一横:"哼,你要是不信,自己去问她呀!"

他没了法子,只得悻悻地放了手。一转身,她就立在他身后。素色衣裙,手里拿着一包药材。

她说:"小石头,药还没拿就跑了,可别再淘气了。"

小孩笑眯眯:"好嘞,唐姐姐。我和哥哥闹着玩儿呢。哥哥你说对吧?"

他忙不迭地点头:"对对,闹着玩儿呢。"

## 4

他去了西京客栈说书,西京客栈正对着和善堂。

他有时候说着说着就断了词,听众以为是情节需要,倒也踏实等着。就在这样的间隙里,他一丝不苟地、认认真真地看她。看她出来倒药渣,把筛子抖个三四下。看她送病人出门,送出七八步远。看她关了医馆的门,揉揉肩颈回家去。有时候她的视线也会扫过西京客栈,一开始他会躲,后来想想这么远,面目根本看不分明,便也壮着胆子与她隔空对视起来。

有一天他看见医馆外面来了一拨人,吵吵嚷嚷的。她被围在中间,不停地说着什么。那些人却是不太愿意听的模样,开始推推搡搡。

他急了,拿着醒木就冲了过去,扒开围着的人,把她护在了身后。一连串的动作做完,那拨人傻了,他自己也傻了。倒是她先反应过来:"你来做什么?"

他还没回呢,就有人说话了:"这小子是客栈说书的,擅长无中生有、颠倒是非,大家别听他信口雌黄。就是对面那个客栈,我昨日还在那儿听了。"

大家纷纷回头看西京客栈,唯有他一脸蒙:"我刚才说话了?"

## 5

她拉着他偷偷地退进了医馆,关上了门。

他说:"我不来,你就要被欺负了。"

她愣了一下才知他是在回她先前的问话,不禁笑出声来:"你怎么不到明日再答?"

他的脸上慢慢地浮出了两朵可疑的红云。

那拨人在外面拍了半天门,见无人应答,便合力把门踹开了,一进来便在医馆内四处翻找,嘴里还骂骂咧咧:"那个骗钱的臭丫头呢?"

她看着他们,神态自若地说:"他们怪我医死人了,其实人送来的时候就已经差不多了。"

他却是紧张兮兮:"他们看不见我们吗?"

她笑道:"施了个隐身术,先躲一躲。"

他睁大了眼睛,而后又咽了咽口水,想把之前说的那句话收回去——

"我不来,你就要被欺负了。"

听上去,是多么大言不惭。

她拍了拍他的肩膀:"你别紧张,我虽然是个小妖,但我只做好事,不做坏事。"

他顺口称赞:"嗯,你真棒。"心里却泪如雨下:"妈的,老子失恋了。"

那拨人没找到她,从药柜里抓走了各式各样的药材。

她气得牙痒痒:"我唐葫芦绝不会放过你们的。"

他在一边瞠目结舌:"你真叫唐葫芦?"

她说:"是啊,小石头给我取的,因为我本来是棵山楂树。怎么了?"

他恹恹地说:"没什么。"

她问:"那你叫什么啊?"

他哭丧着脸:"那我就叫冰糖吧。"

## 6

自此之后,他说书的风格就往奇怪的方向走了。什么大夫娶了黄花梨木的桌子精,什么女鬼在破庙苦等秀才百年一聚,什么小妖怪和书生表白,还有什么冰糖和山楂成亲,生下了冰糖葫芦……

好好的一个人,在胡说八道的道路上越走越远。

大家都觉得他疯了,只有他自己知道心里的苦。毕竟现实已经这么惨了,故事还不让我圆满吗?

# 王妮妮的爹爹

吴卫华

王妮妮的爹爹王匡正是个当兵的。王妮妮五岁了,爹爹长什么样子,她没印象。王妮妮的娘叫周秀花,细腰细腿的却有一身子力气,起早贪黑操持着农活儿和家务。

王妮妮扎着冲天小辫,小辫四周松蓬蓬地散下一圈头发,圆乎乎的小脸粉白柔嫩,一双水葡萄样的大眼睛,看到感兴趣的事物就目不转睛。王妮妮对什么都感兴趣,周秀花一不留神就看不到她小小的人影了。周秀花恨不能把王妮妮拴在裤腰带上。

周秀花有许多事要干,没有时间带王妮妮玩。王妮妮只得跟家里的黄老玩,跟花花玩。黄老是条毛色暗黄的大狗,很老了,走路慢慢吞吞,尾巴摇得敷敷衍衍,看什么都眼神温顺,尤其看王妮妮时,那神情简直要把王妮妮含护在嘴里。周秀花说黄老是王匡正小时养的,差不多有二十年了。

花花是只芦花鸡,丰满得像吹糖人的省工偷懒地吹出来的——吹起一个大球后,只扯出了尖嘴和翘尾。花花的腿很短,走起路来屁股一扭一扭的。花花天天在院子里东刨刨西挠挠,啄出虫子或者草籽,就咯咯地低声欢叫。王妮妮最喜欢找花花下的蛋。——花花总犯糊涂,天天换地方下蛋,杂树下、草堆里,哪里隐蔽下哪里,反正就不趴在周秀花特意安置在向阳窗台上的木桶鸡窝里下。有一次可能慌急间找不到合适的地方,它竟然把蛋下到了堂屋地上,惹得周秀花骂了它一百遍"丢蛋鸡"。它也习惯了周秀花的骂,好像专为了给王妮妮可怜的童年添点儿童趣,该怎么丢还怎么丢,但没有一次丢到院子外面去。王妮妮一听到花花咯咯嗒地高喊大叫,就急忙循声找蛋去了。白生生的鸡蛋,散发着花花的体温,握在王妮妮小小的手里显得有点儿大。

九月的一天,庄外的高粱正熟得烈焰焚天,院子里的丝瓜架下,黄老把头枕在两条前腿上,像是在想自己到底是条狗还是个人。突然,它噌地站起来,呜呜咽咽似笑似哭地冲向门外,把靠坐在它身上玩蝈蝈笼子的王妮妮掀了个嘴啃地。用高梁篾编织的蝈蝈笼子硌疼了王妮妮的脸,她哇哇大哭起来,也哭黄老第一次不照顾她。

正在屋内擀面条的周秀花,听到外面娃哭狗叫,操着擀面杖就从屋内跑出来了。周秀花看到临街而开的青砖券门框出了一幅让她热血涌脑的画面:一个穿着束脚黑裤、敞着对襟白褂的英俊男子,正被黄老亲昵得招架不住。黄老呜咽得更加如泣如诉了,它狂摇尾巴,上身竖立,直往男子的怀里扑,伸出长长的舌头拼命去舔男子的脸。男子苦笑着左右扭头,躲避黄老涩刺刺的长舌头。

血上头太多,所见景物都成了静声胶片,周秀花晕眩了好一会儿才定下神,又能听到娃哭狗叫了。周秀花抓着的擀面杖掉在地上,人也像提线木偶断了线般瘫坐在院子里。

男子一再安慰黄老后,快步走近哭声已小的王妮妮,显然王妮妮已被来人吸引了注意力。男子一把抱起地上的王妮妮,以更快的速度走到周秀花跟前,半跪半蹲在周秀花面前:"我回来了!"

周秀花的眼泪一下子迸流出来:"他们说你死了,我以为再也见不到你了!"

男子坚毅地看着周秀花:"只要不见尸首,就说明我没死,不要相信坏蛋造谣。"

王妮妮在男子健壮的臂弯里觉得舒适又安全,她瞪着黑亮的大眼睛,好奇地问男子:"你是谁呀?"

男子笑了:"我是你爹爹王匡正啊,我走时你才一岁。"

"死了"四年的爹爹又回来了,王妮妮没有觉得多高兴,花花也若无其事,照常慌急忙乱地找窝丢它的蛋。但周秀花高兴啊,黄老高兴啊,她和它整天围着王匡正打转。王妮妮家因没有壮劳力挣钱,日子一向过得清苦。周秀花把积攒下来的鸡蛋每天变着花样做给王匡正吃。虽然王匡正把鸡蛋大多留给了王妮妮,王妮妮还是觉得周秀花偏心王匡正。

王匡正回来的第三天,王妮妮听到他跟周秀花说:"明天我就得回部队,任务重时间急,不敢耽误了。"

周秀花说:"我以为你不走了,还要走!"

王匡正说:"这次部队在邻县休整,首长特意给了我三天探亲假。大后天我们要开拔到南方抗日,你和妮妮要好好在家等我胜利回来,胜利后咱们三口就再不分离了。"

两人沉默了一会儿,周秀花像个小女孩一样呜呜咽咽地哭起来。王妮妮以前从没听过周秀花哭。周秀花一哭,王妮妮感到害怕,也跟着哭起来。王匡正把王妮妮和周秀花一起抱到他厚实温暖的怀里。

王匡正带王妮妮去庄外看披霞珠散朱丹的红高粱。王妮妮骑坐在王匡正的脖子上，王匡正架着她的两只小手学马跑，两人笑得惊起一群又一群啄食高粱籽的麻雀。

中午他们回到家，周秀花端出一盆香味钻鼻的蘑菇炖鸡块，王匡正吸吸鼻子："香死了！妮妮，给你个鸡腿。"

王妮妮一听到鸡腿，立时警惕地联想到花花。她挣开王匡正的怀抱，跑到院子里四处找寻花花，却在墙角发现一堆带血的黑白相间的羽毛。王妮妮一屁股坐在地上，乱蹬着小腿大哭起来。周秀花内疚地跑来要抱起王妮妮："到春天咱再多买些小鸡喂。你爹爹要走了，给他改改伙食，好有力气打仗。"

王妮妮不听周秀花的说辞，只管哭得眼泪滂沱鼻涕起泡，口口声声要她的花花。在王妮妮声嘶力竭的哭声中，王匡正不知所措地责怪周秀花："我不知道是孩子的心爱物，你也不知道吗？"周秀花被王妮妮哭得心烦，被王匡正责怪得委屈，干脆坐到小板凳上捂着脸也哭起来。

谁也没有吃午饭，那盆蘑菇炖鸡块一直放到凉透，上面结出一层黄油来。末了，王匡正叹了口气，把鸡块倒进狗盆里："吃不下去，扔了可惜，让黄老吃吧。"

黄老闻也不闻倒给它的鸡块，反而转过头去，在喉咙里闷闷地悲咽了几声。王匡正和周秀花更惭愧了。王妮妮不放心地问王匡正："你不会把黄老也吃了吧？"黄老听到这句话，即刻竖起了耳朵。王匡正举手向天发誓："黄老是我的兄弟，就算黄老吃我，我也不会吃它！"

直到王匡正把变成鸡块的花花挖个坑埋了，王妮妮才同王匡正言归于好。

王妮妮早上睁开眼时，王匡正已经回部队去了。后来，日本投降了，黄老死了，全国解放了，周秀花在坚忍的等待中也死了，王妮妮再也没有见到爹爹王匡正。几十年间，她通过官方、民间多途径寻找，都没有一点儿王匡正的音信。

# 灯 花

汪菊珍

每当夜幕降临，爷爷就长叹一声："又做了一日人客。"然后，他念叨着"无钱买补食，早困早将息"这句老话，装上排门，去里间睡觉了。

奶奶可不一定，她要看有没有完成白天纺花的定数。白天忙了别的事，没有纺完我给她卷的棉花锭——用一根筷子和一块专用小木板，晚上必定补上。重新拉开摇车，点亮美孚灯，放在摇车顶头。玻璃灯罩每天擦，特别亮堂，大半个屋子都照得着。

大桌上的煤油灯，刚刚从灶间移出来。它用小铁罐做成，盖头上有一个两寸长的灯头。灯头上的棉线浸透了油，经常爆出大大的灯花。有时，刺的一声，竟然灭了。父亲紧靠着这盏灯，在大桌旁边放一条板凳。凳头套上小木耙，将几缕稻草拴在木钉上，编制草鞋。我坐在房门口，看着父亲的一举一动，饶有兴趣。

不一会儿，排门开了，进来了裕丰哥，一个红脸膛的年轻人。他坐排门下小桌旁的高背竹椅，好像在看着我奶奶纺花。其实，他不过闲坐着，或者等着别的人进来，一起聊天。

果真又来了一个，漕斗底里面的阿牧伯伯。他个子高，必须低头进来。阿牧伯伯走到天井门口的竹椅旁，弯腰坐下，椅子就发出吱吱嘎嘎的声音——这把椅子的一条横档被虫蛀空了，他每次坐下去，我都怕他连椅子带人摔倒。他说话响亮，节奏缓慢。可能刚刚喝了老酒，鼻音很重。借着酒劲儿，阿牧伯伯还常常教训裕丰哥，让人莫名其妙。

最后进来的，必定是太傅世家里边的海婆婆和她儿子阿海。海婆婆七十多岁，矮个儿，白发，一张笑脸，一件旧大褂，一副盖得过男人的大嗓门儿。海婆婆的名字没有人知道，因为她的儿子叫阿海，人家这样称呼她。阿海沉默寡言，四十多岁，还打着光棍儿。

他们的话题经常转移，说到最后，肯定是鬼怪。这天，裕丰哥哥又提起了他常说的，就是他们太傅世家里面的一个白胡子老人。还没有说到一半，海婆婆就打断了他:"后生家,不要光说这些。什么朝代了?还记得祖宗十八代的事情。白胡子,你叫他出来,让我看看。"说完,她转头看了看我——示意裕丰哥,不要吓着我。

是的,我生来胆小,怕狗、怕蛇、怕黑、怕打雷,更别说他们经常说的什么白胡子黑无常了。每当他们说这些,我的手就紧紧抓住椅子,仿佛真有什么鬼怪会闯进来似的。然而,他们如果不来,或者来了不说,我又有所失落,好像这天晚上显得特别无聊似的。

父亲看我紧张兮兮的,就从大桌上提了油灯,送我进房间睡觉。房间就在堂前的隔壁,房间门口的地板,还斜斜地照着油灯的光亮,我却非要点着灯进去。有时让父亲留着灯,我看着它入睡。如果爆出一星灯花,我更加乐了。

有时,奶奶已经完成纺线,也带着美孚灯到里间睡去了,堂前成了一个黑暗的世界。奇怪的是,他们坐在黑暗里也高声谈论,有时一阵静默。我就在他们的一声高一声低的声音里睡着了。

不久,海婆婆少来我家了。过了一阵,完全不来了。她病了,还病得不轻。这个时候,大家晚上的聊天内容多了一项,就是海婆婆的病。有说不妨的,有说过不了冬天的。——当时,总是以能否挺过冬至作为对病人的最大考验,海婆婆自然也不例外。

有一天,裕丰哥哥说:"海婆婆已经病得很重,但咽不下最后一口气,她是不是有什么心事呢?"大家听了这个,先是一愣,而后才有所不解似的。——之前,海婆婆几次说过,一个人的好福气,不仅要活得长久,更要把一个凡壳快点儿脱掉。可如今,她却又为什么迟迟咽不下气呢?

"对了,你们两家,不是都被八一台风刮倒的吗?你家从藕荷弄搬到了这里,她的老屋基地在朝东屋的墙门口,没有能力,才住到两间旧小屋去的。"这是裕丰哥哥忽然想起来的事情,他还说,"海婆婆好几次对人说过,不会死在人家屋里,总有一天,她会回到自己的老地方去。"

我奶奶点了点头说:"是有这回事儿。台风过后就是几天几夜的大雨,镇上人都死了好几个。我们家人多,拼拼凑凑,总算典住了这里的两间半。她孤儿寡母的,做不了大事。本来,她只说暂时住住上海人的空屋,但一拖两拖就拖到了现在。"

第二天早上,我就跟着奶奶,去那个小院探望海婆婆了。

海婆婆的家,在朝东屋对面小院的东厢。这个院子的正屋还结实,如今住着阿芳哥哥一家。南厢房已经倒塌,只剩下一截残墙。海婆婆的小东厢陈旧、歪斜,也快要倒塌了。

"老姐妹，你要挺得牢呢！马上就要过年，熬过去就成了。"我们进去，见海婆婆独自躺在里间的大床上，果真只有出的气，少了进的气。我奶奶拉住海婆婆的枯手，嘴巴贴在海婆婆的耳朵旁，这样说着。

海婆婆艰难地睁开眼睛，好像听懂了我奶奶的意思，但她摇了摇头，眼泪顺着脸颊落到被单上，啪，啪，一滴，又一滴。

"你有心事，就对我说吧。是想着自己的老屋吗？老姐妹呀，你是不是想回到老地方去？"我奶奶说到这里，自己也流出了眼泪。

海婆婆的眼倏然放出几丝光亮，然后她用力点了点头。我奶奶见此情景，掖紧她的被子，退了出来。

这天晚上，我奶奶把这个意思对大家说了，大家都感到事情难办，主要还是钱。商量来商量去，最后决定，把海婆婆的光棍儿儿子阿海叫来，帮他兜个会——农村里常见的互助形式——房头里再凑点儿，帮他们在老地基上搭个草屋。

海婆婆的儿子，平时不声不响，那天却非常坚决地说："只要你们肯成全，借多少债，以后都愿意偿还！"于是，不出几天，钱就凑齐，一间草屋搭成了。泥墙，草顶，竹门，竹窗。还没有铺平地面，就抬着海婆婆住了进去。当天晚上，她就闭上了眼睛。

很长一段时间的夜晚，我爷爷还是念叨他又做了一日人客，我奶奶还是纺着棉花。两盏油灯周围，还是坐着那几个人。他们谈天说地，声音一浪盖过一浪。然而，海婆婆的光棍儿儿子，再没有出现过。

# 城市月光

碎 碎

"妈妈你猜,世界上最幸福的事是什么?"

"是……"她打了一个呵欠,已经困极,不想理他,只想摁灭他所有的问题。

他问这话的时候,他们正一起站在洗脸池边,准备刷牙洗脸。此时表针指向晚上11点50分,她早已恹恹欲睡。今天是他所谓的魔鬼星期三。因为每周三晚上有两节钢琴课,上完课回到家里已是9点,再赶一堆作业,睡觉时都要在11点半左右了。每周三晚上都是考验他们耐心的一道门槛。这个晚上,他因为写作业磨蹭,已经被她训斥了两回。

此时谈论幸福,还能说什么呢?她想起很多陈词滥调。

"是所有的事。因为世界上有那么多的人,每个人眼里幸福的事都不一样。假如有异次元,异次元里也有那么多的人,所以世界上最幸福的事是无限的。"他的声音还是那么欢快,像一声惊雷,敲打着她老茧纵横的心。不过,什么是异次元啊?她想明天她得查查。

他刚刚学到自然数。在他四年级的数学书上写道,最小的自然数是0,自然数是无限的。所以他大概刚刚能领略"无限的"这个词的意思。

她马上抱住他,说:"你这表达太棒了,比你考100分都让妈妈高兴。这真是最好的认识、最好的句子,我都写不出来。我还以为你会说'幸福就是写完作业了,也检查完了,也改完错了,可以上床睡觉了'呢。"

他笑起来,害羞地说:"你的眼界太小啦。"

她马上承认自己的眼界确实是太小了。每天晚上陪伴他写完作业,她都感觉自己能量耗尽。可是现在,9岁的他提醒她,幸福是所有的事,幸福的事是无限的。他的认识让她羞愧难当。

她经常也会反省,为什么每天晚上陪孩子写作业和检查作业的过程中,常会忍不住对他吼叫起来。看到错别字很多,看到他做数学题粗心马虎出现低级错误,看到他做作业磨蹭、效率低下,她都经常会用词激烈,甩出一个个又狠又重的句子,伤人伤己。她想她还是太缺乏耐心和涵养了。孩子是一面镜子，照出了她的缺失。

每送走一个这样的夜晚，她都感觉自己身上很脏，脸很脏，浑身都是灰尘，无法清洗的感觉，哪怕前一天刚洗过澡。不好的情绪是最大的污染，是暗尘和蛛网，是黑洞和绳索。她很清楚自己的问题，但常常还是做不到更好。

前几天有单元测验，他考了95分。他没有上什么辅导班，她感觉这个分数也可以了，但是收到学校校信通的短信说："全班平均分数是96分，100分22人。孩子有点儿退步，请家长督促孩子……"

要把他限制在习题、试卷和辅导班里，为了得到一个更好的分数，拼尽全力考一个好学校，还是给他更多的自由，让他有好分数之外的更多可能性？她常常感觉两难，顾此失彼。保持生命的生动性与丰富性，保持对世间万物、对一切的感受力，保持自我的活力与弹性不比什么都重要吗？应该比分数更宝贵。只是现实……她感觉他们现实生活的可能性已被无限缩减压榨。但是现在，还是什么都不要想了吧，赶紧上床睡觉才是正经事。看到孩子洗完脸，她啪的一下关掉客厅的大灯，想像赶猪猡一样马上把他赶上床。

孩子却还是慢吞吞的，竟然又跑到阳台，趴在窗边，惊喜地叫道："妈妈你快来看，今晚的月亮好圆啊！"好像他第一次见到月亮。

都什么时候了，还有心思看月亮！月亮不是另外一个世界的事吗？她忍住发作，走过去站在他身后，抱住他的肩头，和他一起与月亮对望。

农历十四的月亮，接近满月，大，圆，明亮，与世无争的柠檬黄，像是没见过人间任何悲苦，那么温柔和恬静。

站在月亮下面，她为自己刚才的怒吼感觉羞愧。为什么这么小的孩子在做完作业无比疲累之时，还能恬静地看一会儿月亮，还愿意站在那里感受月光的照拂，而自己的心却僵硬已久呢？月光如水，给人清洗。"这是李白和苏东坡看过的月亮，是王维和杜甫注视过的月亮。是很多相爱的人、幸福的人看过的月亮。"她说这话的时候，感觉脸有点儿发烧，好像不是刚才的她了。

"月亮一直是这样的，没有变吗？"孩子说。

"是啊，和古时候的一样。所以我们仰望月亮的时候，会感觉离那些古人很近，可以与那些遥远的生命有交集，能接收他们的能量。"

她突然想到，很快，过不了几年，孩子就会因为更多的作业而无暇他顾，忘了还有看月亮这回事。想到那种迟早要到来的丧失，为那缺掉的一角，她忍不住预支难过了。

"那如果我们每天都来看月亮，看得多一点儿，站在更高的地方去看，离月亮近一点儿，会和他们的交集更多吧？接收到他们的能量也更多吧？"孩子转身仰起头问她。

"没错，会的。"她忍住笑，声音毋庸置疑。

# 灰蚂蚱·红蚂蚱

王文学

灰石滩旁，锥把儿石一端斜插在水坑里，另一端在杨树荫下。蚂蚱在锥把儿石斜坡上呆坐。他心里难受，撇撇嘴，想哭。

午后，太阳火辣辣地照着，灰石滩上仿佛有一束束火苗。蚂蚱直勾勾地望着远山，望着天边洁白如絮的云。

"蚂蚱"是同学们给他起的绰号。蚂蚱能蹦，学校开运动会，在跳高跳远项目上，冠军都被他包揽。

同学们叫他"蚂蚱"，还因为他爱流口水，特别是看到有人在教室里吃东西，他就不知不觉地微张着嘴，嘴角立即淌出两条小溪。大胖和小胖叫喊："快看，蚂蚱嘴里流黄汤了！"几个人跟着叫。蚂蚱的脸由红变紫，由紫变青。他往教室外跑，跑到操场，他蹲在墙旮旯，捂着脸，心里难受，直想哭。

灰石滩上，偶尔有蚂蚱飞起来，飒——飒——他听着心烦。

天气燥热，几只蜻蜓舞动着绿翅膀，在水坑上面飞来飞去。倏地，两只蜻蜓落在水草上。蚂蚱想洗澡，想去捉美丽的蜻蜓。

"石头——回来——，和你姐去地里薅草了。"蚂蚱妈喊。

蚂蚱妈村前村后地转。可是蚂蚱听不到，蚂蚱在离村三里外的灰石滩。

蚂蚱脱下背心裤衩，从大石头上跳下，一个猛子扎到水里，待到接近那片水草，突然露出头，两只蜻蜓仿佛知道遇到了险情，像直升机紧急起飞。蚂蚱无奈地看着蜻蜓飞远。他便戏水，一会儿扑腾扑腾狗刨，一会儿把肚皮露在水面，双脚向后蹬，水面溅起朵朵水花。

蚂蚱从水坑里出来，浑身湿漉漉的。他仰面躺在大石头上，晒身上的水珠。大石头热热的，像火炕，他觉得十分舒服。不远处，公路上汽车嗡嗡地驶过，车窗里有人向他张望。他急忙侧转身，看到四处无人，他赤着脚去园子边掐一片倭瓜叶，回来仰面躺下，把倭瓜叶盖在羞处，觉得痒痒的，可是他不怕。

"石——头——，回——来——，和你姐推碾子了！"蚂蚱妈喊。

"回来呀，石头，和姐推碾子。"姐姐喊。母女俩在村前河边转。

听不见。蚂蚱不回去。

想起昨夜，蚂蚱就伤心。夜里，蚂蚱睡得正熟，被一泡尿憋醒，刚要起来，听到妈妈和大姨正在说悄悄话："姐，我真犯愁，你说我们石头，长得这么丑，你看这么大个孩子，额头满是抬头纹，像个小老头儿，以后这媳妇可咋说呀……"

蚂蚱心里很难受，就想哭。"妈妈是多么疼我呀！难道都是假的？妈妈，你怎么不待见我了呀？"他心里像打翻了五味瓶。

"妈妈，我长得丑，你和谁说也不能和大姨说呀，你知道我多么喜欢表姐小金吗？"小金姐，一双月牙儿似的笑眼，他咋也看不够。他想，长大还要娶她当媳妇呢。

飒——飒飒——，蚂蚱在石滩上飞。

蚂蚱不喜欢蚂蚱，蚂蚱烦嘶啦嘶啦飞的蚂蚱。他穿上裤衩跑到灰石滩上去捉。

蚂蚱猫着腰，蹑手蹑脚地寻找。突然一只蚂蚱从眼前飞起来，像抛出一条弧状的红线。飒飒——，眨眼飞落到远处。红蚂蚱！他几乎惊叫起来。看到的是灰蚂蚱，怎么变成了红蚂蚱？他十分好奇。他小心翼翼地寻找。一只灰蚂蚱，匍匐着，一对触角轻轻晃动，灰蒙蒙的大眼睛仿佛在偷觑。他俯下身，一点儿一点儿向前挪动，一个跃起向前扑去。飒飒——飒飒——，空中又出现一道美丽的弧线。他太失望了。他到坝沿折一根蒿子，在灰石滩上胡乱抽打，惊起一只只蚂蚱。飒飒声不断，一条条红色弧线此起彼伏。蚂蚱气喘吁吁，停下来环顾四周，发现自己的前面有一只受伤的蚂蚱。他弯下腰，把它捏到手心上。只见这只蚂蚱一条腿不见了，另一条腿在手心弹动，灰色的前翅拢挣着，露出薄如蝉翼的红纱似的后翅，无比鲜艳。原来是这样，他仿佛发现了一个天大的秘密。好美的蚂蚱，好可怜的蚂蚱。咕叽，一摊黄汤从蚂蚱嘴里挤出来，滴在他手上。他赶快把蚂蚱甩到地上，蚂蚱弹扯着腿缓缓移动。他后悔——是自己伤害了它。于是，他寻找蚂蚱的另一条腿，可是，灰石滩，灰蚂蚱，怎能找得到呢？

太阳偏西，蚂蚱不想回家。他累了，躺在一块平整的灰石滩上，望远处寂寞的大山，望天边那朵孤独的白云。他闭上眼，听着蚂蚱飒飒地飞，不知不觉地睡着了。

"救命——有人淹着了！"

蚂蚱嗖地坐起来，看到水坑边有人呼喊。他飞快地跑过去。

"蚂蚱，快救救我哥，我哥在水里出不来了。"小胖哭唧唧地说。

小胖哥是大胖，他俩是双胞胎。

蚂蚱扑通一下扎到了水里。坑里的水已经变得浑浊不清了，最深处咕噜噜地冒着气泡，蚂蚱隐约看到水草中有一双手在挥舞。蚂蚱抓住大胖的一只手，用力往起拽，可是拽不动，大胖深深地陷进了淤泥里。蚂蚱呛了几口水，憋得难受，想到水面透透气，可是大胖死死地攥着他的手……

　　水坑边，灰石滩上，两个可怜的孩子静静地躺着。

　　蚂蚱妈拍着大腿哭，大胖小胖的妈在地上打着滚儿。小金姐来了。乡亲们来了。灰石滩的河里淌满了泪。

　　天色暗下来。灰石滩上的蚂蚱不飞了。也许灰石滩上的蚂蚱在茫茫夜色中沉睡了。

# 黑色的石胆

蒋冬青

他有一个精致的盒子，盒子里大红的缎子上躺着两枚黑色的石胆（鹅卵石），漆黑漆黑，像眼睛那样黑……打开盒子，就打开了几十年前的往事。

六岁那年，父亲领他去汤沟古镇上看望街坊，他跟在父亲后面走。街面一路青石板，像妈妈的洗衣石，青汪汪，滑溜溜的。有一个瞎子在街上边走边拉胡琴，声音拖得很长，像一个女人在哭泣……

"大先生，上街啊？"店铺里有人打招呼。

父亲便弯弯腰，满脸堆笑地答："带孩子来认认街坊。"

新中国成立前，他们老家在汤沟古镇中街，祖父开店理发，父亲在布店帮工。后来站青石板的日子实在清苦，过不下去了，父亲便带着一家人离开古镇，到乡下另谋生路。

父亲匆匆地回家忙农事，让他跟着干奶奶再玩几天。干奶奶用竹凉床在街上摆摊，他坐在高高的门槛上，看街上来来往往的人。

他看到了一双眼睛，在对面的街檐下看着他。那双眼睛，如秋水，似寒星，蓄满笑意。他向她走过去，从荷包里摸出一把蚕豆递给她。她摇头不接，却把一颗糖果放在蚕豆上，转身跑进了店铺，然后又停下来，朝他咯咯地笑着……

他不敢进店铺，就往回走，走到干奶奶的摊位后边，依然看她那清澈的眼睛。星星落入平静的湖水里，他那稚嫩的心湖就这样收藏了星星。

这一日，天气很热。街上那个瞎子仍把胡琴拉得像女人在嘤嘤地哭。他又看到对门的小妹妹了。

小妹妹被她妈按在门槛上坐着，拉扇子。

他走到街对面，觉得很稀奇。——这是一家鞋铺，两个叔叔在用锥子做鞋，有时在鞋凳上用小锤子敲。店铺梁上，吊着半截门板大小的硬布壳子（用旧布一层层糊起来的板子），硬布壳子下边系着长长的绳子，绳子穿过梁上悬着的滑轮，她一拉一松这根绳子，硬布壳子就前后摆动。于是店堂里有了一股凉风。

他坐到她的旁边，说："我替你拉。"于是他替她拉扇子。一开始找不对节奏，布壳子扇扇停停。她得意地咯咯笑，两个师傅也跟着笑。

　　太阳快落到琵琶山的后面了。

　　哐、哐、哐……铜锣声从下街头由远而近地传来。伴着锣声，是粗犷的喊声："黄梅戏《打渔杀家》啰——"那时他很小，印象中看到了一个驼子，背着一块很大的五颜六色的牌子。牌子上面，画着他在小人书上看到过的古代人。锣声、喊声，在并不宽敞的街面上回荡，他感觉屋头上的瓦片要被震得掉下来。驼子、牌子，让他幼小的心感到很沉重。他不知道发生了什么事，既吃惊又觉得新奇。

　　小妹妹一把拉起他，说："走，我带你去耍！"他让她牵着，跟在牌子的后面走。一路上，孩子越来越多，个个心花怒放。渐渐地，他明白了，是晚上要唱戏。驼子是送戏报的。

　　这时候，几个小男孩拦住小妹妹，用手掐她的脸。她往他的背后躲，往他的怀里钻，还是躲不掉，就大哭起来。他在乡下做游戏"抢羊子""调马龙"，凶得很，怎容得了这件事！他脱下外衣，一顿猛扫，骂道："狗日的！"这一扫，把口袋里的蚕豆甩了一地。他就势抓住一个小男孩，僵着脖子吼道："给老子一粒粒捡起来！"

　　后来，小妹妹连着几天都带他在街上玩。

　　到中街的书店，隔着柜台的玻璃看里面小人书的封面——《孙悟空三打白骨精》《鲁智深》《桃花扇》……一本本地看过来，从头看到尾。

　　到下街头的毛笔铺子，看师傅做毛笔。一个师傅用手摇钻头，在笔杆一头钻插毛的孔。一个师傅一只手捏着一撮羊毛，另一只手拿着蘸了水的梳子，不停地梳，把羊毛梳得齐齐的，做毛笔头。

　　他们看锦纶豆腐店做豆腐，看铁匠打锄头，看小猪行里卖小猪，看大众饭店炸油条，看柴市……有时跟在瞎子后面跑，听胡琴里"女人的哭声"……

　　累了，他们就坐在门槛上，说他的家乡。那里有棉花、水稻，有玉米、山芋和花生。塘里有鱼、黄鳝和鳖。屋前是田野，屋后是菜园。特别是有芦苇，有野鸭，有鸟窝。她很向往，说："我们街上就是缺柴，年年到你们那里耙芦叶回来烧锅。今年我要跟妈妈去你那里，你要带我到沙滩上捡漂亮的石胆，我喜欢黑色的。"他答应带她捡石胆。

　　霜打芦苇，芦花白了，芦叶黄了，芦柴也被砍倒装上船了。他在江滩上精挑细选，捡了两枚纯黑的石胆，傻傻地等待她到来。

　　汤沟街上的人来耙柴，一船一船地满载而归。可是她一直没来……

许多年过去，他记不清她的模样了，只有那双眼睛依然在他心里——像星星在澄澈的湖底闪烁。

14岁那年，他到琵琶山读初中。每逢星期天，他都要怀揣黑色石胆到汤沟街上，期待邂逅小妹妹，把她喜欢的黑色石胆交给她。

他在干奶奶门前朝对面的店门看，一看就是两个小时。当年她领他到过的地方，他都去等过。等不到她，傍晚只好在大众饭店花两毛钱买一碗饭一碗冬瓜汤，填饱肚子去学校上晚自习。

其实他很清楚，即使再相见，除了那对眼睛，他已不认识小妹妹了，但他期待她能把他认出来。更重要的是，他喜欢等她的感觉……

等待的时间久了，两枚黑色的石胆就有了灵性，成了一种象征。他固执地认为，它凝聚了他与她共同的经历，镌刻了他对古镇风情的记忆，吸纳了人间最宝贵的纯真的感情……这是她留给他的礼物，价值连城。

有时候，他想再听听古镇上胡琴那忧伤的旋律……

# 窗 外

常芳欣

一团白乎乎的东西闪过,似乎有着柔软的质感。是白狐吗?是那个传说中的鬼魅妖物?

心一下子缩成一块石子,嘭嘭地敲打着单薄的胸腔。我感到呼吸急促,双腿绵软,浑身抖颤。从门缝收回目光,扶着门,我慢慢蹲下,缩成一团,一动不敢动。

过了一会儿,我用眼睛的余光迅速扫了一眼门缝,没有看到白东西。我长吁一口气,揉了揉胸口,摸黑蹭着地皮挪到北屋。

没有拉灯,我摸索着爬上炕,翻越弟弟的身体时,差点儿摔了一跤。我伸出左手,慢慢探出他双脚的位置,然后,躲过他四仰八叉的身体,跪着小心地挪到窗前。

定了定神,我伸出指尖轻轻撩开窗帘,只一寸的缝隙。一缕黑闯进眼眶。我睁大眼睛用力看,那黑扩展成茫然的一片。继续撩开窗帘,黑的面积不断扩大,渐渐遮蔽了一切。我沉思了一下,心一横,一把完全掀开窗帘,窗外的世界一下子就铺陈在眼前了。

左边,视线被灶火棚斩断了,它遮挡着远方的黑,却凸显出近处更浓郁的黑。盯着这片黑仔细看,我捕捉到了墙角锄头模糊的微光,虽然只一星点儿,我的心田却沉淀下一小片快乐。有光就有希望,最起码灶火棚是安全的。

我把视线移向右边,视野一下子阔大起来。我看到了院子东南角的桐树上挑着的月亮。月亮时而隐在云层中,慢慢地移动。当它出现时,满院子的白光,地面亮晶晶的,像条流动的小河。树叶宽大的影子匍匐在河面上,风一摇动,就醉了般左右晃悠起来。我猜想,它们一定在做着香甜的梦吧。想到这儿,心里不免难过起来——连树木、树上的鸟儿都睡了,可我还得提着胆儿等待,我垂下了头。不过转念一想,又开心起来,因为院子的角角落落都朦胧地落在我眼底,院子里是安全的。

我眨巴着眼睛坐在黑暗中,等谁呢?等母亲。

这大概是我10岁时的事,弟弟当时7岁。那个时候,姐姐去乡里上学了,父亲为了贴补家用，趁着秋收后去外地贩运骡马赚差价，一走就好些天。

父亲一走，家里剩下娘儿仨。可是一到周末的晚上，母亲就要去村子里的一个婶子家，和另几位妇女聚会。她们聊天，还虔诚地合唱一些歌。

晚饭后，一看到母亲收拾停当拍拍衣袖，我就知道她要走了。那一刻，我感觉脸上的肌肉都在抽动，小小的心脏瞬间被一双无形的手提了起来，恐惧从四面八方漫过来，将我包裹起来。

我家住在村南的偏僻处，仅东边有一户邻居。我家的院子很大，没有院门。院子后边是一片很大的低洼地，洼地里有村中的涝池，涝池边长着一大片密密匝匝的植物，有的植物有两米左右高。院子南边，隔着一堵墙，是个大果园。用村里人的话说，我家住在"liào天地"。到底是哪个"liào"，我不知道，但我知道的是，只要一提到这三个字，我的脑海里就会出现石料厂、煤场等。

就是这样，一到周末晚上，母亲就把我俩丢在"liào天地"。一开始，我央求她不要去，她不予理睬。我开始哭。她先是好言相劝，说是一会儿就回来，说只要把门关好，不会有任何事。但攥着我的恐惧，不是她的三言两语就能打败的，我说什么都不同意。母亲厌烦了，自顾自收拾好走人。

母亲在前边走，我跟在后边嘤嘤嗡嗡地哭。她走两步，回头说："赶快回去，星儿（弟弟）在家呢。"我依旧跟着，既不敢走得太快追上，又怕落后，总不远不近地保持着一段距离。母亲忍耐不了了，转回头狠狠地骂："吓破你的胆儿，狼会进屋吃了你吗？这么盯人眼儿，看我不打你！"说着，佯装要打我。我知道说什么都无用了，只好站住脚，哭着目睹着她的身影渐渐消失，然后才不情愿地走回家。

一进家门，我就哄弟弟说："咱俩玩游戏吧。"

"不玩。"他摇摇头。

"那我讲故事给你听。"

"不听。"他又摇摇头，"我要睡觉。"

"你别睡觉好不？明天我给你买糖吃。"

"才不相信你呢，你骗过我多少次了！"说完，他就上炕脱衣睡了。

我静静地坐在黑暗中，眼泪一滴一滴掉下来。我想父亲了，如果父亲在该多好，我就能踏踏实实地睡觉了。正想着，突然扑通一声，从南屋传来一声巨大的响声，吓得我一激灵，整个人萎在了炕上。会是什么呢？犄角旮旯儿我都一一检查过了，没有什么呀。脑子里闪过各种鬼怪故事，心又开始咚咚地撞击胸膛，额头上沁出一层细密的汗珠，我缩着肩，屏息凝神听了好一会儿，决定拉亮灯。

回屋时，我曾在拉不拉灯之间犹豫了好一会儿，灯在明灭之间穿梭了好几个来回才最终安静下来。

　　拉亮灯，我找来本子，用铅笔胡乱地涂抹起来。我画了一座坚固的房子，小小的窗户开在高高的墙顶端。画完想了想，揉皱扔了，接着画。凌乱的图案记录了我当时的心情和那个夜晚深邃的黑暗。

　　当我正准备撕掉第三张纸时，从屋后遥远的地方传来了擤鼻声，那声音响亮、清脆而干练。"伯（父亲）——"我从炕上一跃而下，趿拉着鞋，冲出屋子。我穿过漫长的巷道，蹚过潮湿的洼地，一边大声呼喊着，一边不停地用手抹着满脸的泪水，鸟雀一样向父亲狂奔而去。

　　后来没多久，大（叔叔）结婚了。那天，唢呐吹了一整天，热闹一直持续到深夜，我家借住了很多亲戚。第二天清晨，三姑第一个起来。她刚出屋子，就惊呼起来："苹果呢？苹果被偷了！"一家人涌出屋子，来到院子里，面对着空空如也的苹果坑（我们把苹果埋在土坑里储存），一个个目瞪口呆。

　　那可是我家一年的生计啊！父亲低垂着头，看着地上清晰的车辙，脸色阴郁，声音沉重地对我说："你总是害怕鬼怪，害怕野兽，其实，比它们更可怕的是人心啊！"

# 讨春联

伍中正

"这次要讨回一副春联。"沙景润想。

沙景润正愁没有春联可贴,正好赶上市里书法家在白云村写春联送春联。

沙景润记得,一年前,他曾在报纸上见过一副对联:

  扶贫路上春光满
  脱困家庭福气多

他觉得这副对联写得好,便把它抄在一张纸上。

出门前,沙景润把抄着对联的那张纸放在了上衣口袋。

在白云村文化体育广场,市里三位有名的书法家准备了很多喜庆的春联,谁要就写给谁。看样子,写春联送春联的架势不小。

那个头发蓄得很长、脸色好看的书法家冲沙景润微微笑了一下,然后语气很柔和地问他写哪副春联。

"哪副也不写。"沙景润看过那些备写的对联后摇头,然后,轻声回了一句。

停了一会儿,沙景润从口袋里掏出一张纸,指着纸上的对联问书法家:"能不能写这副?"书法家看着纸上的对联,点头同意,然后展开红纸,饱蘸笔墨,写了上下联:

  扶贫路上春光满
  脱困家庭福气多

从写第一个字开始,沙景润的眼里就开始潮湿。他没有想到,书法家答应给他写春联会这么容易,况且,每个字都写得有韵味。书法家还给他写了"白云同春"的横批,一并送给他。

写好的春联、横批放在地上，等着墨干。墨很快干了，沙景润拿起春联，对书法家连说了三句感谢的话后，转身就走。

　　一路往回走，沙景润格外高兴。

　　回到家，沙景润贴好春联。

　　他看着喜庆的春联，就开始埋怨赵桂花。他认为，四年前，是赵桂花没有让他得到春联。

　　四年前，市文化局组织书法家给白云村村民写春联。那一天，脸上胡子拉碴、破衣破袄穿在身上的沙景润还没走到写春联的地儿，就遇见了村妇女主任赵桂花。

　　赵桂花告诉他等着要春联的人多，很难等到，不如不去。沙景润明白，赵桂花嘴上没说他穿着破烂，也没说他胡子拉碴，而是绕着弯子不让他去广场讨春联，出白云村人的洋相。

　　"赵桂花算不上好的妇女主任，不配当白云村的妇女主任，哪天肯定会从干部的位子上给刷下来……"沙景润对着赵桂花的背影，自言自语。

　　看着喜庆的春联，沙景润想起了娘和自己的女人。他替娘和女人遗憾，她们没有看到眼前的春联。

　　村里人总结，沙景润的贫困源于他娘的拖拉病。他娘患肾衰竭，月月往医院里送钱。送的次数多了，本来薄如烙饼的家底，不到两年就被掏空了。

　　身体越来越虚弱的娘不愿拖累沙景润，也不愿拖累家，她趁儿子和儿媳熟睡之际，借着满天星光，偷偷拄着拐杖，一瘸一拐地走向门前的水塘。她把拐杖放在岸上就滚进了水塘。

　　天亮后，沙景润发现了水塘里早已咽气的娘，他悲痛欲绝。

　　料理娘的丧事，让沙景润再次背了债。

　　背债的日子，沙景润犹如老牛负重。他没有料到，身子瘦了一圈的女人会铁了心离开他。

　　女人再没有什么依恋，收拾了几件平时穿过的衣服，偷偷落了一把泪。女人抬头看看天，脚一抬，出门了。有人看见她在空气、阳光做成的早晨，往城市的方向去了。

　　女人的出走，让沙景润很是伤心。

　　沙景润找过女人两次。

　　第一次出去找了三天。沙景润带着水带着干粮，问了很多人，找了工地，又找了街巷，结果没找着。

　　第二次出去找了四天。沙景润问了很多人，都说没看见。他只好拖着疲惫的身子回来了。

沙景润感觉，找回女人，是一件非常吃力的事。

沙景润成了村里精准识别的贫困户。他的名字很多次出现在扶贫工作台账里和工作队的汇报材料中。

看着贴好的春联，沙景润还想起了那些羊。他清楚，要不是喂养那些羊，也不会脱贫。

四年前，区里派驻了一个扶贫工作队，工作队为他提供了40只羊，重点帮他养羊脱贫。

沙景润始终不相信，工作队会给他那么多羊。当40只羊在禾场上咩咩地叫着时，他才相信。

为了让沙景润养羊脱贫，工作队还在他的自留山上为他修了一个羊圈。白天，羊群在山上吃草。晚上，羊群就在羊圈里歇息。

"今后，好好养羊。"沙景润曾跟工作队队长表过态。工作队队长见证了沙景润养羊和脱贫的决心。

沙景润嗓子好，随口就能唱。在山上放羊，他就唱歌。他唱的那些民歌，没有人听，倒是那些羊不时抬起头来听一阵，还跟着咩咩几声。

那些羊很争气。年底，羊的身子胖起来。有的羊还下了崽，羊群里添了小羊。沙景润趁羊价好，卖了羊，手头就活了。

春联贴出第二天一早，沙景润打开大门，一眼看见女人。那女人不是别人，是他的女人。沙景润赶紧出来，一把抱住女人。

很久后，沙景润松开。

"是一个有名的书法家写的！"沙景润指着门上的春联说。

"联好字也好！"女人说了一句，声音很细。

# 老熟人

罗 箫

对过大门过道里那位坐在轮椅上的老汉,攥一把清水鼻涕,直着眼瞧我爹:"喂!你是吕麦成——老麦哥吗?"

"是啊!你是——?"

"我是买平,胡留村的胡买平,咋,不认识了?"

"买平?真是你呀!以前你满头黑发,没想到会变成光头和尚,差点儿认不出了。"顿了顿,爹又说,"二月天,夜里冷,傍晚和早晨也不暖和,大清早的,你咋不戴顶夹帽?"

胡买平尴尬地拨拉一把秃脑壳:"我想回屋戴帽子,可腿脚不听话呀!"闺女把他推出来时,他刚吃过饭,不觉得冷,时间一长,冷风吹得脑袋发凉,还起了一身鸡皮疙瘩。闺女早早去上班了,他只能忍受着,熬钟点。爹进到西院那间配房,拿来老人帽给胡买平戴上,怼他一句:"老了,得学会自个儿照顾自个儿。"

"那是,靠人不如靠己。"

低指标时期,他俩曾结伴去山区卖过几趟笊篱,卖完笊篱讨要些柿饼、软枣、核桃、炒面、锅贴等吃食回来,一路上你搀我,我扶你。苦日子里的友情,可谓浓厚不薄。后来时光好了,俩人偶尔赶集碰面,总要去小吃摊买盘煎血肠,喝瓶白干酒。再后来,生产队解散,土地承包,各忙各的,俩人再没碰过面。

"唉!古董越老越值钱,人越老越贱啊!"胡买平叹息道。爹随声附和:"谁说不是呢!还碍事,到哪儿都显得多余、刺眼,像根谁也不想碰摸的圪针。"跟我爹一样,胡买平也是来县城治病的。有天黄昏他撵羊群进圈时,踩在水缸边一片冰凌上,胯骨摔折了,前天刚出院,医生说还得静养个把月。这两天,他总是呆坐在轮椅上,不敢下来走动。

胡买平说:"两个月不见天日,快把我闷死了!我这人不怕老,就怕没伴儿。那群羊也是伴儿,它们咩咩叫着,我的心情就好;离开它们,我就烦,心慌意乱。"爹说:"我放过二十多年羊,也爱跟羊说话,可它们不搭理人。后来我膝盖僵硬,走路像踩高跷，不得不把责任田转包给别人，羊也卖光了，心里呀，空落落的。老三给我买了头毛驴，家有排子车，我是遇集赶集，逢会赶会，当木材经纪。我爱说话，毛驴支棱着耳朵听，还呜哇呜哇欢叫。我觉得，它能听懂人话。你说，是不是？"

"是，也不是。谁知道呢？"胡买平笑。

爹又说："我来这儿才半个多月，见天没人理，也快闷死了。在家有半聋老太婆陪着，她听不清我说啥，可我自说自话，心里也畅快。在这儿没人陪我说话，那只白猫也不正眼瞧我，我快成监牢里的犯人啦。"

傍黑，我回来匆忙做饭，匆忙吃饭，撂下碗又走了。次日早晨，爹自个儿开火做饭，煮咸面条，呼噜呼噜吃罢，草草洗了碗筷，就去开街门。对过大门过道里，胡买平坐在轮椅上，愁眉不展，倒没忘戴帽子。爹见他哭丧着脸，便问："还没吃饭吧？"

"可不呗，女婿在市里上班，不遇星期天不回来。闺女早起出去买胡辣汤、豆包，太阳高过树梢了还没回来，约莫两个多钟头了。"

爹转身回家，把锅里剩余的大半碗咸面条开火热了热，端过来。胡买平呼噜几口就吃完了，他抹抹嘴："好吃！还有吗？"

爹摊摊手："没了，要不，再给你煮点儿？"

"没了就算了，想不到，你还会做饭，味道棒极了！"

爹笑得咯咯的："我压根儿没做过饭，这是瞎做的，我也觉得好吃。"

正说着话，胡买平的女儿回来了："爹，真对不起，公司有急事，我去应付了一下。没买到胡辣汤、豆包，人家早点摊收了。还好，有卖煎饼馃子的，就买了两个。"说罢，她转身又骑上那辆凤凰牌二轮小电车，风风火火地离去。我从外边回来，见爹正跟对门那位老头儿唠嗑儿，就打断他说："爹，您饿了吧？"

"你说呢？"

"我……我回来晚了，给您买了俩肉夹馍。"

爹不接，叭叭叭叭甩白眼，就是不说话。

"爹，您拿住啊！"

"你还是把我送走吧，这就送我回吕西村！"

我嗫嚅道："过几天我铁定送您回家，好吗？"

我要走，可那辆破旧不堪的松花江面包车不争气，硬是打不着火。我只得以步当车，连颠儿带跑地离去。胡买平看着我急慌慌的背影，苦笑着说："我咋觉得，我闺女和你儿子都一个德行呢？忙起来就忘了爹。"爹点头称是："要不我咋不愿在这儿常住呢！还是住老家舒坦。"胡买平说："我也那样想，闺女虽孝顺，可身不由己。俗话说，当差不自由，自由不当差。她也不容易啊！"

两个煎饼馃子，胡买平非让我爹吃一个。爹接过煎饼馃子，递给胡买平一个肉夹馍。胡买平说："明儿个我就让闺女送我回胡留村。等天暖和了，我的腿也好利落了，去找你唠嗑儿。"爹问："你不放羊吗？"胡买平扬扬手："你家南边不远不就是漳河大堤吗？我把羊赶到堤坡上，让它们放开肚皮吃草，咱俩天上地下瞎聊呗。"爹笑得合不拢嘴："没见过赶着一群羊找人唠嗑儿的。"风吹沙飞，爹揉揉眼，更想家了。

# 连刀肉

李士民

大年初三给表叔拜年,是惯例。

一大早,三元就跟娘说:"今天给表叔拜年,要早去会儿,想给在城里上高中的表哥交流交流,学点儿本领。"娘满心欢喜,觉得三元长大了,赶紧拾掇了丸子、炸鱼、糕点,装进竹篮子,盖上一条红毛巾,放在自行车后架上。

三元没顾上吃饭,跳到自行车上,撒欢儿似的出发了。

出了村,拐个弯儿就上了沱河堤。顺着河堤弯弯曲曲的小路,走大概十里地的路程就能到表叔家。小路两边长满了杨树。现在是冬天,树叶儿全落了,树梢上的鸟巢像河边洗澡后找不到衣服的孩子,没有遮掩。走着走着,三元想起了一首儿歌:

沱河堤,弯又长,
一头连着爹,一头牵着娘,
娘在堤上拾树叶,
爹在河里下渔网……

想着想着,三元一下子笑了,自行车差点儿歪倒。现在,娘没在河堤上拾树叶,在家里炸麻叶呢。

其实,三元不是没顾上吃饭,是特意让肚子留着空儿,中午吃表叔家的扣肉呢!听爹说,表叔做扣肉是一绝,三元早等着这一天呢。其实,三元早去也不是为了跟表哥"交流交流",他想的,是早点儿见三湾村的秀红,哪怕是只看一眼,哪怕是只说一句话。三湾村,顺着河堤就能路过。秀红,是三元曾经的同桌。最重要的是,秀红长得好看,坐在那里像一朵荷花,走起路来像一只蝴蝶。

三元觉得,身下的自行车就像一列听话的小火车,穿过丛林,穿过大河,穿过高山,下一站就要到达三湾村了。

三湾村说到就到，三元头伸得像一只鹅，可是，村头静悄悄的，连一个人影都没有。

　　过了村口，三元停下来，扎好自行车，转过身，开始步行往回走。这样，三元就可以再一次走过三湾村了。三元在三湾村的河堤上走过来、走过去，三元不相信，来来回回，回回来来地走，就遇不到秀红？当然，走的遍数越多，三元的肚子叫得越响，想象中表叔做的扣肉也就越香。

　　真的，三元看到了一个飘扬的红头巾。红头巾有多红，三元心里就有多热，那不就是秀红吗？三元喜出望外，喊："秀红，秀红。"

　　"红头巾"转了过来，三元看到了一张大脸。哎呀，她是秀红的嫂子。三元觉得，红头巾有多红，自己的脸就有多红。如果说，秀红的样子像个小鹿，那么秀红嫂子的样子就像个小猪。

　　没想到，秀红嫂子笑着说："你等会儿，我去喊秀红。"

　　三元很感激，秀红嫂子的脸大，心也热。

　　不大一会儿，秀红没来，一条黄狗扑了过来，三元吓得头发都稀了，撒腿就跑。三元跑得急，黄狗追得紧。眼看就要追上了，三元蹲下去，佯装捡砖头的样子，黄狗缩身后退，三元起身继续跑。

　　三元跳上自行车，拼命往前蹬。可怜竹篮子上面的红毛巾被黄狗撕扯下来，成了黄狗的战利品。

　　三元一溜烟儿蹬到表叔村前，摸摸一脸的水，恨恨地想，这一阵子也值得，晌午可以放开吃表叔做的扣肉了。

　　果然，刚推开表叔家的院门，一股肉香扑鼻而来，正好勾起三元的食欲。三元一边扎自行车，一边朝屋里喊："表叔，表叔，俺来给您拜年啦！"

　　正好，表哥也在家，三元就和表哥交流起来。只是，三元和表哥交流的不是上学的事，是怎么对付恶狗的事。表哥说："你给它丢一块扣肉就解决问题了。"三元说："关键是我自己还不舍得吃呢！"表哥说："扣肉马上就上来。"

　　扣肉说来就来了，只见表叔端着冒着热气浸着油花的扣肉，稳稳当当地放到了三元面前。当然，除了扣肉，还有丸子、海带、豆腐，总共四个菜。

　　表叔是个念过书的人，说话斯文，拿起筷子，劝三元吃菜："表侄子，来到咱家，别客气，摘摘。"三元觉得表叔就是有学问，吃菜不说吃菜，而说"摘"菜。三元就回应表叔："摘摘，摘摘。"于是，三元"摘"了丸子，"摘"了海带，还"摘"了豆腐。

　　表叔用筷子指着扣肉，劝三元："摘呀，摘呀。"三元说："摘，摘。"三元就用筷子夹扣肉，夹起最上面的一块，连着下面的一块。三元抖了几下，怎么都抖不开，心想，怎么"摘"不掉呢？三元放下扣肉，"摘"丸子，"摘"海带，"摘"豆腐。

过了一会儿，表叔又用筷子指着扣肉，劝三元："摘起来，摘起来。"三元说："摘起来，摘起来。"三元就用筷子夹扣肉，夹起最上面的一块，连着下面的一块，扯起叠着的第三块，拽起压着的第四块。三元站起来，筷子往上一挑，居然把扣肉的"兄弟姐妹"们都扯了起来，盘子见底了。三元伸着头，张着嘴，然后吧唧吧唧吃起来。

三元说："表叔，我把扣肉摘完了。"

表叔张张嘴，又张张嘴。

回去的路上，三元一边打着饱嗝儿，一边替表叔发愁——明天，表叔拿什么待客呢？

# 倒　驴

高国顺

乔老木早年丧妻，自己拉扯两个孩子过。老大才娶回媳妇，就闹分家。三间主屋，分给小两口儿两间，还有两间配房是"墙倒屋不塌"的草棚，一间灶火屋，另一间喂驴。

小两口儿牙撕口拽要驴，乔老木说啥不给；又要灶火屋，乔老木说："俺爷儿俩只分一间主屋，以后老二找着媳妇，那灶火屋就是俺的安身处。"

后经孩儿他舅来说和，把已分停当的地又指给老大二亩，小两口儿这才作罢。

老大私下里发恨声："俺整天掂鞭在牲口行上走动，哪有工夫种地？真是哪儿不痒照哪儿挠！"

老大幼年时害眼病，落下了眼睑赤烂的根儿，见风淌黏泪，人送外号"皮胶眼"。

"皮胶眼"在牲口行里当经纪，领头份账。一张利口，百般心计，软、硬、刁、憨，样样拿手。

有那老实巴交的庄稼人来卖牛，"皮胶眼"先用鞭狠抽牛屁股，牛跑得慢了，他贬讥牛太肉泥，不中使唤；跑得快了，又捣贱四蹄不照，身架不好。

"皮胶眼"拉过牛主人的手，两人在袖口里捏弄须臾，牛主人摇头不允，"皮胶眼"勃然变色，劈手夺过牛缰绳，炸个响鞭，赶牛就走："金雕银铸的牛也才这个价。还不知足！今儿个俺非要当你这家！"

牛主人如果怯场，不再执意，"皮胶眼"回头便笑："河东水西，不亲便邻，猪蹄煮一百滚子——只往里勾，不往外撇！俺能坑你去？价钱先说这儿，卖掉是你的钱，卖不掉是你的牛。牲口再金贵，也不能放神台上供着。"

先摁住卖主，再哄个买主。一头牛过过"皮胶眼"的手，少说他也赚三二百元。

分田到户那年，麦收前，"皮胶眼"跟他爹说："咱那头灰叫驴，牙口老了，架势也赖，不如牵牲口市上倒腾倒腾。"

乔老木的这头灰青色叫驴，已喂养十来年，耩地、打场、套磨，都是它。虽是膘怯，毛色不正，又有后腿往里拐的毛病，但牙口好，仁义，又听使唤。乔老木原舍不得卖，但经不住儿子三劝，答应牵去"样样"。

临走时，乔老木强调："少四百元别卖！"

"皮胶眼"龇牙笑笑说："爹你就等着瞧好吧。"

过午时分，"皮胶眼"牵回一头黑驴，进院先喊爹："快把驴拴槽上！"

乔老木接过缰绳，打量那驴，问儿子："咱那灰驴卖了？"

"卖了！"

"卖多少钱？"

"四百五。"

"不少！"

"那是！也不看你儿子是干啥的！"

"这黑驴是多少钱买的？"

"您先看这驴的毛色，黑缎子一般，壮哩很！"

"嗯，嗯，到底多少钱买的？"

"人家要六百五。"

"啥？"

"别急呀爹！漫天要价，就地砍钱。俺四个牙磨成两光口，硬给他砍下去五十！灰驴换黑驴，差我一百五。"

说着，冷不丁甩一鞭，惊得黑驴尥蹶子一蹄，乔老木手里攥着驴缰绳，被挣了个趔趄。

那驴扬长奔草棚里去，头扎槽里，"咕喳咕喳"大口嚼草料。

"皮胶眼"指着那驴说："爹，您看，该是咱家的牲口，又家常，又规矩，肯定给咱家出力！"

乔老木一心坷垃，说道不得，蹲在地上一个劲儿吸旱烟袋，半天才啜嚅一句："俺腰里干崩崩哩，哪有钱给你一百五去！"

"皮胶眼"看爹抱着葫芦不开瓢，便快快地说："爹，钱俺是给你垫上了，你要不出这一百五十块钱，今后你的事俺一概不管。等你跌倒爬不动的时候，甭怪俺狠心不理你！真是断了那口气，嚼口钱都不给你放！"

分家时已得罪了老大，乔老木怕再伤父子之情，忍痛借了一百五十元钱给了他。

芒种忙，正打场，乔老木套驴碾麦子。驴瘦，劲儿小，拉不动石磙，老汉央二儿子帮把力气："老二拉个偏套吧。套人方便，还不用掂箩头跟屁股后接粪。"

天边涌来大片乌云，雷声殷殷，乔老木和二儿子累得鼻塌嘴歪，总算把麦子弄回了家。

大雨点子啪嗒啪嗒砸在热地上，接着哗地瓢泼盆浇起来。

乔老木冒雨解开系在石磙框上的驴缰绳，那驴并不顾自奔去，而是依偎着乔老木，步调一致地往家走。老汉一手捋着驴鬃毛，身子靠着驴背肋，小心挪步，生怕滑倒，慢慢地朝家去。

走着走着，乔老木突然涌起感念："大孩儿也算对起俺了，这黑驴的仁义不比原先那灰驴差！"

到家后，乔老木换过衣服，想起喂驴，找了顶破草帽子扣头上，蹚水到灶火屋去。

一脚门里，一脚门外，老汉怔住了——这驴咋不是黑的啦？

摘掉草帽，走到驴跟前，揿揿眼再看：那周身的毛色，那鼻唇一翕一张像要说话的神态，那忽闪的耳朵、拧摆的尾巴、吐噜噜的响鼻，还有两条有些歪拐的后腿……乔老木叫道："娘嘞个脚，这还是俺那头灰驴啊！"

# 冬天的上午

古 琴

进入冬天，陈大中觉得安逸极了。田里扒掉穗子的玉米秆，被西北风吹得跪倒又爬起。几阵薄雪飘下来，石头冻得破相了几分。正是窝冬的好时候。

陈大中偎在被窝里看了半天电视，大部分是鬼子端着枪在炕席子上挑来挑去，差一点儿就要搜到人了，偏偏莫明其妙地转身滚了出去。他喝了一口老酒，从炕头挪到沙发上，腰不得劲儿，脚伸出去老远。抱着柴火的婆姨瞎眼似的，被他的脚绊了一下，几根短柴火棍戳到他的胸前。他想骂一句，因早上没吃饭，就省了这口热气。

陈大中双手插进裤袋，站在院子里，扬着脑袋看了老半天。天空就像半死不活的病人，灰蒙蒙的，一副想下雪的样子。他朝着巷口踱去，拧着脚尖，一走一晃。巷口有根电线杆，平时总有几个纳鞋垫的婆姨，厚嘴唇吧唧个不停，半天纳不了一针。看见他出来，四个人就凑齐了。可今天电线杆像野婆姨等汉子似的傻站着，旁边半个人也没有。

都在家窝冬哩。陈大中和电线杆对站了一会儿，相顾无语，冷得直哆嗦。远处跑过来一只野狗，顺着墙根儿，诡异地看了他一眼，没命地跑远了。他依旧双手插在裤袋里，沿着马路拧着脚尖朝前走。这水泥路夏天跟电饼铛似的，热起来倒来劲儿；现在像冰柜，踩上去一股一股的寒气聚到脚心，不顾一切往上爬。

陈大中走到镇子东边的汴河大道就不走了。再往前走就是汴河，河槽里的风像鬼一样，看不见摸不着，往人身上死抓。躺了快一天了，浑身都不舒服，他挺着腰，看看天，看看地，看看远方。

一辆摩托车唰的一声飞驰而过，戴着黄色头盔的驾车人看样子比他年轻，趴在车上跟趴在床上运动一样。他盯着摩托车的小黑影，揉了一下眼睛，咒那个飞驰的家伙冲到沟里——沟里最好有一棵手臂粗的树，那年轻人的鼻子正好撞歪在树身上，摩托车的两个轮子朝天呜噜噜地转。

摩托车没有像他预想的那样冲进沟里，反而变成更小的黑点儿消失在大道的尽头。他的目光从远处撤回来，一辆白色小车正从他的眼前驶过。车里有两个人，一男一女。副驾驶上那个女的肯定不是开车人的老婆。他这样想，也许是个秘书，或者干脆就是个"野鸡"。他带着她到宾馆开房，去豪华的餐厅他们会吃什么呢？反正不管吃什么，那司机的老婆一准儿会在他们亲昵的时候闯进来……

这时陈大中看到一只脏兮兮的狗，狗毛黄色发黑，好像蹩脚的理发师焗油失败了。小狗身材比较瘦长，赴约般在路中间气宇轩昂地狂奔。跑着跑着这家伙就拐了，拐到了干枯的花坛里。他的眼睛跟着狗走进花坛，狗撒了一泡尿继续跑回路中间。陈大中眼睛不眨地看着，等着一辆车快速驶过。就像刚才那辆白色小车一样，里面最好坐着一对狗男女，然后他们不知道在干什么，方向盘一摆，这条小狗就呜呼哀哉了。这时，他就冲上去，说这只狗是他的爱犬，他辛苦地养了一年，白天晚上离不开它……

一阵西北风刮过来，卷起的沙尘，不客气地冲进陈大中的眼睛。他什么也看不见了，狗不见了，白色小车不见了，摩托车早跑远了。陈大中两只手像冰锤子一般在脸上搓来搓去，一不小心碰到了冻僵的耳朵。冻住的耳朵一扒拉，掉地上就麻烦了。他赶紧揣住了手，想转身回家，可躺了大半天的酸腰还没有缓过来。

风卷着沙尘一股股袭来，他站在路边，一辆车也没有了。陈大中揉了一下眼睛，发现前面有个活动的黑点儿。黑点儿越来越近，陈大中看清楚了，原来是海叔骑着电摩在他跟前停下了。海叔七十多岁了，穿着羽绒服，戴着黑色头盔，脖子被包裹得严严的。

陈大中凑近海叔的茶色挡风罩："海叔，你不在家窝冬，骑车去干啥？"

海叔一脚落在地上，兴奋地说："我去超市上班。"

"你多大了还上班？"田里收拾完了，村里人有窝冬的习惯。海叔去上班，是个稀罕事儿。

"我有好事了。前几天，我在超市捡到一张购物卡，寻思上面有钱，赶紧交给超市的管理人员。——你没有看那个失主，哭得跟母猫似的，一看自己的卡回来了，握着邓经理的手感谢不尽，还给我买了一箱特仑苏。邓经理就是超市的业务经理，当场表示只要我愿意在超市干，想干到啥时候就干到啥时候。——我有工作了，一个月一千二！"海叔兴奋地说道，嘴里呼着白气，像水壶开了似的。

"你干了一辈子，老了还不舒服几天？"

"人一辈子可短哩，闲一天少一天。你看庄稼，撒进去籽就发芽，呼呼啦啦没几天就收割了，到了冬天就没它啥事了。"他撸起袖子，朝空中挥舞了两下，"叔这身体，结实着呢，再干十年没问题。"

"就你这岁数,能干啥?"

"在蔬菜区打扫菜叶。我还会开扫地机哩。"

"你有福不会享。"这老头儿开春就在田里忙乎,儿子还开个饲料公司,有个工作看把他高兴的。

"快到我接班的点了。——我要是你这么年轻就好了!"海叔说完,挥舞的手塞进棉手套,鸣一声喇叭急急地走了。

陈大中站在路中间,看着海叔走远,莫名地烦躁起来。他恨恨地朝一颗石子踢去,石子在空中画了一条弧线,正好击中了路边的一根电线杆,乓的一声弹开,落在花坛里。一只流浪猫从花坛里蹿出来,愤怒地对着陈大中喵呜一声,迅疾地消失在寒风中。

陈大中感觉到自己无聊透顶了。

西北风刮了一阵,太阳在雾气中渐渐现身。陈大中觉得眼前明亮不少,似乎不像刚才那么冷了。他突然想朝前走,追着海叔的影子走了一段,猛地想起前些天姐夫喊他去高铁站打工的事。

# 七老邪

七 戒

我七爷，一辈子做事古怪，终身未娶，人送外号"七老邪"。

七爷四十岁那年，持枪跑到山里去，住山洞茅草房，吃野菜野果，打猎。村里派人进山找他，找了几次，未果，对上级报告说，因为有狼患，村里派遣七爷进山打狼。

我们村三面有山，一面是复州河，我们叫大河。山的名字很有意思，有"东山""西山坡""大南山""平台山""后腚座""鱼梁山""双山""牛抬山"。那时候山上和大河两岸树木繁茂，有各种小动物和鸟，也有狼。大河两岸多的是杨树和柳树，山上多的是高大的柞树、刺儿槐、松树、桑树等。树林面积大，狼自然很多，经常有家畜和人被狼袭击，甚至被咬死。村里老人不敢直呼狼的名字，叫"张三"。小孩子夜哭，大人就吓唬小孩说："别哭啦，我可告诉你，再哭，张三就来啦！"本地有一户人家，当家的叫满囤。夏天晚饭后，在外面纳凉，小女儿两岁，趴在他后背玩耍。一头饿狼悄悄进了院子，叼起小女孩就跑。满囤反应过来就追，狼钻进庄稼地里没影了。本地还有一个叫许金桥的人，他够幸运。小时候他被狼叼跑了，家人和狗追得紧，最后狼丢下他跑了。后来家人给许金桥起了个小名叫"狼咬"。如果追得不急，狼一缓口，咬第二次，孩子就没了。

1958年以后，人民公社成立，本地修水库，还搞其他的一些项目，大河两岸和山上的树木被大量砍伐，所剩无几。为了取石材，开山放炮，一座座青山面目全非。野兽和鸟所剩无几，狼也不多了。老人们说："狼都搬家了，顺着山梁一路向北，跑到北大荒那边去了。"狼能跑那么远？可疑。

我十四岁那年，狼还没有绝迹。村里搞集体菜园子，平整土地，秋收后，我挑着一担苞米茬子回家，走到一个叫"山前"的地段，忽然听见背后有急促的扑腾声，扭头一看，一只老狼正向我冲过来。都说狼有"瘆人毛"，看来不假，我感觉自己的头发唰一下立了起来，急忙大喊一声壮胆，把担子一扔，扯起扁担，手持一端，弯腰跨步，以前刺式对着狼，与狼对峙，但不轻易出击。七爷曾告诉过我：

"如果遇见狼,手里有铁锹木棍啥的,千万不能高举着去打狼,因为狼的反应快,不但打不到它,它还会利用你的防守漏洞反扑。"那狼见我的架势没有漏洞,也没有进攻,也不退缩,屁股着地,前腿直立,居然坐了下来,舌头伸到嘴外面,目露凶光。几分钟后,本地有个叫蔡子福的人,赶着一群鸭子走过来。他看见狼和我,不慌不忙,手里摇着树枝,嘴里"吃——吃——"地喊。狼站起来,慢悠悠地向南山方向走了。这头狼后来被七爷击毙。它也是七爷击毙的最后一头狼。此后,本地再也没有发现狼。

我和小伙伴在山里放牛或者捡蘑菇,有时会遇见七爷。雨季,他会穿蓑衣,戴斗笠,来去飘忽,真有点儿邪性。他看见我,就喊我过去,有时候给我野果,有时候给蘑菇,有时候给我一串"水牛",让我回家烧着吃。这"水牛"是一种大甲虫,伏天雨后从土里钻出来,有一对漂亮的长触角,口部有钳子状的口器,黑而扁,特别锋利。"水牛"可以烧熟了吃,也可以在铁锅里炒熟了吃,很香,特别是母的,肚里有籽,就更好吃。七爷曾忽悠我说:"母的不能吃啊,吃到肚子里,小'水牛'孵化出来,咬断你的肠子。"七爷捡蘑菇时,看见毒蘑菇就打碎。他捡的多是鸡腿菇、小红盖、变蘑菇、猴头菇、松树伞和草菇,各有各的美味。

七爷自然会偷集体的粮食,私人的粮食他从来不偷一粒。七爷说:"我不偷?干吗不偷?彪子才不偷。"一次,七爷请我去他藏身的一处山洞"做客",并叮嘱我,不能对外人说。七爷请我喝汤,吃烤兔。汤太鲜美了,是"地捡儿皮"汤,配上玉米面饼子,真是狗咬鞭子——嚼(绝)了。"地捡儿皮"是土名,意思是从地皮上捡起来的。后来我问过一个有学问的人,他认为该叫"地耳",是藻类与真菌的共生联合体,长在木头上就叫"木耳",长在岩石上叫"岩耳"。这种地耳后来越来越难觅,大概和环境破坏有关吧。七爷养了一只猫头鹰,眼睛如铜铃,爪子如铁钩,但不知何故,它老是歪着脑袋看我。我有些怕。七爷说:"它被我一枪打了下来,脖子受伤了。我有个规矩,绝不打第二枪。我给它治好了伤,养着它,叫它'老歪'。我闷了的时候,就和老歪说话。"七爷说完,还用手抚摸其后背。

1976年,七爷还是带着种种不情愿回到村子里居住。山上的资源越来越少,再加上七爷也老了,腿脚不利索,只能向生活屈服。生产队照顾他,后来给他弄了个"五保户"的名额。他的老式猎枪也被勒令充公。交枪前一天,七爷背着枪爬到大南山的最高处,仰天长啸,对着天空开了最后一枪。

# 老林苗圃

王玉初

　　老林高瘦高瘦的,像一根行走的树干。他做事也像树慢慢生长一样,不急不躁。因他命中缺"木",父亲给他取了个"林森彬"的名字,里面有七个"木",一下补过了头,所以他要一生与树打交道。

　　老林不是本地人,是因为妻子才来枫林村的。妻子以前在老林的家乡打工,与老林恋爱、结婚。婚后,他们经营着一家"老林苗圃",日子过得殷实而幸福。父母过世得早,老林很感念妻子的爱。后来,老丈人出了车祸,落下一身病痛。老林卖了老家的苗圃,随妻子来了枫林村。他租了1000多亩山地,经营起新的"老林苗圃",主要种桂花、樟树、银杏、红叶石楠以及一些其他的观赏树和少量果树。

　　老林准备大干一番,可现实浇了他一个透心凉——他白天种下去的树苗,晚上就被人拔了。老林报警。警察也很无奈,说老林的苗圃没有监控,想找到拔树的人很难。而且,警察告诉老林,附近几个村子的民风不太好——因为穷,小偷小摸的人比较多。老林这才明白,当初自己说要用不高的价钱来承包山地,村主任竟一口答应了,原来是一直没人敢来承包。

　　偷苗的问题不解决,别说赚钱,恐怕裤衩子都要赔掉。老林很犯愁。古话说,养狗护院,老林便买了两只狼狗,好吓唬偷树苗的人。可狼狗容易伤人,他不敢放养。晚上,老林听到狗叫,去追偷树苗的人,人家早就跑得没影了。

　　有一种叫"园林卫士"的植物,刺特别硬,老鼠钻进去都会被扎死。老林知道它能防盗,但对苗圃不太好,且不能解燃眉之急。有人建议他用铁丝将苗圃围起来,晚上通电,既可防盗,还可防野猪。老林听了直摆头:"这可干不得,万一电死了人是要坐牢的。"

　　妻子想把山地退租,回城做点儿生意,可老林喜欢这片山林,且方便照顾老丈人。思前想后,老林又去买了一车桂花、银杏等树苗,反正老林苗圃有的品种这次都又买了。他没把树苗拖回苗圃补种,而是拖去了附近的村子。老林挨家挨户地发树苗。

树苗频繁被盗时，老林到附近的村子去找过。他看到一些人家的房前屋后都栽了小树苗，一看就知道是自己苗圃的。但老林没说什么，因为没有证据，且一家只有几棵，真闹起来还不一定有用。老林心想，与其防着村民，不如给家家户户发树苗，让大家在房前屋后都栽上，这样他们自然就不会再偷了。当然，如果有村民想多栽，他便以成本价提供树苗。果然，树苗发下去，老林苗圃再也没丢过树苗。

　　老林种树，成活率一直很高。有段时间，老林总是接不到绿化工程，而本地一位搞绿化的张老板生意很火。有一天，张老板请老林吃饭。酒过三巡，张老板拍了拍老林的肩膀说："林老哥，你家的苗子长得真好，羡慕死我了。我知道，你手上的项目不多。这样，我们俩合作，你种苗，我包销，你看如何？"老林正苦于年年投入见不着回头钱，手头正紧呢。于是，老林爽快地跟张老板握了握手。

　　老林给张老板供了一批桂花树苗。起苗时，老林尽量把土兜留大些。没想到，栽苗时，张老板却让工人把土兜削小点儿，树坑也挖得很小。老林说："要是这么种树，一年种，二年活，三年半死不活，一旦移开支架树就会倒。"张老板却说："老哥，你的树栽下去就能活，难怪你没生意呢！"此后，老林再也不给张老板供树苗。

　　老林苗圃的树苗长大了些，就显得密了，老林便选出些小苗送给附近的村民，让他们自己种。

　　没多久，张老板出事了，与他一起出事的还有几个乡镇领导和市住建局、城管局的领导。

　　老林活得像他种下去的树，一开始默默无闻，但它就在那里，不声不响地生长。蓦然回首，它已成了一棵参天大树。因为讲诚信，老林的生意渐渐有了起色，并越做越大。

　　有一年，市里要办"省运会"，老林中标了几个主要广场和几条主要道路的绿化项目。老林一直在外跑项目，没想到自己苗圃的苗子发了病。虽然外人看不出来，但老林清楚那些树苗栽下去不用多久就会死掉。这下可把老林急坏了，一时半会儿到哪里找合适的树苗呢？有人建议老林先栽那些病苗，等这批病苗死了之后再换。万一不死，拖过了管护期还能大赚一笔。

　　老林没答应，准备到外省去买高价苗。只是，这单生意会让老林亏到破产。

　　正巧，枫林村的村主任来找老林。老林以为他是来要树苗的，便没搭理他。村主任见老林满脸愁云，笑着说："你急什么？老天爷怎么会让你赔得光屁股呢？"老林纳闷儿，觉得村主任这时还取笑人，实在不合适，便没好气地说："正火烧眉毛呢，没闲心跟你扯淡。"

"我才不跟你扯淡。你不是差树苗吗？附近村子里的人都听说了，家家户户在挖房前屋后的树给你应急。我都帮你找好拖树苗的车了，保证只会多，不会少。"村主任兴奋地说，"你以前给大家发的小苗子，这几年都长大了，正好符合你的项目要求。"

　　老林一把拉过村主任："村主任，你真是我的大救星呀！我买，我花钱买，我给乡亲们算个高价。"

　　"我哪是什么救星哟？要说救星，那也是你自己。不过，你要记得给村民再发一些小苗子哟。"说完，村主任和老林小跑着出门招呼车去拖树苗了。

# 舞 台

刘洪文

村委会的门前搭起了舞台。

所谓的舞台,不过破解放车的车厢加几个空柴油桶,上面支了木板。戏台的天棚是用黑塑料布搭的,既可遮阳又可防雨,戏台的前面用于演出,后面供演员换服装和道具。

这次请的是潘大立。潘大立本来就是我们村的,他可是个名角,各村闻名。他有个小剧团,演员都是临时组织的,平时种地,农闲演戏,潘大立是团长。听说他是在县里的舞台演出过的,受到了县长的好评,有人说他有希望进县剧团深造。

那时我还小,村里请一次戏不容易。我们也不能错过机会,我最喜欢钻在戏台子底下,虽然这里看不见演员的脸,却离演员最近,几乎可以听见演员的呼吸声。

戏台前面有一棵大柳树,那里席地而坐的人最多,有卖冰棍的,也有卖瓜子的。"二八"自行车后载一个泡沫箱子,上面再包一层棉被,这是最好的冰箱,拿出来的冰棍还冒着凉气。对我们来说,听戏只是个由头儿,蹭点儿吃喝才是最重要的。

当演员在台上闪展腾挪时,台下就有尘土簌簌地落下来,弄脏了我的冰棍。于是,我从台下伸出头来,看是谁在和我作对。可我没什么办法,又不能把他从台上扯下来,只能在冰棍上舔两口,算是弄干净了。

表演的正是潘大立,他穿着简单的戏装,头上围一条白手巾,脸上扑着粉,像刚从面缸里钻出来一样。

我不喜欢潘大立。听说他很有才,彼时所演的正是他自编自演的成名曲目《潘大懒相亲》,大概就是讲述了一个懒惰的农村光棍儿在村支书的帮助下,立业成家的过程。可这哪里像个农民?脸上的粉直掉渣渣儿。

台下的观众看得如痴如醉,伸长脖子,张着嘴,还时不时地拍一会儿巴掌,证明他们看懂了。可我看不懂,一会儿唱一会儿说,二胡声比演员的嗓门儿都大,能听出个啥?

于是，我狠狠咬下最后一口冰棍，把冰棍杆朝台上一抛，转身又钻到台下。在我看来，这台下比台上好玩儿多了，就像是《地道战》里的防空洞。

大戏演了三天，每天都有潘大立登场，我搞不明白，他演得就那么好？看演出的人有增无减，每天都熙熙攘攘，像赶大集。南村的来了，后屯的也来了。二大妈还带了烟笸箩，把长烟枪抽得吱吱响……

台下有一群小青年在打架，好像是因为处对象的事。看戏的人又都围到那一边，这边的戏台倒清静了，连演员也伸着头向台下看，只有器乐师没有停手，那音乐就不停地咿呀着……

"都滚远点儿，一天把你们闲的，别影响大家伙儿看戏好不！"村支书老万怒吼着冲进人群，一顿连骂带踢，把小青年们赶走了。我和小伙伴们远远地看着，有点儿害怕。

社员们又都回到戏台前，还是津津有味地看戏，还是津津有味地嗑瓜子。

不知道是从什么时候起，村里不再请舞台戏了，或许是因为我长大了，这场景淡出了我的生活——我已经对钻到戏台下面不感兴趣了。

潘大立还会到村委会大院门前的空场上去，有时呆呆地看，有时吼上几嗓子。我觉得他就是个公鸭嗓，像是被掐住了脖子，发不出个正音来。

潘大立成了他戏里的潘大懒，他还不爱种田，老婆也跟人跑了。听说是因为那人告诉他老婆，可以带她去南方旅游，她就跟人走了，走时还告诉潘大立："如果有一天你也能带我出去走走，我就回来！"

村里再也没人看潘大立的戏了，连县剧团都黄了，更别说乡下自办的小剧团。潘大立就这样潦倒着，家破人散，游手好闲。

我也不再是小孩子了，要走自己的路。我没得选择，因为我高考落榜了。

去部队时，父亲一直在后面送我，他的背有些佝偻，像是怕天塌下来压到自己。他说我是时运不济，就像潘大立变成了潘大懒一样。

可我不这样认为，路是自己走的，何必去怪运气。如果运气有那么大的威力，我们又何必挣扎？那样的话潘大立倒是对的，懒懒地放弃。

再回家时，我已经在部队度过了十二个春秋，三级士官转业，在县城里有了工作，有了家庭。但父亲还在老家，我去看他。他的头昂得很高，我知道这是因为他认为我混得还不错。

我和父亲聊天，话题总离不开村里当年的戏台，离不开冰棍和潘大立。

我问父亲："潘大立现在咋样？"

"他现在可厉害了！"父亲说，"自打有了快手直播，他可算找到门路了，现在粉丝都好几十万了，一场直播带货，能挣几万十几万。村里的小学和乡路都是他出钱修的，他还续了老婆有了孩子……"

父亲滔滔不绝地说着，我有些不服气："有钱了不起？"

离开村子时，我在村委会大院门前碰到了潘大立。他苍老了许多，头发几乎掉光了，脸依旧很白，不过没有涂粉。

他正架着手机要搞直播。

我主动和他打招呼："现在挺好啊！"

他朝我笑："有出息了，小子！"

"干吗非跑这儿来拍？这里又没有舞台。"我问。

潘大立笑了，把手朝四周画了个圆圈，说："这不就是舞台？"

原来，他的心中一直都有一个舞台！

# 和

逸 云

上了球场就要分个输赢。都一个村的，谁服谁呀？可是老白来的时候，这个规矩就失效了。

老白来的时候没有准儿，走的时候也没有准儿。有时两个队刚讲好规则入场，老白扛着球杆急匆匆地来了。这时，不论哪个队中总有一人说："我家里还有点儿事，麻烦老白替我一下。"说着就下场了。老白也不客气，就上场。有时老白突然接个电话，马上向大家拱手抱拳，说："对不起了，我得走。"接着就会有人替他上场。就这样，人员的替换不是因为比赛结束，不是因为有人犯规，而是因为老白随时要登场离场，怎么论输赢？可是大伙儿也不恼，反而都大度地笑笑："接着来吧，这场球算和了。"

老马有时来到球场，听到大家说"和了"，也想随着笑笑，可笑得不自然。他自己也能感觉出来——嘴角想往上拉，可脸上的肌肉却只是抖了抖。大家见状，相互递个眼色，收住笑，严肃地说："不闹了，好好打，争取到县里拿个好名次。"

打门球是村里的一个传统项目。老马作为村子的帮扶责任人，向县里争取对门球场进行了翻建。现在的门球场在整个县也算是好的。老马说："下象棋有和的，打门球没听说有和的。到县里比赛，比分咬得很紧，想拿个好名次可不容易。"

大家都说："是得好好练。"于是，有的瞪着眼，有的咬着牙，一门、二门、击柱……大家有条不紊、按部就班地训练。老马就坐在场边看。他时而皱起眉头，时而拍腿大叫"好球"。大家打得更起劲了。老马于是又想起老白。老白媳妇瘫痪在床，老白照顾了几十年。老马还想请电视台来给他们做个节目的，可近来总见老白来打门球。他不在家好好照顾媳妇，来这里不是捣乱吗？莫非他家里有什么状况？

老马和球场上的人们挥挥手，说："还有个事，我得走了，你们好好打吧。"大家有的挥手，有的挥球杆，说："再来呀。"

顺着球场前的水泥路，路过街角的老国槐，上北大街到元宝湾转南北大道，走到十字大街右拐，进第二条胡同，老马敲响了老白家的大门。

"谁呀？快进来。"老白媳妇的声音。

老马刚进屋，老白也从外面买东西回来了。

老白在屋里喷了喷花露水，又到脸盆前洗手，说："她生活不能自理。"

老白媳妇整整身上的衣服，捋捋头发——衣服不新却挺干净，头发梳得纹丝不乱。她说："这些年辛苦他了。"

老白冲洗茶具，沏茶。

老马接过茶碗，喝茶。

茶碗中浮着一根茶梗，老马没有吹，吃到嘴里慢慢咀嚼。

片刻，老马吐掉茶梗，慢悠悠地说："老白还经常去打球啊？"

老白看看墙上挂着的球杆，笑了笑，很不自然。

老马说："家里没事，去打打球挺好的。"

老白媳妇说："但凡能有点儿空，我就逼他去。"

老马看着老白媳妇，皱了皱眉头，琢磨她这话是真的还是假的。

一个人瘫痪在床，病痛折磨是一个方面，更难熬的寂寞和孤独。难道她愿意自己在家？

老白低下了头。

老白媳妇看看老白，笑了笑。

老白抬抬头，又低下。

老马说："你还逼着他去呀？"

"得逼。"老白媳妇慢悠悠地说，"逼他也是逼我自己。"

老马看着老白媳妇，没有说话。

老白媳妇眼圈一红，泪花在眼里一闪一闪的。

老马心里咯噔一下。

老白媳妇说："三十六年了。两个小时翻一次身，躺下，起来，像照顾孩子。每天都是，年年如此。"

老白看了媳妇一眼，说："不都是应该的吗？"说着站起来给老马续茶，老马忙双手接住。

"逼他出去，让他换换脑筋轻松一下。"老白媳妇说着，端起茶碗轻抿一口，又说，"也逼着自己离开他，逼着自己动动手。"

老马端着茶碗在鼻子下嗅，仿佛茶中有别样的滋味。

老白媳妇笑笑，说："分开一会儿，平常的也就不平常了。"

老马想笑——单位里总有些自认为聪明的女人这样说——可面对这个瘫痪在床

的女人，他笑不出来。

想起球场上人们对老白的大度，想起人们竟然放弃输赢说"和了"，老马的脸上突然有些燥热。他轻声说："'和'，禾木加个'口'，和睦啊！"

老白媳妇笑着摇摇头说："他去打球也没个正点儿，有急事还得喊他回来，谁愿意和他当队友？"她拍拍自己瘫痪的腿，叹了口气："也是个累赘哟！"

"不，"老马说，"大家都喜欢他。"

"喜欢他？"老白媳妇拧起了眉头。

"是的，"老马说，"他是主力。"

# 王小波、女人和猪

王喜玲

收完秋,趁个星期天,三婶和三叔去镇上买猪娃。到了镇上,三叔拐到新华书店买了王小波的《一只特立独行的猪》,才跟三婶去南头的猪娃市。三叔是个喜欢看书的小学教师。三婶看书皮上有一头猪,说:"买个猪娃子还用买本养猪的书吗?浪费钱!"

"你懂啥!这是王小波的书!"三叔一脸鄙夷。

"王小波是谁?"三婶问。

"说了你也不认识。"三叔不屑地回答。

"你说了我不就认识了?王小波哪个庄的?"

三叔笑得弯下腰说:"王小波是你大爷!"

"王小波是你大爷哩!"三婶回了三叔一句,白了他一眼。

猪娃市里真热闹。猪叫声、吆喝声、讨价还价声,各种声音响成一片。经过一番"嘴上往来",三婶和三叔跟卖猪娃的谈好了价格,于是捆绑、过秤、付钱。猪娃发出长长的、刺耳的尖叫声,直到筋疲力尽。三婶和三叔好不容易才把它绑到架子车上,拉回了家。

捆着四蹄的猪被抬进猪圈。刚解开绳子,只见那猪娃一抖身站起来,尖叫声立马变成了哼哼。三婶往石槽里倒了一盆清水,那猪看也不看,支棱着耳朵,一双乌黑的眼睛环顾着四周,鼻孔呼哧呼哧地喘气,厚厚的拱嘴灵敏地旋动着,熟悉着这里的一切。

三叔家的四方小院收拾得井井有条,地面打扫得干干净净。压水井旁边还有一方花池,一簇簇菊花含苞待放。美人蕉有一人多高,宽大的叶子像一把把蒲扇,中间托出红红的花朵,如同燃烧着的火焰……

三婶真是个勤劳、善良的女人,一天到晚丢了把子拿扫帚,里里外外一把手,把三叔侍候得除了教学看书,什么都不会做了。三婶唯一的遗憾就是不识字。其实,三婶真想知道王小波究竟是谁,她多想知道三叔的书里写的是什么。可三叔自己看得津津有味，就是不给她讲。三叔只把她当家里干活儿的机器人了。三婶觉得自己活得像猪，她委屈极了。

日子如流水，又一个月过去了。猪娃每天吃吃睡睡，醒了就在圈里转悠。它时不时立起身子，把前蹄搭在墙头上看院子里的风景。院子西墙根的小菜园正和猪圈对着，种着萝卜、白菜、大葱、芫荽、韭菜……

一天早晨，三叔和三婶吵架了，三婶一生气回了娘家。三叔去了学校，猪饿了一天。晚上，三叔从学校回来，发现三婶竟然没回来。这冷锅冷灶的，三叔很不适应：这娘儿们还真和我计较了，结婚这么多年来，她还没有因为生气而住在娘家不回来过，看来这次真恼了！

第二天，三叔起床，做饭，喂猪，喂鸡，忙完这一切，关上院门去了学校。猪吃得饱饱的，浑身是劲儿，竟跳出猪圈，来到了三婶的小菜园，奔向那片每天都让它垂涎欲滴的大白菜。白菜正在卷心，它拱吃了几棵，接着又拱了几棵大葱、蒜苗和芫荽。它还拱倒了鸡笼子，几只鸡扇着翅膀在院子里撒起欢儿来，你追我赶，嬉戏玩耍，还在干净的地面上痛痛快快地拉起屎来。猪还蹿进院子中间的花池打起滚儿来，舒服够了，它躺在宽大的美人蕉叶子下睡着了。

傍晚，三叔放学回到家，打开院门，惊呆了。他发现还在呼呼大睡的猪，蹑手蹑脚地来到它身后，抬起穿着皮鞋的右脚，对着猪的屁股狠狠地踢下去。那猪一下惊醒，立马从宽大的叶子下蹿出去，跳过墙头，竟稳稳当当地落在猪圈里了。

三叔气得喘着粗气，先把鸡笼放到原来的位置，又把鸡一只一只地抱进去。三叔还从屋里找出一根明晃晃的铁链子，用铁链子拴住了猪，恶狠狠地说："饿你三天，看你还精神不精神！"

三叔收拾好院子，天已黑了，他急忙推出自行车，去了邻村的老丈人家。不大一会儿，三叔带着三婶回来了。三婶急忙撂下自己的包袱，拿出手电筒，要出去找猪。三叔坏笑着说："拴猪我得用铁链子，拴你嘛，用猪就行了！"

三婶生气地说："你骗我，原来猪没有跑！"

"跑了，真跑了，不信你看看菜园！这会儿我用铁链子拴住它了。"

三婶用手电筒照了照菜园，跑到猪圈外又照了照猪。猪带着铁链子站在窝棚下，看见三婶，它还不停地哼哼。三婶做了饭，夫妻俩一起吃着。三叔对三婶说："你是不知道，这只猪快成精了。它能跳出猪圈，肉一定好吃。等过年的时候，我学着给你们做'东坡肉'。"

"东坡肉？东坡是谁？"三婶问。

三叔想笑又忍住了，一本正经地说："宋朝一个开饭馆的。他用五花肉做的一道菜，好吃极了，就用自己的名字当了菜名，一代一代流传下来了。"

三婶还是觉得有什么地方不对劲儿，就吊着脸子对三叔说："我知道你笑话我没文化，我也不想和你吵架。从明天起家务活儿分着干，我要开始学认字了。"

"我没骗你，苏东坡就是个开馆子的，还会做'东坡肘子'呢！"

三婶冷笑道："东坡是谁，我会知道的。昨天我堂妹秀秀从县城回来了，我问她王小波是谁，她说是写文章的，还说你看的绝对不是养猪的书哩！"

"哟！还真来劲了！你多大了还学认字？拉倒吧！"

"咋？我今年四十二岁，秀秀说山东有个老太太六十四岁才开始认字，十年写了四本书啦！"

"别听秀秀的，她净出馊主意，认字不容易啊！"

"不，我就要学认字，字典和《看图识字》都买回来了。饭是我做的，锅碗你得刷啊！"说完，三婶把碗往桌子上一放，打开带回来的包袱，掏出了她的书……

# 老李倒地后再没有醒来

千　岛

老李倒地的瞬间，肯定是清醒的，这是我看了监控视频后得出的结论。我很想向老李求证，但这已经是不可能做到的事。老李倒地后再也没有醒来。

认识老李有两年五个月了，说起来是一段不算短的时间。自认识老李起，除了休息的日子，我每天都会和他碰面。老李值守着我们单位的传达室，上班下班，他总是笑呵呵地跟我打招呼。他这张笑脸，在我们单位总部这幢小白楼里映照了十多年。

老李以单位为家，他就住在一楼传达室那间十五六平方米的房子里。传达室位于楼正中位置，从北边走廊出入，朝南有扇窗户，西边的墙上也开了一个窗口。老李大多数时间就坐在挨着西边窗口的桌子前，行使着他神圣的权力，看管着每一个进出楼门的人。之所以在老李身上用"神圣"两字，是他在工作状态时自然流溢出的那股神气，似乎使仅为两层的小白楼有了二十层的高度。

我和老李只有过一次私人性质的聊天。那是去年他老父亲病危，他急呼呼地请假回去陪了两个礼拜回来后。我问他父亲的身体恢复情况，从而知道了他前一个职业是军人，退伍后进的安保行业。他说虽脱下了军装，但心还在军营。那次聊天后，每次经过传达室，我的眼神就不由自主地穿过窗口，投射到他的床上——一床被子从来都是叠得四四方方。看得出来，老李视军旅生活为他一生的荣耀。

整个单位几百号人，最了解老李的应该是人力资源部的女孩小静。从食堂吃完午饭回来，常能看到小静在传达室里坐着；有时午间散步回来快到下午上班时间了，还能看到她在和老李聊天。今天上午，小静有事找我，我有意提起老李。

我说："一个月过去了，还常听到有人在念叨老李的好。我和他的日常交集也只限于每周二和周五，他会主动给我送来《作家文摘》。还有就是办公室没饮用水时，他挺直个腰板帮我们扛来一桶水。"

小静说："老李的确是个大好人，但家庭生活不顺意。他是河北人，娶了个北京郊区的媳妇，婚后生了个儿子。儿子得了小儿麻痹症，终身残疾。老李和妻子性格不合，聚少离多，夫妻感情也就淡漠了。不抽烟不喝酒的他，只有常年寄情于工作，心里才有些安慰。"

　　我问小静："老李告诉过你他得了什么病吗？"小静说："没有。那天早上我直接从家去社保中心办事，回到单位已近中午，没有看到他倒地的情景。"我说："那天我七点五十分到的单位，看到楼门口站着五六个人，脸色凝重，有人在拨打120叫救护车。我进楼门，看到老李一身旧戎装，在楼道侧卧着，脑袋旁边有一大摊血，嘴里发出哼哼叫疼的声音。听人说，几分钟前，他还在门口指挥倒车，完事后他掀开门帘，进到楼里，走了五六步，腿一软，就倒下了。有同事拿了一床被子给他盖上，这个时候他的哼哼声已转为呼噜声。有人看护着他，我就上楼了。"

　　我对小静说："听到他打呼噜，我想着不会有大碍。没想到，送他去医院的安保部部长不到十点打来电话，说老李在救护车上心脏就停止了跳动，到了医院，医生确认人已经没了。"

　　小静说："生命太脆弱。"

　　我说："生命是脆弱。"

　　午饭后，我拿上老李走后单位出的报纸，找了块空地，点着了。单位的报纸，老李每期必看，他肯定惦记着呢！